学习 改变未来
XUEXI GAIBIAN WEILAI

少·年·励·志·馆

PEIYANG YOUXIU NÜHAI DE 130GE GUSHI

培养优秀女孩的130个故事

主编/魏红霞

编者/彭 娟

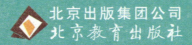

北京出版集团公司
北京教育出版社

阅读成就梦想 学习改变未来

亲近阅读，分享快乐，爱上读书

全国名校语文特级教师隆重推荐

闫银夫
《语文报》小学版主编

每个孩子都是拥有双翅的天使，总有一天他们会自由地飞翔在蓝天之上。这套书是让孩子双翅更加有力，助推他们一飞冲天的最佳营养剂。

王文丽
全国优秀教师　北京市特级教师
北京市东城区教育研修学院小学部研修员

好的书往往能让孩子在阅读中发现惊喜和力量。这套书就是专门为孩子们量身定制的，它既有丰富的知识性，又能寓教于乐，让孩子感受到学习的快乐！

薛法根
全国模范教师　江苏省著名教师
江苏省小学语文特级教师

多阅读课外书，不仅能使学生视野开阔，知识丰富，还能让他们树立正确的价值观。这套书涉猎广泛，能使学生在阅读的过程中得到全面发展。

武凤霞
特级教师
河南省濮阳市子路小学副校长

本套丛书从学生的兴趣点着眼，内容上符合学生的阅读口味。更值得一提的是，本套丛书注重学生的认知与积累，有助于提升孩子的阅读能力与写作能力。

张曼凌
全国优秀班主任　吉林省骨干教师

这套书包含范围广泛，内容丰富，形式多样，能满足不同学生的阅读兴趣，全方位扩展学生的知识面。

本套丛书紧扣语文课程标准，以提高学生学习成绩、提升学生思维能力、关注学生心灵成长等全面发展为出发点，精心编写，内容包罗广泛，主要分为五大系列：

爱迪生科普馆

—— 体验自然，探索世界，关爱生命

这里有你不可不知的百科知识；这里有你最想认识的动物朋友；这里有你最想探索的未解之谜。拥有了这套书，你一定能成为伙伴中的"小博士"。

少年励志馆

—— 关注心灵，快乐成长，励志成才

成长的过程中，你是否有很多烦恼？你是否崇拜班里那些优秀的学生，希望有一天能像他们一样，成为老师、父母眼里最棒的孩子？拥有这套书，让男孩更杰出，女孩更优秀！

开心益智馆

—— 开动脑筋，启迪智慧，发散思维

每日10分钟头脑大风暴，开发智力，培养探索能力，让你成为学习小天才！

小博士知识宝库

—— 畅游学海，日积月累，提升成绩

这是一个提高小学生语文成绩的好帮手！这是一座提高小学生表达能力的语言素材库！这是一套激发小学生爱上语文的魔力工具书！

经典故事坊

—— 童趣盎然，语言纯美，经典荟萃

这里有最经典的童话集，内容加注拼音注释，让学生无障碍阅读，并告诉学生什么是真善美、勇气和无私。

图书在版编目（CIP）数据

培养优秀女孩的 130 个故事/魏红霞主编 . —北京：北京教育出版社，2014.1
（学习改变未来）
ISBN 978-7-5522-2952-3

Ⅰ .①培… Ⅱ .①魏… Ⅲ .①故事－作品集－世界 Ⅳ .① I14

中国版本图书馆 CIP 数据核字（2013）第 261944 号

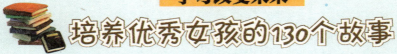

学习改变未来
培养优秀女孩的130个故事

主编／魏红霞

*

北京出版集团公司
北京 教 育 出 版 社　　出版
（北京北三环中路 6 号）
邮政编码：100120

网址：www.bph.com.cn
北京出版集团公司总发行
全 国 各 地 书 店 经 销
三河市万龙印装有限公司印刷

*

720mm × 960mm　16 开本　21 印张　312 千字
2014 年 1 月第 1 版　2018 年 3 月第 8 次印刷

ISBN 978-7-5522-2952-3
定价：24.80 元

版权所有　翻印必究

质量监督电话：13911108612　（010）58572832　58572393
如有印装质量问题，由本社负责调换

目 录 Contents

第 **3** 章　**独立自主的女孩最有个性**　　77

第 **4** 章　爱学习的女孩离成功最近　　121

第 **5** 章　　**美丽女孩不光看外表**　　167

第 6 章　善于交际，为未来的成功打下基础　215

第 7 章　聪明女孩更能成就精彩人生　243

第 **1** 章

成功女性给优秀女孩的榜样力量

特蕾莎修女：博爱

名人名片

姓名： 特蕾莎（别名：德兰修女）
生卒日期： 1910.8.27—1997.9.5
职业： 修女
评价： 她把一切都献给了穷人、病人、孤儿、孤独者、无家可归者……

1979年12月8日，该年度诺贝尔和平奖得主——特蕾莎修女飞抵挪威首都奥斯陆。时任诺贝尔和平奖评委会主席的萨涅斯亲临机场迎接，并高兴地向特蕾莎修女宣布国王将在典礼宴会上接见她。特蕾莎修女一震："宴会？""是领奖典礼后举行的盛大宴会，135名贵宾应邀参加，有各级政要、名流。"萨涅斯介绍道。

特蕾莎修女沉思片刻："这次宴会得花多少钱？"

"7000美元。"萨涅斯不以为然。

"什么？7000美元！"特蕾莎修女睁大眼睛，眼中流露出无限惋惜。她鼓起勇气说："尊敬的主席先生，我有一个请求……请求您取消……取消这次宴会。"

"取消典礼宴会？"主席十分惊诧，几乎不敢相信自己的耳朵。从1901年设立诺贝尔和平奖以来，第一次有人请求取消典礼宴会。

"是的，我请求主席先生取消这次宴会，把省下来的钱交给我去救助那些饥寒交迫的穷人。"特蕾莎修女激动了，声音有些颤抖，"要知道，这7000美元足够3000名印度乞丐饱肚一天啊！"

特蕾莎修女不敢再看萨涅斯，她低下头紧张地等待这个大人物的决定。

　　萨涅斯举目打量面前这个老修女。

　　她一生为穷人服务，过度的操劳和奔波，使她那干瘦的身躯已经佝偻。深深的皱纹布满她那慈祥的脸，也记录了她维护穷人权益的艰辛。即使来参加这样世界级的盛典，她身上穿的仍是那件伴她出入贫民窟的粗布纱丽。在寒风中她显得那样单薄。那双裸露的脚板已被风寒扭曲，脚趾也已完全变形，可她从不舍得为自己买一双袜子……

　　是她没钱吗？不！她创建的仁爱传教修女会已有4亿美元资产。可她的卧室里，除了电灯，只有一部实在不能没有的电话，此外没有一件现代家电。她没有办公室，即使是尊贵的客人也只能在走廊里接待。

　　萨涅斯低下头，紧紧咬着嘴唇。

　　特蕾莎修女有些歉意："主席先生，我的请求是不是让您为难了？""不，不！"主席仰起脸，热泪满面，这位严峻得有点冷酷的权威此时泣不成声。他向特蕾莎修女深深地鞠了一躬："我亲爱的会长，您的请求深深地感动了我，感动了世界，我代表世界上所有的穷人和善良人谢谢您了。"

一个感动世界的请求之后，便是一个震撼世界的行动。

19万美元的奖金她一分不留地全部捐给印度麻风病基金会，7000美元捐给了穷人。就连那块代表至高荣誉的和平奖章也让她卖了，卖得的钱捐给了穷人。凡是能捐的她都捐了出去。

1997年，当她离开这个令她牵肠挂肚的世界时，除了两件换洗的粗布纱丽和一双旧凉鞋，她一无所有。你能不为之感动吗？你能不为之痛哭吗？加尔各答哭了，罗马哭了，巴黎、纽约、柏林、地拉那……哭了。穷人哭了，善良的人哭了……世界哭了！

当人们悲痛的泪水和天上突降的暴雨同时倾盆而下时，世人才真正领悟了什么叫感动世界，什么是震撼心灵。

爱，是人类各种美德的灵魂。特蕾莎修女，就是我们人类永恒的灵魂之一。

榜样启示

　　心中有爱，善待他人，是特蕾莎一直坚持的信念。正是这种信念让她成为了"仁爱"的化身，正所谓"大爱无疆"。把爱付诸行动，从爱身边的人做起，尽自己所能付出爱心，这就是大爱。

玛格丽特·撒切尔：坚定

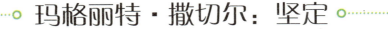

姓名： 玛格丽特·撒切尔（别名：铁娘子）

生卒日期： 1925.10.13—2013.4.8

职业： 英国前首相

评价： 英国保守党第一位女领袖，也是英国历史上第一位女首相，是20世纪最优秀的首相之一。

1925年10月13日，一个叫玛格丽特的女孩出生于英格兰。玛格丽特自小就受到严格的家庭教育，她的父亲罗伯茨是一家杂货店的店主，父亲经常向她灌输这样的思想：无论做什么事情都要力争一流，永远走在别人前面，而不要落后于人，即使是坐公共汽车，也要永远坐在前排。

父亲从来不允许她说"我不能"或者"太困难"之类的话。

对于一个年纪尚小的孩子来说，父亲的要求可能太高了，但在以后的岁月里，实践证明他的这种教育是非常宝贵的。正是由于从小受到父亲"残酷"的教育，玛格丽特才养成了积极向上的心态。有了父亲这样一个"人生导师"，玛格丽特在成长的道路上走得如此踏实。

以后，无论是学习，还是生活和工作，她都时刻牢记父亲的教诲，总是凭着一往无前的精神和必胜的信念，尽自己最大的努力去克服一切困难，无论什么事情都必争一流，以自己的行动实践着"永远坐在前排"这一思想。

玛格丽特在上大学时，学校要求学生学五年的拉丁文课程。不过，玛格丽特并没有按部就班地按照学校的安排来学习，而是凭借惊人的毅力，努力拼搏，在短短的一个学期内就学完了全部的课程。更令人难以置信的是，她的考试成绩竟然在全校名列前茅。

但玛格丽特并不是一个只知道读书的书呆子，她不仅仅在学业上出类拔萃，在体育、唱歌、演讲以及其他活动方面，也都一直走在前面。

正因为如此，40多年后英国的政坛上才出现了一位明星，她就是被称为"铁娘子"的撒切尔夫人。

在作为保守党领袖竞选期间，她马不停蹄地到全国各地进行演讲，早上7点起床，忙到次日凌晨两三点才就寝。

撒切尔夫人对事物有自己独特的见解。在牛津大学学生辩论会上，她总能提出自己的独特见解并坚持到底。1970年，她任内阁教育部大臣时，坚决废除工党政府的综合教育计划。为减少政府经济开支，取消了向小学生免费供应牛奶的政策，而且还提高了伙食费。因为这样，她成为英国当时最不受欢迎的女人。1975年，她批评了西方对苏联的缓和政策，是对此持批评意见的为数不多的政治家之一。

撒切尔夫人任英国首相达11年之久，不仅在英国，而且在世界政治舞台上都产生了一定的影响。

"无论做什么事情，你的态度决定你的高度。"撒切尔夫人的成功给了我们深刻的启示。"永远争坐第一排"是一种积极的人生态度，它将激发你一往无前的勇气和争创一流的精神。

撒切尔夫人出身平民家庭，没有显赫的门第，但靠着不断地努力追求和顽强地奋斗，她终于在英国这个重门第的国度里，在被视作"男人的领地"的政治斗争激流中，一步一步地沿着成功的阶梯攀登至顶峰。

南丁格尔：执着

名人名片

姓名： 弗洛伦斯·南丁格尔（别名：提灯女神）

生卒日期： 1820.5.12—1910.8.13

职业： 护士

评价： 她是世界上第一个真正的女护士，欧美近代护理学创始人。南丁格尔怀有崇高的理想，认为生活的真谛在于为人类做一些有益的事情。

　　南丁格尔是出生在意大利的英国人，家境优裕，受过高等教育，年轻时由于常协助父亲的老友（一位医生）精心护理病人，逐渐对护理工作产生了兴趣。她曾到德国、法国、希腊等国考察这些国家的医院和慈善机构，充实阅历，这也更坚定了她献身于护理事业的决心。她自学有关护理的知识，积极参加医学社团关于社会福利、儿童教育和医院设施的改善等问题的活动。

　　1850年，她在30岁时去德国学习护理。33岁时，她又去巴黎学习护理组织工作，回国后任伦敦一家医院的护理主任。1853年8月12日，在慈善委员会的资助下，南丁格尔在伦敦哈雷街1号成立了看护所，开始施展她的抱负。她采取的许多措施，令当时的人们大吃一惊，如病人召唤采用拉铃的方式，在厨房设置绞盘以运送食物给病人等。她强调："任何妇女，不分信仰、贫富，只要生病，就可收容……"她在工作中表现出非凡的能力，大家对她钦佩不已。

　　1853年，英、法等国与沙皇俄国之间爆发了克里米亚战争。战争开始时，英军的医疗救护条件非常恶劣，伤员死亡率高达42%。当这些事实经报界披露后，国内一片哗然。南丁格尔主动申请担任战地护士，率领38名护士奔赴前线。她凭着理想与抱负，在前线开拓着现代护理事业。这对于一位30多岁的女性而言，是一种非常大的挑战。当时，在欧洲各国早有被称为"姐妹"的女护士出现，但英国各方面一直反对在医院，特别是战地医院中有女护士出现。因此，过去军队中从无女性从事护理工作。

南丁格尔在前线充分显示了她各方面的才能。她冲破了重重障碍，并自己拿出3万英镑为医院添置药物和医疗设备，重新组织医院的后勤工作，改善伤员的生活环境和营养条件，整顿手术室、食堂和化验室，很快改变了战地医院的面貌。从前只能收容1700名伤员的战地医院经她安排，竟可收治3000～4000名伤员。在这里，她的管理和组织才能得到充分发挥。她经常深夜巡视病房，检查伤员休息情况，安慰伤势比较严重的战士。战士们非常感激这位无私的女性，有的战士还偷偷亲吻她巡视病房时印在墙壁上的身影。6个月后，战地医院发生了巨大的变化，伤员死亡率从42%下降至2%。这种奇迹般的有目共睹的护理效果震惊了全国，同时改变了英国人对女护士的偏见，提高了妇女的地位，护理工作从此受到社会重视，护理工作的重要性亦为人们所承认。

榜样启示

女孩一旦树立起正确的目标，一旦具有了使命感，就能发挥出一种女孩特有的巨大力量。南丁格尔的事迹充分说明了这点。而成功与否的关键，恐怕就在于你是否尽了最大努力去完成使命。

奥黛丽·赫本：优雅

名人名片

姓名： 奥黛丽·赫本（别名：人间天使）
生卒日期： 1929.5.4—1993.1.20
职业： 演员
评价： 气质高雅，有品位。她的爱心与人格犹如她的影片一样令人感动。

奥黛丽·赫本是世界影坛上难得一见的瑰宝。她的容貌清秀但不俗艳，她的身材苗条修长，她的气质永远那么高雅纯洁。

赫本不仅外形纯美，而且内心也纯洁高雅。她为人谦逊平和，从不摆大明星的架子。因此，很多演员都愿意与她同台演戏。

在《罗马假日》里，她与格里高利·派克就合作得十分好。在拍斯坦利·多南执导的《丽人行》中，她与男主角扮演者阿尔伯特·芬尼合作得也相当愉快。当然也有演员因为赫本名气太大，与她一起拍戏还有些不适应。

在拍《蒂凡尼的早餐》时，和她演对手戏的是年轻英俊的演员乔治·佩帕德。在拍一场与赫本一起躺在床上的戏时，他非常紧张，躺得过于靠边，"扑通"一声跌到地板上。后来，赫本热情主动地帮助他，使他消除了紧张，终于拍好了这场戏。

正因为如此，导演和演员们都愿与她合作，并以此为荣。她与曾几度合作过的大导演威廉·惠勒、比利·怀尔德以及特伦斯·杨都相处得十分愉快。而她似乎也有一种化腐朽为神奇的力量，一些商业气息很浓的导演一经与她合作，便似得到净化、升华，拍出了艺术水准相当高的片子。如特伦斯·杨是著名的商业片导演，而他与赫本合作拍《盲女惊魂记》时，竟为赫本的优雅所感染，拍出的片子艺术水准很高，获得了很高的评价，同样也取得了很高的经济效益。摄影师们爱她那毫不俗艳的美，都喜欢为她拍照，捕捉那"无法比拟的美"。著名导演比利·怀尔德说："自从嘉宝以来，还不曾出现过这样的人物，导演见了会忍不住再三为她大拍特写镜头——拍她那端庄的大眼睛，拍她那诱人而甜蜜的微笑，拍她那活泼的举止，拍她那炽热的感情。虽然你离开了剧院，但她的言行举止，会时时出现在你的眼前，挥之不去，欲忘不能。"

赫本的艺德也是为大家所称赞的。她拿过百万片酬，但她认为，一个演员不该由于拿过百万片酬就每次非拿百万片酬不可。在1966年拍威廉·惠勒导演的喜剧片《偷龙转凤》时，赫本十分感谢这位在《罗马假日》中提拔、启发她的恩师，主动将片酬减为75万美元。

赫本晚年仍然为公益事业发着光和热。1988年，她担任联合国儿童基金会亲善大使。此后她不时举办一些募捐慰问活动，并不时去看一些贫困地区的儿童，足迹遍及埃塞俄比亚、苏丹、萨尔瓦多、危地马拉、洪都拉斯、委内瑞拉、厄瓜多尔、孟加拉国等许多国家，受到当地人民的广泛欢

迎和爱戴。1992年底，她还拖着重病之躯赴索马里看望因饥饿而面临死亡的儿童。她的爱心与人格犹如她的影片一样令人感动。1993年，诺贝尔和平奖得主特蕾莎修女得知奥黛丽·赫本病危的消息时，号召所有的修女彻夜为奥黛丽·赫本祷告祈福，希望赫本能奇迹般地康复，祷告传遍世界各地。同年1月20日，赫本在瑞士因结肠癌病逝。为表彰她为全世界不幸儿童所做的努力，美国电影艺术与科学学院将1993年度奥斯卡人道主义奖授予了她，此时赫本已离世，其子西恩·赫本·费勒代领该奖。

奥黛丽·赫本不仅外形甜美可人，而且品德高尚。她不计较个人得失，懂得感恩，即使成为大明星也依然平易近人，热心于公益事业，关心穷苦的儿童。她就像是一个坠入凡间的精灵。

屠呦呦：坚持

姓名：屠呦呦

出生日期：1930.12.30

职业：药学家

评价：屠呦呦是第一个获得诺贝尔科学奖项的中国本土科学家。她先驱性地发现了青蒿素和双氢青蒿素，有效降低疟疾患者的死亡率，挽救了全球特别是发展中国家的无数人的生命。

屠呦呦出身世家，她的名字是父亲起的，出自《诗经·小雅》中的"呦呦鹿鸣，食野之苹"（"苹"即蒿的一种），反映了父母对她的美好期待。无巧不成书，屠呦呦的人生确实与这株小草紧密相联。

屠呦呦喜欢的事情，就会坚持去做。

1951年，屠呦呦考入北京大学医学院，根据自己的志趣和理想，她坚持选择了当时比较冷门的药物学系，将生药学专业作为第一志愿。屠呦呦的专业属于西医，后来她又用两年半的时间系统地学习了中医药。她的中西医相结合的学习背景，为她数年后发现青蒿素打下重要的基础。

20世纪60年代初，疟疾再次肆虐东南亚，恶性疟原虫已经对绝大多数抗疟药产生抗药性，疫情变得难以控制，中外科学家们开始寻找对付这种疾病的新药。1967年5月23日，一个集中国中坚科技力量联合研发抗疟新药的大项目"523"项目正式启动。时年37岁的屠呦呦以中医研究院科研组长的身份加入了该项目的研发大军。

在研发的过程中，虽然困难重重，但屠呦呦却没有退缩，坚持不懈，努力寻找解决方法，她首先面临的问题，是怎么找药。从系统整理历代医

籍入手，她查阅经典医书、地方药志，四处走访老中医，做了2000多张资料卡片，最后整理了一个介绍包括青蒿在内的600多种草药的《抗疟单验方集》，供研究者进一步发掘。

青蒿是一种菊科草本植物，《肘后备急方》《本草纲目》等中医典籍都有青蒿治病的记载，然而未给出科学的服用方法。因此在我国历史上，青蒿并未成为广泛使用并被证明有效的抗疟药物。1971年，经过反复筛选、试验，屠呦呦领导的研究小组在众多中草药中将目光锁定青蒿。

果然，研究小组发现选出的青蒿对疟疾的抑制率确实较高，然而，重复试验中，青蒿的抑制率反而降低了，研究陷入了困境。屠呦呦想："我们祖先早有用青蒿治疗疟疾的经验。我们为什么就做不出来呢？"她没有放弃，继续坚持从中医古籍中寻找答案。

最终，葛洪《肘后备急方》中的几句话引起了屠呦呦的注意："青蒿一握，以水二升渍，绞取汁，尽服之。"绞汁使用的办法和中药常用的煎熬法不同。屠呦呦受到启发，联想到青蒿的有效成分在提取过程中可能需要避免高温，由此想到用沸点较低的乙醚制取青蒿提取物。经过190次失败后，终于，用乙醚制取的191号样品，对鼠虐、猴虐的抑制率达到了100%。

2004年5月，世界卫生组织正式将青蒿素复方药物列为治疗疟疾的首选药物，从此青蒿素作为"中国神药"在世界各地显示奇效。2015年10月，屠呦呦获得诺贝尔生理学或医学奖，她成为第一位荣获科学类诺贝尔奖的中国本土科学家，接受记者电话采访时，屠呦呦却谦虚地表示"这不是我一个人的荣誉，是中国全体科学家的荣誉"。

榜样启示

屠呦呦因为没有博士学位、留洋背景和院士头衔，被戏称为"三无"科学家。然而，作为一个真正优秀的医药学工作者，她数十年如一日，坚持在自己的岗位上工作，低调、努力，堪称楷模。

杨澜：智慧

姓名：杨澜
出生日期：1968.3.30
职业：主持人
评价：作为著名节目主持人，她在完全可以享受已经获得的荣誉时，依然不断完善自己。

杨澜这个名字在中国几乎家喻户晓，现在，这个名字已经成为成功女性的代名词。1990年，杨澜毕业于北京外国语大学，获得了英美语言文学学士学位。

从1990年至1994年，杨澜担任中央电视台《正大综艺》节目主持人，并于1994年获中国第一届电视节目主持人"金话筒奖"。她把有着较高文化素养的青春少女形象和富有女性细腻情感的职业女性形象完美地融合在一起，从而创造出一种高雅又本色、轻松又睿智的主持风格，深受大家喜欢。

然而，当她正处于事业的巅峰时，她毅然决定跨越太平洋，去美国哥伦比亚大学攻读国际事务硕士学位。

当时，很多人都不理解，因为杨澜已经取得了成功，已经成为受人喜爱的著名节目主持人，她完全可以享受她已经获得的荣誉。但是杨澜明白，只有不断深造，完善自己，才能够让自己更加适应社会的发展，才能够获得永久的成功，而躺在功劳簿上坐享其成早晚会有山穷水尽的一天。

　　当杨澜再一次出现在媒体上时，她的形象发生了很大的变化。她的境界提升了，她在自己的人生道路上又上了一个台阶。

　　1998年至1999年，杨澜加盟香港凤凰卫视中文台，创办名人访谈类节目《杨澜工作室》，并担任制片人和主持人。她主持的节目在世界华语观众中拥有广泛的知名度。

　　2000年，杨澜创办了大中华区第一个以历史文化为主题的卫星频道——阳光卫视。阳光卫视在弘扬中国文化，加强传媒交流与合作方面获得显著成绩。2000年和2001年，阳光卫视两次入选由世界权威财经杂志《福布斯》评选的"全球最佳小型企业"名单。

　　2001年，杨澜应邀担任北京申办2008年奥运会的形象大使。同年7月，在莫斯科国际奥委会会议上，她代表北京作申奥的文化主题陈述。

　　2003年3月，杨澜成为中国人民政治协商会议第十届全国委员会委员。

2005年，杨澜开始主持针对中国都市女性观众的大型谈话节目《天下女人》。

杨澜曾获得多项国内外企业和传媒方面的荣誉，其中包括2000年度"中国IT十大风云人物"及2002年度"中国企业女性风云人物"等称号。2005年，她被聘为哥伦比亚大学国际顾问委员会委员。

榜样启示

杨澜拥有极高的智商、广博的知识面、傲人的才华以及卓尔不群的能力和坚强的意志。她在自己最灿烂夺目的时候默默隐退，继续深造；取得了更高的学历后，又进入更广阔的空间发展。一路走来，杨澜成为成功女性的代名词。

阿曼达：自信

名人名片

姓名： 阿曼达·塞弗里德
出生日期： 1985.12.3
职业： 演员
评价： 自信而有个性，具有独特的人格魅力。

阿曼达·塞弗里德是上帝的宠儿，她11岁当儿童模特，15岁接触电影，不到25岁就入选"全球最美一百人"。她拥有天使般的面孔，魔鬼身材，还有甜美嗓音；站在好莱坞风口浪尖的她一直没有学会用违心的"甜言蜜语"讨人欢心，总是用那双清澈的大眼睛，笃定地看待周遭的世界。

我是一名好演员

无论面对的是"天使""公主"这样的美誉，还是"演技平平"的评论，阿曼达·塞弗里德都没有表现出过多的欣喜或者反感，她总是平静而又坚定地表示，"我是一名演员，不是名媛"。

为了这句理直气壮的身份说明，阿曼达·塞弗里德一直努力积蓄着自己的能量。和很多闪耀在舞台之上的明星不同，阿曼达并不是出生在一个演艺世家，她的父母都从事医疗方面的工作。对她来说，能够进入演艺圈，没有"近水楼台"的捷径，她完全靠的是天赋和努力。在学校，她是"三好学生"，作词、作曲、唱歌、跳舞无所不通，从小就接受了很正规的声乐训练和芭蕾基础训练，这种训练一直伴随着她少年时期的所有时光，从没有间断。

完成从模特到演员的转变，阿曼达最先叩响的是电视荧屏的大门，从《指路明灯》中的友情客串，到《让世界转动》中戏份增加的配角，再到《大爱》中受到空前欢迎，观众记住了这位大眼睛的女孩，可是阿曼达却在逐渐成为"剧集女神"之后淡出，小小的电视荧屏已经不能满足她。电影《妈妈咪呀！》上映之后大获成功，全球票房总收入达六亿零九百万美元，而成本只花了五千二百万，在当年度最吸金电影中位列第五。

爱我所爱，何必讳言

身在演艺圈，阿曼达逃不开各种波折，也逃不开各种传言。对于这些，她一贯的做法就是摆出一副"爱我所爱"的姿态，至于议论，她无暇顾及太多。

在和《妈妈咪呀！》中的男演员库珀的恋情宣告结束之后，阿曼达对采访自己的英国媒体说："过去了，都过去了。我们处在这么一个光怪陆离的演艺圈，身边围绕着形形色色的人，每天都会受到不同的影响。"

在热门影片《血红帽》中，阿曼达·塞弗里德出演女主角。由于《血红帽》和《暮光之城》出自同一位导演之手，经常会有记者将这两部电影作比较。阿曼达总是很直

接地表示，她不喜欢被比较，尤其是在并没有太多可比性的前提下。她也不隐讳自己小时候并不喜欢童话的事实，就像她当年在为《妈妈咪呀！》试镜的时候，并不会故意说自己已经熟知剧本以讨取导演的欢心，而是说一些更真诚的话来探讨表演。比如她说："能让人们发笑是一种魔法，如果一个人具有非同寻常的幽默感，他将在喜剧中无所不能。"她也会说："很多演艺公司总是想方设法弄到一个金发美女演员并与之签约，认为这样就能万事大吉，但是很可惜，我不是他们要找的人。"

　　阿曼达·塞弗里德一边享受着上帝的恩宠，一边为自己所热爱的事业积极进取。她自信地眺望未来，用行动告诉羡慕她的人，只有不懈努力，眷顾才不会离开。

海伦·凯勒：坚强

名人名片

姓名： 海伦·凯勒

生卒日期： 1880.6.27—1968.6.1

职业： 作家

评价： 海伦·凯勒正是用她那种乐观与坚强，勇敢地接受生命的挑战，获得了生命中的光明。

多少年来，"假如给我三天光明"这句话一直是激励人们自强不息、珍惜健康的座右铭。

这句话出自美国盲人作家海伦·凯勒。1880年6月27日，海伦·凯勒出生在美国的一个小镇。然而，当这个可爱的小生命睁圆了眼睛开始观察奇妙的世界、咿呀学语时，只有一岁半的她却突患疾病，连日高烧昏迷不醒。几天以后，当她醒来的时候，眼睛烧瞎了，耳朵烧聋了，高烧夺去了这个幼小生命宝贵的视觉、听觉。在她还没有更多地聆听大自然美妙的声音、还没有更多地欣赏美丽的阳光和颜色、还没有机会用语言去表达自己的思想时，她就坠入了一个黑暗而沉寂的世界。

从此，幼小的海伦就在黑暗与寂寞中度过了几乎与世隔绝的童年。父母的爱怜和娇惯，让海伦养成了暴躁任性的性格。她常常毁坏东西，稍不如意就躺在地上哭。慢慢地，小伙伴们疏远了她，妹妹不愿意和她在一起，她陷入了极度孤独之中。

1887年3月3日，是海伦生命中一个重要的、值得纪念的日子。为了教育海伦，她的父母从盲童学校聘请了一位家庭教师——安妮·沙莉文小姐。年轻的安妮非常同情小海伦，她决心通过自己的努力，打开海伦闭塞的心灵之窗，带她走进阳光灿烂的世界。安妮带她在草坪上玩耍，到树林里散步。无论走到哪里，她都用手指在海伦的一只手上写字。海伦非常聪明，没有多久，她就学会用这种办法表达简单的想法了。海伦感到，自己黑暗的世界一下子出现了光芒，她从老师那里找到了通向光明的路。

对于海伦来说，写字成了每天必须做的事情，写字也成了她的一种乐趣。她忘记了黑暗，忘记了沉默，一天比一天渴求了解世界。她整天摸这动那，缠着安妮写出它们的名称，贪婪地吞食着知识。她有意识地向前快跑，以最快的速度弥补生命的损失。安妮在海伦能摸到的东西上都贴上盲文，她们边游戏边学习。海伦的各方面能力都有了突飞猛进的发展。

1890年，当海伦10岁的时候，她的父母请来了聋人学校的萨勒小姐教她说话。在课堂上，海伦把手轻轻放在老师脸上，体会老师的口形和发声时的气流，模仿老师发音。这是何等艰难的学习啊！每发准一个音，都要经过千百次的练习。成功寓于不懈的努力之中。不久的一天，海伦终于说出了

第一句话，第一句别人听得懂的话——"天气很热"。尽管这句话只是由断断续续的单音连成，但这就足以令海伦欣喜若狂了。后来，海伦又进一步学会了把手放在别人嘴上"听"话。到了1894年的时候，海伦已经因为自己的自强不息成为美国残疾人学习的楷模。她被邀请出席美国聋人语言教学促进会的活动。在这里，她结识了许多有名的作家，还与已经成名的马克·吐温建立了真挚的友谊。

从了解这个世界开始，海伦就立下宏愿，要上大学，而且要上最著名的哈佛大学。这一天终于来了，哈佛大学拉德克利夫学院以特殊的方式安排海伦进行入学考试。前后9个小时，各科考试全部通过，英语和德语还得了优等。终于，海伦依靠自己的努力，成为哈佛大学拉德克利夫学院这个让全世界女性向往的著名学府的正式学生。

素以治学严谨著称的女子学院，学习的紧张程度是可想而知的。对于盲人海伦来说，要与正常人一样听课学习，难度就更加难以想象了。但是，顽强的海伦用过人的意志和毅力克服了各种困难。她感觉自己仿佛置身于一片智慧的天地中，那些教授们就是智慧的代表。她的作文更是独具一格，有很多篇都被当作范文。海伦的刻苦精神获得了大家的尊敬。1902年，读大学二年级的海伦就完成了她的处女作《我生活的故事》。这部以海伦自己的经历为原型的作品一发表，就在整个美国引起了巨大轰动。

1904年6月，海伦以优异的成绩拿到了哈佛大学的毕业证书，她大学毕业了。毕业后的海伦连续创作了许多脍炙人口的优秀作品，以亲身经历告诉健全人，对盲、聋儿童实施特殊教育是多么重要。为了使更多的盲、聋儿童接受教育，海伦加入了美国盲人基金会，同时，她也被任命为美国马萨诸塞州盲人委员会主席。她到处演讲、募捐，不遗余力地为残疾人事业奔波。

海伦热爱生活，热爱人类，热爱值得珍惜的一切。两次世界大战期间，她亲自到70多所医院慰问残疾士兵，传达人类美好的声音。她毕生勤

奋写作，用自己不屈不挠的精神感召那些颓废的人们。为了表彰海伦的顽强精神，联合国于1959年5月，以海伦的名字命名发起"海伦·凯勒世界运动"，资助各国的盲、聋儿童。

1968年6月1日，海伦·凯勒，这位人类世界上最有成就的盲聋作家，这位为了残疾人事业呕心沥血一辈子的盲聋学者，在睡梦中告别了这个世界。但是，"假如给我三天光明"这句话和她具有传奇色彩的一生，将会永远鼓舞着人们。

榜样启示

　　生活在黑暗中，不要害怕；听不到声音，不要惊慌。只要我们对生活充满热情，就能够看到星火的萌动，感受到动听的天籁。人生不是弱者的叹息场所，而是强者叱咤风云的舞台。

第**2**章

做个善良温婉、善解人意的女孩

可爱女孩培养法则

❶ 谈吐温柔，举止婉约

　　温婉即温柔婉约，对于女孩来说就是谈吐温柔，举止婉约，它是女孩独有的魅力。温婉是一种风格、一种境界。温婉是成为魅力女人不可轻视的一门艺术。它是在成长过程中慢慢形成的。

❷ 善良是最大的美丽

　　善良是一种天性，而女孩最大的美丽就是善良。有一颗善良的心，有一个良好的修养，这是一个温婉女孩最基本的内在品质。内心的善良与包容是温婉的女孩获得别人赞赏的法宝。

❸ 从容、坦然

　　温婉善良的女孩总是怀着一种从容、坦然的心态，期待着一份心与心的交流与沟通。她们善于在纷繁琐事、忙忙碌碌中保持温婉，善于在轻松、自由、欢乐、幸福中保持温婉，善于在柳暗花明时保持温婉，善于在关切和疼爱中保持温婉，善于在负担和创造中保持温婉。

天使在敲门

　　祖母曾经跟我讲过天使的故事。"天使会来敲响我们的心门，但他从不会说'你好'，"祖母说，"因此，你必须时刻留心。"我一次又一次地问祖母："然后天使做了什么？"祖母答道："他会对你说：'振作精神，向前走！'接下来怎么做，就看你的了。"

　　然而，从来没有什么天使来敲门。

　　有一次，父亲租了一辆铲车来运送干草。运送途中，铲车的方向盘出了故障，车翻了。雪莉的左手被压在铲车下面，然后汽油流出来，烧伤了她的大腿和臀部。

　　医生们给她做了7次手术，每次都要切除手上坏死的肌肉。

　　我曾对雪莉明年就要开始的打字课充满了期待，但医生证实了，她永远也不能打字了。

　　我们刚把雪莉的包放在病房里，邻床的女孩突然以一种命令的口吻对我们说："左边的第三个病房，那里有一个在车祸中受伤的男孩。你们去让他振作起来，马上！"我们来到了那个病房，鼓励了那个男孩一番，然后又回到雪莉的病房。

　　这时我才注意到这个不寻常的姑娘的背驼得厉害。

　　"你是谁？"我问。"我的名字叫托尼·丹尼斯。"她笑着说，"我在残疾人高中读书。我得过小儿麻痹症。"

　　我忍不住脱口而出："可是你不是残疾人！"

　　"你说得对。"她的眼睛斜看着我，答道，"在学校，老师们对我们说，只要我们还能帮助别人，我们就不是残疾人。不过，教我打字的

同学，他天生就没有手和脚。但他用牙齿咬着一根小木棍教我们所有人打字。"

我振作起来了。

最后我找到了一些单手打字手册。很快，雪莉就可以用盲打打完她所有的家庭作业了。她的英语老师责备她说："是你姐姐帮你打的作业吧，雪莉？"

"哦，不是这样的，老师。"雪莉微笑着对他说，"我用盲打1分钟可以打50个字了。"

老师盯着雪莉，然后慢慢坐下来，说："能打字一直是我的梦想。"他曾经得过小儿麻痹症，右手无力地垂在身体一侧。

"午休时间到教室来，我教你！"雪莉说。英语老师激动地点点头。

雪莉回家对我说："托尼·丹尼斯说得对，我不再是一个残疾人了，因为我在帮助别人！"

今天，雪莉已经是6本书的作者。她也帮助过许许多多的人，她曾教我们公司所有职员如何用左手灵活操作鼠标。而且她还会告诉你，只要你还能帮助别人，你就不是残疾人。

嘘，你听见敲门声了吗？拉开门闩吧！天使永远都不说"你好"，他们总是这样打招呼："振作精神，向前走！"

女孩成长感悟

一个善良的女孩，不仅自己要战胜困难，而且要把战胜困难的决心和勇气传达给更多需要帮助的人。让"振作精神，向前走"这句话成为那些在困境中努力的人前进的动力。

快乐的秘密

阳春三月，粉红的桃花盛开了，五彩的蝴蝶在花丛中翩翩起舞，煞是好看。

小女孩看得心里直痒痒，跑到桃林中，这儿闻闻，那儿嗅嗅，玩得不亦乐乎。忽然，她看到一朵桃花上停着一只受伤的蝴蝶——它的翅膀上有一根尖刺。

小女孩温柔地捧起蝴蝶，把那根尖刺轻轻地拔去。蝴蝶扇扇翅膀，飞向花丛中，眨眼间就变成了一位美丽的仙子。

仙子款款地走到小女孩跟前，对她说："谢谢你救了我，为了嘉奖你的仁慈和善良，我可以满足你一个愿望。"

小女孩又惊又喜，想了一会儿，仰起头说："我希望一辈子都快快乐乐的。你能告诉我怎么做吗？"

仙子微微一笑，稍稍弯下身子，在小女孩耳边说了一番话，说完便消失不见了。

过了几天，小女孩想

买一条黄色丝带，刚好她的好姐妹想买一面镜子，于是，她俩就一起去了商场。

经过精心挑选，小女孩最终选定了一条黄丝带。她正准备付钱的时候，只听"哐当"一声——好姐妹把一面昂贵的镜子打碎了。

看着满地的玻璃碎片，好姐妹不由得鼻子一酸，眼泪开始在眼眶中打转转。

小女孩马上说："别哭，没事儿的。"说完，她转向营业员说："阿姨，这条黄丝带我不要了，我想买一面镜子。"

她把存了好久的钱全用来买了镜子，虽然心中有些舍不得，但当她看到好姐妹破涕为笑时，自己也跟着开心起来。

"仙子的话说得真对，"小女孩自言自语道，"只要将自己的爱心奉献给身边的人，我就会拥有快乐。"

女孩成长感悟

善良是冬日的和煦暖阳，善良是炎夏的清凉微风。要想让自己收获更多的快乐，让生活更美好，那就要更多地付出你的爱心。在你献出爱心的同时，快乐也就随之而来了。

接受自己

在纽约的北郊住着一个名叫艾米丽的女孩，她整日自怨自艾，认定自己的理想永远实现不了。她的理想也是每一位妙龄女郎的理想：和一位潇洒的白马王子结婚，白头偕老。艾米丽总以为别人都有这种幸福，只有自己永远被幸福拒之于千里之外。

一天下午，不幸的艾米丽去找一位有名的心理学家，因为据说他能解除所有人的痛苦。她被请进了心理学家的办公室，握手的时候，她冰凉的手让心理学家的心都颤抖了。心理学家打量着这个忧郁的女孩，她的眼神呆滞而绝望，讲话的声音像是来自于墓地。心理学家请艾米丽坐下，通过跟她谈话，心里渐渐有了主意。最后心理学家对她说："艾米丽，我会有办法的，但你得按我说的去做。"他要艾米丽去买一套新衣服，再去修整一下自己的头发，把自己打扮得漂漂亮亮的，去参加星期二他家的聚会。

艾米丽对心理学家说："就是参加聚会我也不会快乐。谁会需要我？我能做什么呢？"

心理学家告诉她："你要做的事很简

单，你的任务就是帮助我照料客人。"

　　星期二这天，艾米丽衣衫整洁、发式得体地来到聚会上。她按照心理学家的吩咐，尽心尽责，始终在帮助别人，完全忘记了自己。她眼神活泼，笑容可掬，成了聚会上的一道彩虹。散会时，同时有三位男士自告奋勇要送她回家。

　　一个星期又一个星期，一个月又一个月，这三位男士热烈地追求着她，艾米丽终于选中了其中的一位，让他给自己戴上了订婚戒指。不久，在婚礼上，有人对这位心理学家说："你创造了奇迹。"

　　"不，"心理学家说，"是她自己为自己创造了奇迹。人不能总想着自己，怜惜自己，而应该想着别人，体恤别人。艾米丽懂得了这个道理，所以变了。所有的女人都能拥有这个奇迹，只要你想，你就能让自己变得美丽。"

（作者：张扬）

女孩成长感悟

　　艾米丽通过照顾别人实现了自我价值，并最终实现了自己的梦想。用心去关爱和照顾他人，就会越活越美丽。

卷帘门上有四季

毕业后，小薇开了一家小小的服装店。

一天清早，小薇在店门前的地上捡到了一个钱包。打开一看，表面上毫不起眼的钱包里居然有不少钱。小薇决定找到它的主人，然后把它物归原主。

不一会儿，一个学生模样的女孩急匆匆地赶了过来，面色煞白。

"对不起，我，我是来找钱包的……"

"哦，你是学生吗？怎么……"

经过确认之后，小薇把钱包还给了那个女孩。可是，令小薇微微感到不悦的是，女孩接过钱包之后，也没再多问什么，只撂下一句"谢谢"，转身就跑掉了。

一个月后的某一天清晨，小薇和往常一样去店里开门营业。到了店门口，她忽然愣住了！原本又黑又脏的卷帘门，不知怎么回事儿，被画上了美丽的春天的景色。小薇朝四周看了看，发现门缝里有一张小纸条，上面写着："好心人，您好！还记得一个月前，您还给一个女孩钱包的事儿吗？这个女孩就是我姐姐。姐姐当时丢了钱包，那里面是她辛辛苦苦打工赚来的钱，本想交学费的。丢了钱包之后，她急得不得了，眼睛都哭肿了，人也好像傻了一样。后来，从您那里找回了钱包，可是她当时高兴得稀里糊涂，也没有好好谢谢您……回来后，她觉得十分不好意思。我给您画这幅画，就算代我姐姐向您表达一点儿心意吧，好吗？"

女孩的感激还远远不止这些。接下来的日子里，每逢春天、夏天、秋天、冬天，女孩的妹妹都要给铁门"换上新装"，总是切合时令地画上一幅漂亮的画儿。

小薇很希望见一见这位善良的小妹妹，于是在门口贴了一张纸条，告诉她无论如何自己都希望能够见她一面。可是，她一直没有出现。

三年后，小薇把服装店转让给了一个熟识的朋友。

一天，小薇忽然接到那个朋友打来的电话。电话那端，朋友兴奋地大呼道："啊，门变得好漂亮啊！"

小薇当然猜得到是谁干的，这不是又到夏天了吗？

女孩成长感悟

　　卷帘门上随着四季变换的美丽图案代表着女孩深深的谢意。虽然时光一天天流逝，可是女孩感恩的心却始终不曾改变，这种美德让我们感动。面对别人的帮助，我们不应仅仅回报一句口头上的"谢谢"，而应该把这份感谢存在心底，时时记起。

被遮住的月光

　　楠楠坐在昏黄的台灯下，画完了最后一颗星星。她深深地打了个哈欠，终于画完了。她起身打开房门，看着在院子里飞舞的萤火虫，嘴角露出了一丝微笑。

　　她往妈妈的房间看了一下，门虚掩着，妈妈已安然入睡了。

　　每晚10点钟，楠楠都要来叫妈妈起来方便，然后再回房休息。

　　她走到了妈妈的房间前，先朝屋顶看了一下，明亮的月光静静地穿过房顶瓦片中央的那个天窗，不偏不倚地落在了床顶的那张图画上，她欣慰地笑了一下。

　　她轻声地唤了声："妈妈。"妈妈醒了，朝楠楠微微一笑。

　　她轻轻扶起妈妈，然后拿出床底的便盆，一边小心翼翼地扶着妈妈，一边问："妈妈，这段时间来，您夜里睡得还香吗？"

"我睡得很好，楠楠。"

妈妈方便完后，楠楠端起便盆说："妈妈，我去清洗一下。"说着，她朝门外走去。

妈妈望着楠楠走出去，她的双眼禁不住模糊了。

她原本有个幸福的家庭，丈夫是名舵手，有着不错的收入；她虽然只是个挑工，收入微薄，但也够家用；他们唯一的女儿楠楠，虽然才13岁，但懂事、可爱、善良，学习成绩优秀。

然而，前年一场意外的倒塌事故，使她失去了双腿。从那以后，家里的许多重担便落在了女儿身上。

她抬头望了下床顶平挂着的那幅画，那是女儿亲手画的。她的嘴角不由得滑过了一丝欣慰的笑……

她突然听到了女儿细碎的脚步声从门外传来，赶忙拭去了眼角的泪水。

女儿走进来，看到妈妈眼角的泪痕，不由得伤心起来："妈妈，您怎么又哭了？"

"妈妈是心里高兴，你看你画的画，又进步了。"她指着挂在床顶的画作说。

"哦，是吗？明天，我要给您换新的了！"楠楠笑着说。而后，她甜甜地说了声"晚安，妈妈"便关了灯，回屋去了。

是的，明天女儿又要来换张新画了——这是她今年以来每月必做的一件事。她回忆着。

她平躺在床上，睁着双眼，望着床顶女儿的画。房内虽然有点暗，但

皎洁的月光悄悄地泻在了它上面，她还是看得到轮廓的。

"月光，月光？！"她恍然间想到了什么——

女儿把画挂在了床顶，就是为了挡住那片月光？

怪不得，今年来，她每天晚上都睡得很沉。原本，只要有月亮的夜晚，那穿过房顶天窗的月光，总是亮得让她睡不着觉。

她顿时泪湿枕巾，终于明白了女儿的一片苦心……

（作者：陈建亮）

女孩成长感悟

为了让妈妈睡好觉，细心的女孩注意到生活中的每个细节，包括困扰妈妈睡眠的月光。女孩的孝心和爱心让我们感动，她让我们明白了在关心和帮助别人的时候，用心发现对方真正的需要，才能给人最贴心的温暖。

一杯水的友谊

　　她叫孙小珍，大学二年级。7月份的时候，被查出得了一种有传染性的疾病，她服从学校安排，住进了医院。

　　她住院很久了，没有一个同学敢来看她，这让她非常伤心，也觉得特别孤独。她觉得，自己好像被整个世界遗弃了。

　　一天下午，她趴在病床上给远方的父母写信，但并没有告诉他们自己生病的消息。父母年纪大了，距离又太远，小珍不想让父母担心。

　　忽然，护士小姐进来告诉她，院门口有个女孩要来看望她。这对小珍来说可是一个天大的喜讯，她一阵激动，这可是她住院以来第一个来看望她的朋友。小珍想着，可能是平时与她最要好的朋友杨颖。

　　不一会儿，一位身材高大的女孩提着一兜水果，在护士小姐的陪同下走进了病房。小珍一看，原来是班上和她并不

熟悉的一个女孩。她叫崔晨，是校女子排球队的队长，很健康、很有个性的一个女生。

崔晨走进病房时满头大汗，把提来的水果往床头柜上一放，便坐在小珍的病床前关切地询问她的病情。崔晨安慰小珍说："这种病很常见，千万不要有什么心理负担。"但小珍心理上的疙瘩并没有因为这几句话而解开。

她们大约谈了半个小时，崔晨说天气太热，又说了这么久的话，渴极了。说完，她就拿起床头柜上的一杯白开水，仰头准备喝下去。这下可把小珍给吓坏了，她连忙阻止："不行，千万别喝，我有传染病——你还是吃水果吧！"崔晨好像没听见似的，"咕咚，咕咚"一口气喝完，然后用手抹了抹嘴唇，笑着对小珍说："没关系，健康的生命是不怕被传染的！"

小珍看着崔晨健康明媚的笑脸，眼泪都快掉下来了。小珍知道，崔晨是在冒着被传染的危险来证明这种病并不可怕，以此减轻她的心理负担。小珍感到友情虽然藏在世界的某个角落里，但毕竟是存在着的，它总是在需要时，以一种强大的力量去包围需要关爱的人们。

这一杯水的情谊，足以让孙小珍牢记一辈子。

女孩成长感悟

任何人都有需要帮助的时候，我们如果能够在他人需要帮助时，伸出援助之手，那么，人与人之间的关系将会变得更加亲近、和谐。所以，我们应当学会关爱别人，让世界在爱的感染下，变得更加美好。当然，关爱他人的同时要注意正确的方式方法，保证自身的安全。

六个馒头

　　高一那年，学校组织同学们去千岛湖春游。

　　新来的李老师一宣布这个令人兴奋的消息，教室里马上被大家的喧闹声给充满了。同学们纷纷问起一些关于春游要注意的事项和所交的费用等问题。最后，李老师问了一句："大家还有什么问题吗？"大家这时都没有问题了，教室里也安静下来了，谁也没有注意到角落里那个来自山区的女孩。忽然，她犹豫地举起手，手指颤抖着，嘴张了几下却没有发出声音。但她还是站了起来，用极低的声音问："老师，我可以带馒头吗？"一阵并没有恶意的笑声刺激着女孩，她的脸通红通红的，低着头默默地坐下，眼泪顺着脸颊流了下来。李老师走过去，抚摸着她的头说："你放心，可以带馒头的。"

　　出发的前一天，女孩拿饭票在学校食堂买了六个馒头，然后低着头，做贼似的跑回宿舍。宿舍里，几个女同学一边收拾春游要带的零食，一边叽叽喳喳地议论着什么。女孩直奔自己的床，迅速地用一个塑料袋把馒头装了进去。女同学的议论声似乎小了一些，女孩的眼圈红了。

　　出发那天下起了雨，女孩没有带伞，只好和别的女同学挤在一把伞下。为了不因为自己而使同学淋湿，女孩不住地把伞往同学那边移，等到达目的地千岛湖时，女孩身上的背包湿漉漉的。大家纷纷冲向饭馆去吃饭了，女孩一个人待在招待所里，从背包里取出馒头。可是，由于塑料袋破了一个洞，浸透背包的雨水将馒头泡透了。女孩就这样一边流泪一边嚼着被雨水浸泡过的馒头。

　　女孩还没有吃完一个馒头，同学们就回来了。她没有料到同学们回来得这么快，来不及藏起被泡透了的馒头，只好匆忙地把它们往还没有干的背包里塞。班长突然说："哎呀，我还没有吃饱呢，能给我吃一个馒头吗？"

女孩不好意思摇头，也没有点头，班长已经打开她的背包拿出馒头啃起来。其他几个女同学也纷纷走过来拿起馒头，一边嚼一边说："其实，还是学校食堂做的馒头好吃。"

转眼，女孩带来的馒头都被同学们吃完了，女孩看着空了的背包，只是无声地落泪。

第二天，大家吃早饭的时候，女孩偷偷一个人走了出去。雨已经停了，女孩的心却在落泪。"本来可以不来的，干吗非要央求父亲借钱交春游费呢？"女孩一边后悔，一边默默地落泪。班长找到女孩，拉起她的手说："我们吃了你带来的馒头，你这几天的饭，当然要我们解决呀！"女孩喝着热腾腾的粥，吃着软软的馒头，眼圈红红的。

接下来的几天，总有人以吃了女孩的馒头为由请她吃饭。女孩的脸上渐渐有了笑容，她默默接受了同学们不着痕迹的帮助，默默地享受着这份单纯却丰厚的友谊。

回来之后，女孩变了。她的脸上总是洋溢着明媚的笑容，她更加努力学习，积极帮助别人。后来，这个女孩不仅是班里学习最好的一个，也是人缘最好的一个。

女孩成长感悟

我们在帮助别人时，也要照顾对方的感受，不要给对方造成心理上的伤害。帮助别人应该出自善意、出自尊重，应该如春雨般润物无声。施者如果能考虑受者的感受，也是一种善解人意。

爱心是可以传递的

在一幢阴暗陈旧的筒子楼里，垃圾无处倒，在楼下堆得到处都是。更为糟糕的是，楼道里的灯，不是灯口张着，就是灯泡坏了无人换。公用的通风窗年久失修，玻璃破碎，有的扇柄都脱落了，刮风的时候，就"吱吱"作响，煞是吓人。

大家仿佛早已习惯了这里的邋遢和脏乱，居然能够相安无事，感觉不出有什么异样。

一天，一位年轻姑娘来到这里，住进了底楼的一间房，她准备把这间房当作新婚的住房。女孩整天乐呵呵的，充满了热情。她先是用扫帚把门前的楼梯扫干净，又买了块玻璃换在公用通风窗上，然后踩着凳子，把楼道的灯修好，扯上一根拉绳，让进出楼道的人都能方便地开关。不仅这样，她还找来两个朋友，一起推着小推车，将楼底下散置的垃圾向外清理。看着她们这样忙活，有些人感到难为情，也从家里拿出铁锹帮着干起来，只用了一个上午的时间，整幢楼底下的垃圾便被清扫一空。

奇迹就是从这时开始出现的：过了没几天，女孩居住的这个单元一至六楼走廊的灯都渐次亮了，破损的窗户也都被人自觉地修好了。夜幕降临的时候，暖融融的灯光从楼道的通风窗户里照射出来，那么祥和，那么温暖。

仿佛积极的情绪容易被感染似的，这个单元全新的改变以及因此产生的美好与融洽氛围慢慢地在整个楼里渗透和蔓延开来。人们惊奇地发现：今晚这家门前的灯亮了，明晚那家门前的灯也亮了；人们拎着垃圾从楼道出来，再也不像以往一样随手一搁，而是自觉地向街道对面的垃圾箱走去。

　　女孩怎么也没有想到，自己的一点儿付出，却让整栋楼换了模样。这没有什么稀奇，因为世俗的观念，人们渐渐地习惯了在苟且和推诿中度日，对一些事不关己的东西采取漠视的态度。其实，大部分人的内心深处，还是涌动着对真善美的渴求和期盼的，这时，只要有一点儿火花冒出来，它就会点燃他们心中沉睡的蜡烛，让善良之火熊熊燃起。

女孩成长感悟

　　"星星之火，可以燎原。"让我们把对真善美的追求付诸行动，从点滴做起，从关爱身边的人做起。我相信每个人都能像这个女孩一样，成为造就奇迹的源头，营造出一个温暖的大家庭。

一副手套一双鞋

圣诞节即将来临，老师绘声绘色地给学生们讲圣诞老人的故事："他是个充满爱心的老人。谁想要什么礼物，只要在床头挂一只袜子，他就会从烟囱里爬进去，偷偷地把礼物塞进袜子里。"

"啊，真是太棒了！"同学们兴奋地说。

看着这些天真可爱的孩子，老师笑着问："你们希望在圣诞节得到什么礼物呢？"

每个学生都争着说出自己的答案，有的要糖果，有的要书籍，有的要玩具。教室里的气氛顿时活跃起来，大家都在兴致勃勃地谈论，除了玛丽——一个与奶奶相依为命的小姑娘。

她安静地坐在座位上，听着同学们的热烈讨论，一言不发。

老师注意到了，便问道："玛丽，难道你不想要圣诞礼物吗？"

玛丽缓缓地站起来，低声说："不是的，老师。只是我家的房子很破旧，连烟囱都没有，圣诞老人根本进不去。"

老师愣住了，没想到会是这样。她很喜欢玛丽，这个小姑娘虽然家境不好，但非常懂事，成绩常常名列前茅。老师想了一下，说："圣诞老人是无所不能的，即使没有烟囱，他也会想办法把礼物送给每个人。"

"真的吗？"玛丽兴奋地说，"那我想要一副手套和一双鞋。"

"为什么？"老师好奇地问。要知道，这个愿望太微不足道了。

玛丽接着说："冬天里，老师要写字，手一定很冷，有了手套手就暖和了；因为太冷，奶奶的脚被冻坏了，如果她能穿上棉鞋，脚就不会再受冻了。"

教室里骤然安静下来，学生们都低下头，似乎在思考什么。

"糟糕！"玛丽突然说道，"我的袜子很旧了，圣诞老人还会把礼物放在里面吗？"

"玛丽，别担心，你可以用我的，我有很多新袜子。"班上最调皮的学生说道。

老师欣慰地笑了，眼泪止不住地往下流。玛丽轻轻拉起老师冰冷的手，放在自己暖暖的小脸上，说："老师，这样您就不冷了。"

女孩成长感悟

纯真、无私的爱能够给人带来温暖。即使在冬天，只要有了爱的温暖，我们就不会感到寒冷。因为有爱，世界变得不再冷漠；因为有爱，生活变得多姿多彩；因为有爱，人们相处得更加和谐。

粉红色的风衣

李云和张岚是同班同学，她俩一起吃饭、一起上课、一起看电影……同学们都认为她们是好朋友。

然而，张岚自己却一直认为，李云不可能与她成为亲密无间的朋友。李云是独生女，家里又很富裕，而张岚只是一名来自贫困家庭的普通女孩。如此悬殊的差距，使张岚与李云有一道"交际分水岭"。

李云经常热情地请张岚吃这吃那，但每次都遭到张岚的婉言拒绝。后来，张岚请李云吃了两次老家特产——脐橙，这终于让李云找到了说服张岚的理由。李云说："小岚，我一定要回报你——滴水之恩，当涌泉相报嘛！"

此后，李云再请张岚吃东西，张岚没有再拒绝。

一次自习课上，张岚玩着手中的钢笔，一不小心，钢笔飞了出去，正落在李云穿的粉红色的风衣上。一时间，张岚手足无措。

等李云明白过来时，她风衣的胸前处，已经被墨水染黑了一小块，还有几处颜色稍淡的小黑点。

"张岚！"李云气得瞬间涨红了脸，转过头朝张岚低声吼了一句。

张岚知道，自己赔不起那件衣服，因为在打折的情况下，李云都花了368元——那可是张岚一个半月的生活费呀。张岚惶恐而小心地对她说："下自习后，我……我帮你……洗洗吧！"

"不用了，我们家有专门用来除去墨迹的洗衣液，周末我拿回家去洗一洗，应该没问题的。"李云察觉出张岚的不安，反过来安慰她说，"行了，好好上自习吧。"

半个月后，李云重新穿上了粉红色的风衣，上面果真变得干干净净，一点儿墨迹都看不出来了。张岚的愧疚这才慢慢消失，忐忑不安的心情也随之渐渐平静了下来。

不久，放寒假了。因为顺路，张岚和几名同学中途去了李云的家。在李云的卧室里，张岚无意中看到了一件挂在衣橱角落里的风衣：粉红的底色将上面的墨迹衬托得分外惹眼……

一瞬间，张岚什么都明白了。与此同时，一种叫感动的东西涌上心头……

从那以后，张岚坚信，李云是她真正的朋友。

女孩成长感悟

李云是个善解人意的女孩，她巧妙地消除了朋友的不安，且不着痕迹。友谊是建立在相互理解相互体谅的基础上的，而且不应该有贫富的界限。面对朋友的小过错，我们应该寻找巧妙的解决方法，不要让对方背上沉重的心理负担，只有这样，友谊才不会褪色。

我们都能成为天使

我，还是一名中学生的时候，经历了一件难忘的小事。

那是一个星期五，我在放学回家的路上看到一个名叫丽莎的同学，她是刚转到我们班上的，她手中抱着一摞厚厚的书。我想："为什么要把所有书都带回家呢？她一定是个书呆子。"我周末可要玩个痛快：参加聚会，和几个朋友去公园。

我耸耸肩继续往前走。这时，一大帮孩子故意冲过去把她手中的书打翻在地，还有人在丽莎脚下使了个绊儿，她随即倒地。

丽莎的眼镜飞了出去，她抬起头看了看，我从她眼中读出了痛苦的神情，我的心随之一紧，然后朝她跑去。她趴在地上摸索着找眼镜。我把眼镜递到了她手中。她向我道谢，脸上浮现出笑容，那是发自肺腑的感激的笑容。

我得知，原来我们住的地方相距不远。于是，我们结伴回了家。我觉得她这个人还不错，就问她是否有兴趣周六一起去公园，她欣然同意了。

整个周末我们都混在一起，她给我和我的朋友们留下了非常好的印象。

周一又到了，上学的路上，我又看到了怀抱一摞书的丽莎。

此后，我和丽莎成了最好的朋友。

多年后，丽莎特别邀请我去参加她的大学毕业典礼。她在致辞中说："毕业典礼是对帮助过我们的人表达谢意的最好时刻。我要借这个机会，感谢我最好的朋友。"

接着，她开始讲我们认识的故事，我惊讶地睁大了眼睛。直到那天我才知道：多年前的那个周末，她原本是去自杀的。她说她已整理好了学校的柜子，并把所有的书都抱回了家，这样，她妈妈在她死后就不必特意去学校整理她的遗物了。说到这里，她看着坐在台下的我，脸上展现出笑容，她接着说："然后，我很幸运，是我的朋友把我从死亡的边缘拉了回来。"

那一刻，我才真正理解了她的话："永远不要低估你的行为能够产生的力量，你一个小小的举动就可能改变另一个人的生命。"用自己的快乐和爱心去照亮他人的生命，这样做永远都是值得的。当我们的翅膀折断，无力飞翔时，身边的朋友就是把我们拥入怀中的天使。

女孩成长感悟

一个不经意的善意的举动，挽救了一个年轻的生命。用快乐和爱心去照亮他人的生命，关注周围人的生活，这个世界会更美好。

埃尔莎的阳光

以前，有一位可爱又善良的女孩，名叫埃尔莎。她有一位年纪很大的奶奶，奶奶头发都白了，脸上也布满了皱纹。因为身体不好，老奶奶不能下地行走，只能长年躺在床上。

由于长年的病痛，有时候奶奶会发脾气，但是，埃尔莎还是很爱她的奶奶，一直迁就着奶奶。

埃尔莎的父亲在山上有一栋大房子。每天，太阳都从南边的窗户里射进来。房子里的每件东西都亮亮的，漂亮极了。阳光照到人身上，暖洋洋的，舒服极了。可是奶奶住在北边的屋子里，太阳从来照不进她的屋子。

一天，埃尔莎对她的父亲说："为什么太阳照不进奶奶的屋子呢？我想，她也喜欢阳光。"

"亲爱的埃尔莎，太阳公公的头探不进北边的窗户。"父亲说。

"那么，我们把房子转个方向吧，爸爸，这样阳光就可以射进奶奶的房间了。"

"房子太大了，不好转。"父亲说。

"那奶奶不就照不到一点儿阳光了吗？"埃尔莎问。

"当然了，我的孩子，除非你给她带一点儿进去。"

从那以后，埃尔莎一有空闲时间，就绞尽脑汁、冥思苦想，思索着如何能带一点儿阳光给她的奶奶。

当她在田野里快乐地玩耍的时候，她看到小草和花儿都向她点头；鸟儿一边从这棵树跳到那棵树，一边唱着甜美的歌儿。世间万物好像都在说："我们热爱阳光，我们热爱明亮、温暖的阳光。"

"奶奶肯定也喜欢的。"女孩想，"我一定要带一点儿给她。"

一天早晨，她在花园里玩时，看到太阳温暖的光线照到了她金色的头发上。然后，她低下头，看到衣服上也有阳光。

"我要用衣服把阳光包住，"她想，"然后把它们带进奶奶的房子里。对了，就这么办！"于是，她跳了起来，跑进了奶奶的屋子。

"看，奶奶，看！我给你带来了一些阳光！"她叫着。然后，她打开了她的衣服。可是非常奇怪，她和奶奶没有看到一丝阳光，刚才那些阳光不知道都藏到哪里去了。

"孩子，阳光从你的双眼里照出来了，"奶奶微笑着说，"它们在你金色的头发里闪耀。有你在我身边，我不需要阳光了。"

埃尔莎不懂，为什么她的眼睛里可以照出阳光，但她很愿意让奶奶高兴。

每天早上，她都在花园里玩耍，然后跑进奶奶的房子里，用她的眼睛和头发，给奶奶带去阳光、带去欢乐。

从此以后，奶奶再也没有因为病痛而乱发脾气了，因为她可爱的小孙女总会带阳光给她。

女孩成长感悟

埃尔莎的做法是多么天真啊！可这天真的做法里，包含了多少温暖而细心的爱呀！只要内心充满爱，走到哪里，阳光就会照到哪里。埃尔莎用她的懂事、善良，给生病的奶奶带去了心灵的阳光。

我的另一只翅膀在哪里

迪卡娅是一个12岁的小女孩，长得极乖巧可爱，她和母亲生活在一起。她没有父亲，在她两岁的时候，父亲便弃她们母女而去。起初，她并没有觉得有什么不同，因为母亲很爱她，她觉得很幸福，和别的孩子没什么两样。

直到有一天，在课堂上，老师对他们说："瞧，你们多可爱，每一个孩子其实都是天使！"有同学问："那我们为什么没有翅膀呢？"老师笑着说："你们的爸爸妈妈就是你们的两只翅膀，有了父母的爱，你们才能自由飞翔！"教室里一片欢腾，只有迪卡娅黯然垂头，她忽然意识到，自己是一个少了一只翅膀的天使！

那天回到家，迪

卡娅问妈妈："妈妈，我是天使吗？"妈妈笑着说："你当然是天使了，是我最可爱美丽的小天使！"迪卡娅说："老师说，我们的翅膀就是爸爸妈妈，可是，我的另一只翅膀在哪里呢？"这是她第一次和妈妈说起爸爸，以往她看到别的孩子有爸爸，都从来没有问过妈妈。妈妈沉吟了一下，摸着她的头说："迪卡娅，你听妈妈说，有些天使并不是生来就有一对翅膀的！"迪卡娅好奇地问："为什么呢？为什么上帝不给他们一对翅膀呢？"妈妈说："我的孩子，那是因为上帝最喜欢那些天使，所以只给他们一只翅膀！"迪卡娅愈加迷惑地问："上帝既然那么喜欢他们，怎么还让他们变得残缺呢？"妈妈低头亲了亲她的小脸，说："因为上帝给的翅膀不够坚强，只有自己在世界上寻找到的翅膀，才是最美丽也是最有力的！"

迪卡娅若有所思地点了点头，问："那我该去哪里寻找另一只翅膀呢？"妈妈说："那是需要用爱去交换的！你对别人付出一份爱，别人就会回报给你一根羽毛，当你付出的爱足够多时，你的翅膀也就找到了！"迪卡娅搂着妈妈的脖子亲了一口，高兴地说："哦，我明白了，我要开始寻找另一只翅膀了！"

从那以后，迪卡娅仿佛变了个人似的。出门时遇见收垃圾的，她会伸出小手帮忙；有时还举着伞为街头卖冰点的人遮凉；常常搀扶着老人过街道；帮助小同学补习功课。她轻盈的身影跳跃在身边的世界中，把一份份纯真的爱送给每一个人。人们都很喜欢她，亲切地称她为"爱心小天使"。她收藏着每一个人给她的微笑、给她的关爱，采撷着每一份感动、每一份温暖，她知道这都是五彩斑斓的羽毛，她要用自己的爱把这些羽毛编织成一只最美丽的翅膀。

长大后的迪卡娅成了一名护士，在医院里，她是最受患者称赞的人。后来，她去非洲做了一名志愿者，在每一个难民营里，她都把最美丽的微笑和最温暖的爱心奉献给那些流离失所的人。在那片土地上，人们也称她

为天使，因为她总能把阳光和希望带给他们。

迪卡娅一直留在非洲，不怕苦累。那年的圣诞节，她给远在美洲的妈妈寄去了一张明信片，上面写着："妈妈，我找到了自己的另一只翅膀，我现在终于是一个真正的天使了。永远感谢你，亲爱的妈妈！"

捧着女儿的卡片，妈妈看着女儿从小到大的照片，脸上带着微笑，在那温柔的笑容里，满是温暖的感动。

（作者：包利民）

女孩成长感悟

是的，即使爸爸妈妈的爱是我们的翅膀，要想飞得更高更远，也需要用自己付出的爱来使我们的羽翼丰满。只有把纯真的爱送给每个需要关怀的人，收获微笑，收获感动，你才会成为真正的天使！

一枚开花的硬币

在我们班，园园是最乖巧听话的学生，整天规规矩矩地坐在那儿，一脸天真的傻笑。园园是个有严重智力障碍的孩子，老家在贵州乡下。园园的爸爸跪在校长的面前求情，园园才插班到我教的一年级。

可怜的园园，也许她永远也不会知道自己的处境有多么糟糕，整天就知道傻傻地笑。园园那一身破烂的衣服成了那些城里孩子的笑料，园园也成了同学们欺负、捉弄的对象。望着她呆呆的样子和天真无邪的目光，我心里充满了无限的同情。

那个黄昏，寝室里光线很暗了，园园敲响了我寝室的门，她结结巴巴地说："老师，您能借给我一个硬币吗？"我身上没硬币，于是掏了张一块钱的纸币给她。她失望地摇了摇头，跑开了。

第二天放学，园园又到我寝室来找我了。后来，我专门到学校外面的商店换了枚硬币给她。我摸着她的头说："傻孩子，硬币和纸币不都一样可以花吗？"

我不明白她为什么非要一枚硬

币。她有那样的思维，我认为只是因为她有严重的智力障碍。

后来，园园的爸爸要带园园回老家了。园园来向我告别。她拉着我跑到学校教务室门外的小花坛边，用手指着其中的一盆花告诉我，我给她的那一枚硬币，她悄悄种在了里面。她说春天的时候，硬币就会发芽开花，然后结很多很多的小硬币。她让我帮她把那些小硬币都捐给贫困山区的小朋友。

那一瞬间，我回忆起了那次班上组织向贫困山区的小朋友捐款、捐物的活动。我记起了那天同学们争先恐后地捐出了自己心爱的玩具和压岁钱时，园园脸上那种不自然的表情。

想着想着，我的眼泪就流了出来，落在那盆花上。原来，爱心是没有障碍的啊！

（作者：童心）

女孩成长感悟

一枚永远也不会开花的硬币，却代表了一个孩子高洁的灵魂。爱心是最真诚的人性，它在众人面前是平等的，不分贵贱、不分贫富，也不论聪明还是智障，只要你有一颗善良、悲天悯人的心，你就能为这个社会尽一份绵薄之力。

一碗馄饨

有一天，妈妈问女儿："期中考试成绩怎么样？"

女孩说："这次考试我没发挥好，成绩不理想。"

妈妈问："为什么没有发挥好？"女孩生气地说："跟你说不清楚，说了你也不会明白的。"妈妈想弄清楚原因，女孩变得不耐烦了，母女俩发生了争执。

一气之下，女孩转身就跑出了家门。妈妈在后面叫女孩，女孩头也不回地来到了街上。

女孩漫无目的地走了大半天，感到有些饿了，刚好看到前面有个小饭馆。可是，她摸遍了身上的口袋，连一个硬币也没有。

店主是一位很和蔼的老婆婆，她看到女孩茫然的样子，就问："孩子，你是不是要吃碗馄饨？"

女孩不好意思地回答："可是我忘了带钱。"

"没关系的，你就吃吧！"

老婆婆说完便端来一碗馄饨。女孩满怀感激，眼泪情不自禁地掉了下来。

老婆婆关切地问："孩子，你怎么了？"

"我没事。我只是很感激您！"女孩一边擦眼泪，一边对老婆婆说，"我们素不相识，而您却对我这么好，我没有钱还让我吃馄饨……"

通过交谈，老婆婆知道女孩是与她妈妈吵架后离家的。于是，她对女孩说："好孩子，我只不过煮了一碗馄饨给你吃，你就这么感激我，那你妈妈煮了那么多年的饭给你吃，你怎么就不感激她呢？你怎么还要跟她吵架呀？"

女孩愣住了。吃完馄饨，告别了老奶奶，她急匆匆地往家走去。刚到家门口，她便看到妈妈焦急等待自己的身影。妈妈看到女儿，脸上立即露出了笑容："赶快回家吧，饭早就做好了。你要是回来再迟一点儿，菜都要凉了！"

听了妈妈疼爱自己的话语，女孩忍不住落泪了。她想："母亲节那天，我一定要给妈妈送一束鲜花！"

女孩成长感悟

老婆婆的一碗馄饨和一番话让女孩明白了妈妈的默默付出。父母都是疼爱孩子的，为了孩子的成长，父母付出了很多心血。作为子女，我们应该理解父母，怀着感恩的心，学会与父母融洽相处。

佛 心

初秋时分，我与几个新结识的朋友一道乘一辆小面包车去游览峨眉山。

一个叫叶子的小女孩很快就成了车上的中心人物。过了一会儿，叶子蹭到司机旁边，小声问他："叔叔，后面那只小猴是你的吗？"大家回头去看——后窗上悬着一只小布猴，身体随着车身的晃动来回摆个不停。司机说："喜欢吗？送给你。"叶子连忙摆手说："叔叔，我不想要你的小猴子，我只想动动它。""动吧，我批准了。"叶子爬上后座，摘下小猴子，让它"坐"在后排的椅背上，说："好了，坐着它就不会累了。"

安顿好了小猴子，叶子又蹭到司机旁边，疑惑地指着汽车挡风玻璃上的一片片斑迹问："叔叔，你的汽车玻璃是不是该擦了？"司机打开喷水装置和雨刮，很

快就把玻璃上的污物清理干净了。但是，刚开了一小段路，玻璃上面就又污渍斑斑了。司机说是车开得太快，一些飞行的小昆虫撞死在玻璃上了。叶子"啊"了一声，这时候，一个小蚂蚱样的东西"咚"地撞在了玻璃上面，登时变成一摊红红黄黄的污迹，叶子看呆了。她带着哭腔央求司机说："叔叔，你开慢点儿吧，别撞死这些小虫子。"

中午的时候，我们到了峨眉山报国寺下面的停车场。这时，一位老先生不解地问导游："地上怎么这么多一截一截的电线啊？"导游笑着说："这里的蚯蚓特别多，也特别粗。这么毒的太阳，它们爬到水泥地面上来，还不很快就给晒成'电线'了。"过了一会儿，突然听见叶子的哭声，大家跑过去问原委。叶子妈妈说："叶子在路上看到一条蚯蚓，怕它晒死，就勇敢地把蚯蚓扔进草地里。但不知怎的，她扔完了蚯蚓自己就哭了，可能是被吓的吧。"

到了报国寺，大家都去寺里礼佛。叶子没有去，她在一边哭，一边扔爬上水泥地面的蚯蚓。我也没有去，我的那颗虔诚的心不由得朝向了小小的叶子。

（作者：张丽钧）

女孩成长感悟

真正的佛心，并不是一路对佛像的参拜，而是要有一颗像叶子一样善良的心。她的温柔慈悲感动了同行的"我"，也值得更多的人学习。

感恩节的礼物

有一天，一个小女孩走到一个礼品店外，出神地盯着一件礼物看，几乎整张脸都贴在了橱窗上。过了很久，小女孩终于走进了店里，她告诉店主，她想看看店里的那条蓝宝石项链。她说："我想买给我姐姐。您能包装得漂亮一点儿吗？"

店主狐疑地打量着小女孩，问道："你有多少钱？"

小女孩从口袋里掏出一个手帕包，小心翼翼地解开所有的结，然后摊在柜台上，兴奋地说："这些可以吗？"小女孩迫不及待地展示出来的，不过是几枚硬币而已。

小女孩说："您知道吗，我想把它当作礼物送给姐姐！自从妈妈去世以后，她就一心照顾我们，根本没有自己的时间。今天是感恩节，也是她的生日，我相信她一定会喜欢这条项链的，因为项链的颜色就像她的眼睛的颜色。"

店主拿出了那条项链，装在一个小盒子里，用一张漂亮的红色包装纸包好，还在上面系了一条绿色的丝带。

店主对小女孩说："拿着吧，小心点儿。"

小女孩满心欢喜，连蹦带跳地回家了。

这一天的工作快要结束的时候，店里来了一位美丽的姑娘，她有着一头金色的头发和一双蓝色的眼睛。她把已经打开的礼品盒放在柜台上，问道："这条项链是在您这里买的吗？"

"是的，女士。"

"多少钱？"

"本店商品的价格是卖主和顾客之间的秘密。"

姑娘说："但我妹妹只有几枚硬币，而这条宝石项链却货真价实。她付不起的。"

店主接过盒子，精心地将包装重新包好，系上丝带，递给了姑娘。

"你妹妹给出了比任何人都高的价格，因为她付出了她所拥有的一切。"

小店里一片安静。姑娘紧紧攥着那个小盒子，两行热泪滑下了她美丽的脸庞。

女孩成长感悟

　　小女孩用自己的行动表达了对姐姐的感恩之心。心怀感恩会让我们赢得别人的尊敬，更会使我们获得真正的快乐。疲惫时的一句安慰，沮丧时的一声鼓励，成功时的一阵掌声……常怀感恩之心，生活到处充满感动。

那个曾经沉默的少女

她出生在菲律宾一个富裕的家庭，父母都是贵族。她身材矮小，相貌平平，成绩糟糕，这使她与周围的环境格格不入，因而小小年纪便变得越来越沉默。

那天，是她10岁的生日，父亲早已定好了丰盛的午餐，母亲领着她匆匆赶往那家餐厅。在经过一条僻静的街道的拐弯处时，小女孩突然不走了，她双眼直直地盯着一个角落，那里蜷缩着一个衣衫褴褛的人。小女孩哀求妈妈给她10美元。"爷爷，这是10美元。"然后，她微笑着将它放到瓷碗里。

令她父亲奇怪的是，在开始就餐时，她央求父亲向服务员要了两个一次性饭盒，只见她盛了满满一盒米饭，又用另一个盛了两个荷包蛋和一些新鲜的蔬菜、鱼和肉，放到桌子的一侧，然后才大口大口地吃起来。

在回家的路上，她小心翼翼地拎着饭盒走在前面。经过那个熟悉的拐弯处时，她飞快地跑到那个乞丐面前："爷爷，我给你带来了可口的饭菜，来，趁热吃！"那位老人连声道谢。

看着自己的女儿头一次主动和陌生人说话，细心的妈妈似乎悟到了什么。回到家，妈妈从柜子的底层找到了一床旧棉被。

晚上，外面刮风了，一听到妈妈要她跟父亲一起去给爷爷送旧棉被，她一骨碌爬了起来。在送棉被的路上，她的话也特别多，父亲感受到了她难得的快乐。

在父亲的询问下，他们知道了这位爷爷本来住在乡下，因为孙子得了重病，他只得背井离乡，沿街乞讨。他准备凑足医药费就回家。

听完爷爷的故事，父亲决定在小区举行一次募捐活动。小女孩听了非常高兴，但当妈妈说前提是小女孩来承担这个募捐活动的宣讲任务时，小女孩就低下了头，妈妈说："想不想给爷爷的小孙子凑足医药费？你来决定吧！"

募捐活动非常成功，小女孩清脆的呐喊声和宣讲吸引了小区居民，他们纷纷慷慨解囊。对于小女孩来说，在这次活动中，她赢得了一份特殊的礼物——勇敢。

后来，小女孩在学校也变得越来越开朗，再也没有因为自己矮小的身材而自卑，并且她还赢得了去国外大学留学的机会。

成年后的她依靠自己的爱心赢得了下属和同事的拥护，依靠勇敢无畏的精神，在国家非常时期，大刀阔斧地进行改革，她就是菲律宾身只有高1.52米的"铁娘子"——前总统阿罗约。

女孩成长感悟

对别人的爱和关心让阿罗约主动与别人说话，重拾自信并获得巨大的成就。有时候，关爱他人也能更好地完善自己，让自己自信地面对人生，就像阿罗约一样。

墙壁上的那道线

刘佳念小学五年级，学校离家有点儿远，可父亲总不同意给她买自行车。这天，刘佳再也忍不住了，对父亲说："爸爸，别的同学都有自行车了，就我没有！"

父亲看了看女儿，半晌，终于说："得，买！"刘佳一听，高兴地问："那啥时候买？"父亲想了想，在一面墙上画了一条横线，说："等你长到这么高，爸就给你买车。"

从此，每天放学回家后，刘佳总会跑到墙上的那道横线下，可每次都是垂头丧气地离开。

一个月过去了，两个月过去了……半年都过去了，可刘佳还是没有墙上的那道线高，她搞不懂了。一天早上，刘佳去问母亲："妈，这道线一定有问题，为什么我总是没有它高呢？"

母亲说："我说她爸，就给孩子买辆车吧！明年她就要到城里上中学了，那么远，总不能还走着去吧？"父亲深深叹了一口

气，说："买，佳佳，上学去吧，爸爸明天就给你买车！"

刘佳背着书包正要出家门。忽然，她听到屋内母亲对父亲说："都大半年了，怎么也不见孩子长个儿呢？是不是缺营养啊？都怪我拖累了你们父女俩……"

父亲打断了母亲的话："别瞎说，是我把那道线往上移了。"母亲吃惊地问："你怎么把线往上移了？"父亲一声长叹道："我也想给孩子买辆车啊，可是总不能拿买药的钱给她买车吧？都怪我没用，不能赚更多的钱啊……"母亲也跟着叹气："都怪我这病……"

下午放学的时候，刘佳早早走回了家，一进屋就迫不及待地说："妈，老师在班上表扬我了。"母亲问："老师为什么表扬你？"刘佳骄傲地说："我在运动会的长跑比赛中得了第一。我知道，要不是我天天走路上学，是不会有这么好的身体的。妈，我还要继续走路上学，我不要车了。"母亲疼爱地说："傻孩子，你爸明天就去帮你买车，骑车也可以锻炼身体呀！"刘佳依偎在母亲的怀里说："妈，我真的不要车了。你让爸把钱留着给你买药吧！等我和墙上那道线一样高了，再给我买车。"

第二天，天还没有亮，刘佳就早早地起床，摸黑在屋子里悄悄摆弄了一阵后才上学。天亮后，母亲就着急地催促丈夫给女儿买车。刚一抬眼，突然发现墙壁上的那道线比昨天整整高出了一截，墙脚处，还放着一张小板凳……

（作者：何建新）

女孩成长感悟

我们要做一个通情达理、善解人意的人：倾听别人的心声，理解别人的难处，不辜负别人的好意。我们要学会站在对方的位置上思考，为对方着想，为对方分忧。懂得这个道理，并按此去做，你就会成为一个受欢迎的人。

美丽的心灵也是特长

　　有个女孩长得很平凡，学习也一般，歌唱得也不好，更不会跳舞。她经常看着镜子中的自己叹息，恨上天对自己不公平。升入中学后她更加沉默，看着别的同学又唱又跳，口才也那么好，她总是躲在角落里用自卑把一颗心紧紧地裹住。

　　她学习很努力，成绩却一般，为此她不知偷偷哭过多少次。班上的同学没有人注意她。下课时别人都去操场上玩了，她便去把黑板擦得干干净净，把地面扫得纤尘不染。夏天，她细心地在地上洒上水；冬天，她把门口和教室里大家带进来的雪扫净，免得同学们进出时滑倒。没有人注意到她所做的一切，她也不想让别人知道，只是觉得自己应该这么做。

　　可是有一次同学们却都注意到她了。那天她迟到了，当她来到班级时，班主任的课已讲了一半。当她怯生生地喊了一声"报告"后，同学们的目光都投到了她身上，随即教室里响起了

一阵笑声。原来她的衣服零乱，头发也梳得不整齐，一看就知道是起晚了胡乱穿上衣服就赶过来的。她低着头站在那里，眼泪都快流出来了，班主任老师走过去帮她整了整衣服，微笑着说："快回到座位上去吧，课已讲了一半了，如果听不明白下课后找我。"她回到座位上，脸红红的。

有一次开班会，老师让大家说一下自己的特长。于是每个人都兴奋起来，轮流发言，有的唱歌好，有的跳舞好，有的会书法，有的能画画，有的会弹钢琴。她坐在那里静静地听着，脸上带着羡慕的微笑。忽然，老师叫了她的名字，她一惊，红着脸站起来小声说："老师，我没有特长。"老师走到她的身旁，轻轻地摸了摸她的头，对大家说："你们也许不会注意到，平时是谁在课间把地面扫得干干净净，是谁每天早早地来到教室把每张书桌擦得一尘不染。是她一直默默地做着这一切。有一次她迟到了，你们还嘲笑她，你们知道那次她为什么迟到吗？她帮一位老大妈把一袋大米搬上了四楼啊！你们一定奇怪我是怎么知道的，因为那个老大妈就是我的邻居！同学们，你们都有各方面的才华，可是她有一颗美丽的心，美丽的心灵也是特长啊！"教室里响起了一片热烈的掌声，大家第一次发现，这个平时没人注意的女孩原来竟是这样美丽。

美丽的心灵是任何东西都无法取代的特长，所以平凡的你不要再去自卑，你的心灵会照亮你生命中所有的黯淡岁月。拥有一颗美丽的心，就一定会拥有无怨无悔的青春！

（作者：包利民）

女孩成长感悟

如果你没有出众的容貌，美丽的心灵会让你同样出色；如果你有美丽的容颜，善良的心灵便会为你的生命锦上添花。

怕你心疼

"妈，好几个同学都说您做的咸菜好吃，嫌我带得太少，不够吃。瞧，这次他们把饭盒都塞给我了。"正在上高中，每月回一次家的女孩一进屋就冲母亲嚷着，同时把几个饭盒摆在桌上。

母亲忙说："咱农家啥都缺，就是不缺咸菜。等走时，妈给你多炒些，把他们的饭盒都装满。"

晚上，母亲特意用晾在墙上的一小块腊肉，炖了一锅香喷喷的土豆。女孩吃得狼吞虎咽，母亲看得目瞪口呆。

第二天，女孩要去学校了。临走时，母亲从口袋里拿出一沓钱，抽出几张让女孩带上。可是女孩不要钱，她从口袋里拿出一小沓钱，冲母亲晃晃说："您看，我还有这么多呢，这次就不拿了。"

女孩的弟弟提着一堆装满咸菜的饭盒送姐姐上学。走出家门，弟弟问："姐，你真神啊，怎么能那么节省，还剩那么多钱啊？"

"说了你可得替我保密啊。"

"我一定保密。"弟弟举起右手。

"不行，得拉钩！"

"拉钩就拉钩。"

姐姐说："那钱是从同学那里借来的，回去还要还给人家。我是不愿意看到妈妈挨家挨户地为我借钱。"

"那些咸菜是不是也有蹊跷？"

"那些饭盒都是同学的，不过，咸菜可是带给我自己吃的。回到学校，我就倒在那几个大玻璃瓶里，能吃好长时间呢。"姐姐说这话时，一脸得意的神情。

回到家，母亲说："儿啊，你看会儿家，我要去还钱了。"

"还钱？还什么钱？"

"妈怎么会有这么多钱？我看你姐回来了，就事先借点儿钱，让她拿钱时别心疼。"

弟弟的心一颤，他强忍着泪水，等母亲出了门，才任由眼泪淌下来。

女孩成长感悟

　　我们应该学习故事中的母女，学习她们的善解人意。亲人之间，朋友之间，应该加强沟通和理解，体谅对方的难处，体察对方的需要，为对方多付出一些。体谅对方不一定要大张旗鼓地行动，一句贴心的话就可以使人心头充满暖意。帮助对方不一定要说出来，悄然的举动更能显出亲情的温馨。

开心的大脚美女

　　学校后天要举行一个盛大的舞会，女生们都想在舞会上一展风采。

　　晚上，我躺在床上想象自己穿着那件新买的浅蓝色裙子，轻轻滑过舞池，裙裾飞扬……

　　可是，我的脚实在是太大了！同学们老是取笑课桌下我那双像滑雪板一样的大脚。我忧愁地翻了个身。

　　第二天，我起了个大早，决定为自己买一双合适的鞋子。但是，我每进一家鞋店，总是会碰到相同的一幕：

　　"我想买一双鞋。"我怯生生地说。

"欢迎光临。"店员热情地说。忽然瞥见了我的脚，于是他连忙改口："对不起，本店的鞋没有你的尺码。"

难道我只能穿哥哥的运动鞋去参加舞会？我想到了最后一个希望——马萨诸塞大街上斯道特鞋厂的直销店。

一个上了年纪的店员从柜台后迎了过来："我能帮你做点儿什么？""你们店有没有适合我的鞋子？"我嗫嚅道。

老人给我搬来一张椅子。"你先坐下，"他微微屈了一下腰，好像我是一个公主，"我马上就回来。"

他捧着一只盒子出来了。他坐在一个旧凳子上，从盒子里拿出一只大大的舞鞋，帮我穿在脚上。他说："看看合适不合适。"

我站起身，脚几乎从舞鞋里脱落出来，老人扶我站稳。他错误地估计了我的号码。这双鞋子大得离谱，我突然感到从未有过的兴奋。

那个老头儿，我现在感到他是一个老绅士——眼睛闪着光。"哦，姑娘，"他说，"我去换一双小点儿的。"

"小点儿的！"我心中暗暗重复着这句话，像是哼一首美妙的曲子。

老绅士回来了，晃晃悠悠地抱着一大摞盒子："也许我们可以在这里面找到一双适合你的。"

我一双接一双地试穿。金色的、粉红色的、白色的……我对老绅士讲了我的舞会，还有我的裙子。

"哦，"他似乎感到我的事情非同小可，"这么说，我们还得把这些也试一试。"他说着，小心翼翼地打开另一只盒子。哇，这是我这一天见到的最漂亮的鞋子———一双蓝缎面的高跟鞋！当他帮我把这双鞋套在脚上时，刚好合适！我感到我就是童话里的那个灰姑娘，真想就在这个鞋店里翩翩起舞。

"我替你包好。"他很高兴，就像是他自己买到了称心的鞋子。我有点儿纳闷，像他这样一个有经验的老店员，一开始怎么能判断失误到如此地步？只有一个解释：他其实是一个善解人意的绅士和朋友，也是一个很好的生意人。

我得到了一个老绅士朋友般的帮助。这一天真的让我非常开心！

（翻译：邓笛）

女孩成长感悟

　　一个小小的善意举动，保护了小姑娘的自尊心，也成全了她爱美的梦。心怀大爱，乐于助人，生活会因此而丰富多彩。

你是善解人意的人吗？

你正与朋友面对面地坐在一起。她可能在想心事，看起来无精打采、心灰意懒。你将对朋友说些什么呢？

1 丧失自信

她说："本来这次我是绝对有信心的，可是，他们还是说我没有才华。我再也不搞音乐了！"你会说——

A. 过度自信反而毁了你。

B. 现在就放弃吧，让过去的全部成为过去吧！

C. 绝不能这样，总会有出头的一天。

2 自我嫌弃

她说："我总是说些多余的话。刚才在电话里，我还伤害了朋友。"你会说——

A. 说话过了头嘛，别在意。

B. 别对漫不经心的话太在乎了，对方不会多心的。

C. 我也不太会讲话，这一点倒是和你很像。

3 自暴自弃

她说："为什么我这么倒霉呀！我要放弃这段友谊！"你会说——

A. 他那么说也有他的道理嘛，别那么生气了。

B. 你和我比起来还算幸福的。

C. 争吵就会两败俱伤，好好考虑啊！

测评答案

上述各题分值分别为： 1. A. 0分 B. 3分 C. 1分　　2. A. 1分 B. 3分 C. 0分　　3. A. 3分 B. 0分 C. 1分

0—3分：

非常遗憾，你可能是缺乏体谅对方的能力。你是否在人际交往方面不太顺利呢？

4—6分：

你虽能体会对方的心情，但却不善于表达。虽然嘴笨，但你和蔼可亲，这一点是没人可比的。尽管你不善言辞，可你的关怀还是能够传递出去的。如果你过多地说明，你的真诚反而会褪色。

7—9分：

你往往过分诚恳，超乎一般地投入感情，这大概是因为感受能力比较强吧。但有时这样做反而会成为对方的负担。你的弱点在于容易受对方情绪的影响，这常常会使你自己也感染上别人的情绪。

第 **3** 章

独立自主的女孩最有个性

独立女孩培养法则

❶ 独立思考，有主见

做有个性的女孩，不是追求时尚，也不是追逐潮流，而是根据自己的能力制订人生计划，并为之努力。同时，独立女孩对人生也能有自己独特的见解，并能根据形势的改变而适时地调整自己。

❷ 自强自立，做事不依赖人

自己的事情自己做，你一样可以做得优秀。相信自己的能力，排除自己内心的依赖心理，走出父母提供的襁褓，独立生活，独立学习，给自己创造一片自由飞翔的天空。自己的床被你可以自己整理，自己的学习用品你也可以整理得井井有条。

❸ 有理想、有目标

有自己的理想和目标的人，每天都是崭新的，每天都是活力四射的。为了理想，坚定地向目标前进，请坚信自己一定可以创造出属于自己的辉煌！

让自己站出来

美国科罗拉多州有一位年轻女孩，她叫作艾薇儿。她刚刚开始学做生意。

一周前，艾薇儿听说百事可乐的总裁卡尔·威勒欧普要到科罗拉多大学演讲，于是立刻打电话找到卡尔·威勒欧普的助手，希望能找个时间和他见一面，讨教一些经商的经验。

可是那个助手告诉她，卡尔·威勒欧普的行程安排得很满，顶多只能在演讲结束后的15分钟内与她碰一下面。

于是，在卡尔·威勒欧普演讲的那天，艾薇儿很早就来到科罗拉多大学的礼堂外守候。

卡尔·威勒欧普演讲的声音以及听众们的笑声和掌声不断从里面传来。不知过了多久，艾薇儿猛然发现，预定时间已经到了，但是演讲还没有结束。

卡尔·威勒欧普已经多讲了5分钟，也就是说，他和自己会面的时间只剩下10分钟了。

这时，艾薇儿当机立断，作出一个决定。她拿出自己的名片，匆匆在背面写下这样一句话："先生，您下午两点半和艾薇

儿·荷伊有约会。"

　　然后，她做了个深呼吸，推开礼堂的大门，直接从中间的走道向卡尔·威勒欧普走去。威勒欧普先生原本还在演讲，见艾薇儿走近，他停了下来。

　　艾薇儿把名片递给他，随即转身从原路走回。她还没走到门边，就听到威勒欧普先生告诉台下的听众："抱歉，各位，我两点半有个约会，但显然我已经迟到了，所以我必须结束演讲。谢谢大家来听我的演讲，祝大家好运！"然后就走到了外面。

　　他看看名片，接着看看艾薇儿说："我猜猜看，你就是艾薇儿。"他说完露出了微笑，还把右手伸了出去。他们的手紧紧握在了一起。

　　结果，那天下午他们谈了整整30分钟。威勒欧普不但告诉了艾薇儿许多精彩动人、让艾薇儿到现在都还常拿出来讲的故事，还邀艾薇儿到纽约去拜访他和他的工作伙伴。

　　不过，威勒欧普教给艾薇儿最珍贵的东西，就是鼓励她继续发挥先前那种面对忽然改变的形势的胆量。不管是生活还是商业，我们都会遇到这种时刻，你无法掌控的局面出现了，而你又没有任何可以商量的人，这个时候，你需要让自己站出来，为自己作出决定，并把它付诸实践。这么做很需要魄力，但它确实可以改变你的人生。

女孩成长感悟

　　每个人都希望自己有一个表现的舞台，都渴望成功，可人们往往忘记了一条，在追求成功的道路上，需要有莫大的自主能力。　虽然任何成功都有运气的成分，但是首先要有勇气去尝试，这样，当机遇来临时，你才能够抓住它。如果没有自主能力，你永远都不可能抓住任何机会。

自尊是无价的

　　玛丽是美国一家保险公司的股东，也算是一位成功人士了。她回忆起自己的经历时说："我所签下的数额最大的一张保单不是在我有了经验之后，也不是在觥筹交错中谈成的，而是在我第一次出门推销的时候签下的。"

　　玛丽的第一份保险大单是与纽约一家大电子公司签订的。第一次上门推销时，她对这样的大公司有些敬畏，走到这家公司的大门口竟然有点胆怯，不敢进去。但毕竟这是玛丽的第一次推销，犹豫了很久之后她还是进去了。

　　"你找谁？"总经理的声音很冷漠。

　　"是这样的，我是保险公司的业务员，这是我的名片。"玛丽双手递上名片，心里有些发虚。

　　"推销保险？今天你已经是第三个了。谢谢你，或许我会考虑，但现在我很忙。"这位总经理婉言谢绝了。

　　本来，玛丽也不指望在她从事推销的第一天就能卖出一份保险，所以毫不犹豫地说了声"抱歉"就离开了。如果不是她走到楼梯拐角处时下意

识地回了头，或许她就这么走了，以后也不会有任何事情发生。

玛丽下意识地回了头，看见自己的名片被那位总经理撕掉后扔进了废纸篓，玛丽感到非常气愤。于是她转身回去对他说："先生，对不起，如果您不打算现在考虑买保险的话，请问我可不可以取回我的名片？"

总经理的眼中闪过一丝惊讶，旋即平静了下来，他耸耸肩问她："为什么？"

"没有特别的原因，只是名片上面印有我的名字和职业，我想要回来。"玛丽平静地回答道。

"对不起，小姐，你的名片让我不小心弄脏了，不适合还给你了。"

"如果真的脏了，也请您还给我吧。"玛丽看了一眼废纸篓。

片刻，那位总经理突然有了好主意："OK，这样吧，请问你的名片制作一张的费用是多少？"

"10美元。"玛丽有些奇怪。

"好，"那位总经理拿出钱夹，在里面抽出一张50美元，"小姐，抱歉，我没有零钱，这钱是我赔偿你名片的费用，可以吗？"

玛丽想夺过钱撕个稀烂，并告诉他尽管她是一位保险推销员，可也是有人格的，但她还是忍住了。

她礼貌地接过钱，然后从包里抽出4张名片给了他："先生，抱歉我也没有零钱，这4张名片算我找给你的钱，请你看清我的职业和我的名字。这不是一个适合进废纸篓的职业，也不是一个应该进废纸篓的名字。"

说完这些，玛丽头也不回地转身走了。没想到第二天，玛丽就接到了那位总经理的电话，约她去谈购买保险的事宜。一见面，那位总经理就告诉玛丽，他打算为公司全体职工每人购买一份人身保险。

女孩成长感悟

保险有价，自尊无价。玛丽在对维护自己尊严的问题上寸步不让，也因此而打动了客户，成功地迈出了第一步。无论我们从事何种职业，无论职业高低贵贱，我们都不能放弃我们的尊严。

没有一句台词的奥斯卡影后

美国有一个举世闻名的电影奖，叫奥斯卡金像奖，每年颁发一次，用以鼓励和表彰那些在电影艺术方面取得突出成就的电影从业人员，同时促进电影文化、教育和科学水平的提高。它象征着电影界的最高荣誉。

1987年3月30日晚上，洛杉矶音乐中心的钱德勒大厅内灯火辉煌，座无虚席，人们期盼已久的第59届奥斯卡金像奖的颁奖仪式正在这里举行。在热情洋溢、激动人心的气氛中，仪式一步步地接近高潮……高潮终于来到了，到了揭晓最佳女主角的时刻，所有人的心都悬了起来。终于，主持人大声宣布："玛丽·玛特琳！"全场立刻爆发出经久不息的、雷鸣般的掌声。玛丽·玛特琳在掌声和欢呼声中，一阵风似的快步走上领奖台，从上届最佳男主角奖获得者威廉·赫特手中接过奥斯卡金像奖的奖杯。很多电视机前的观众看到她用手语向观众示意，这才明白，原来，她是个聋哑人。

1965年，玛特琳出生在美国的一个商人家庭。父亲是汽车商人，母亲是珠宝店经销员，一个哥哥是股票和证券经纪人，另一个哥哥是餐馆的服务员，她是家里唯一的女孩。但在玛丽·玛特琳出生刚18个月的时候，一次高烧夺去了她的听力。这对她来说是异常残酷的。但她并没有因为自己的残疾而丧失生活的信心。相反，她对生活充满了热情。她8岁加入伊利诺伊州儿童剧院，9岁时就开始正式登台表演。她还时常被邀请在电影中扮演聋哑角色。她利用这些演出机会不断锻炼自己，提高演技。

正是因为她的努力，她在舞台剧《小神的儿女》中，把一个微不足道的角色饰演得有声有色。也正因为如此，在女导演兰达·海恩斯决定将这部舞台剧拍成电影时，才毫不犹豫地决定由她担任女主角——萨拉的扮演者。

结果，在没有一句台词的情况下，玛特琳全靠极富特色的眼神、表情和动作，成功地揭示了主人公丰富的内心世界，表演十分到位，最终感动了无数观众，当然也包括奥斯卡金像奖的评委们，从而成为奥斯卡金像奖颁奖以来最年轻的最佳女主角获得者，也成为美国电影史上第一个聋哑影后。

她相信，她的心和所有人一样健康。正如她自己所"说"的那样："我的成功，对每个人——不管是正常人还是残疾人，都是一种激励。"不能坐等机遇和指望苍天，一切都取决于自己。

（作者：卡洛林·李）

女孩成长感悟

对于任何人而言，任何残疾都没有心灵的残疾可怕。一个乐观开朗、心态健全的人，只会是人生的征服者，而不会被生活的风暴所摧毁。拥有一颗健全的心，乐观对待人生，积极进取、全力以赴、锲而不舍，你就会得到命运的垂青，成为生活的主角，赢得人生大舞台的辉煌。

不盲从的伊伦

　　伊伦·约里奥·居里是居里夫人的大女儿，1935年诺贝尔化学奖的获得者。伊伦从小勤学好问，自懂事起就被带进了科学园地之中。

　　一次课上，物理学家朗之万给孩子们提出了这样一个问题：把一条金鱼放进一个装满水的鱼缸里，然后把溢出的水接到另一个缸子里，结果发现溢出来的水的体积比这条金鱼的体积小，这是为什么？

　　"真怪呀！""也许是金鱼把水喝到肚子里去了？"孩子们七嘴八舌地议论着。伊伦没有参加讨论，而是用手托着小脸蛋想得入了神。她记得妈妈讲过的浮力定律：浸没在水中的物体所排开的水的体积应当与这个物体的体积相等。可是怎么到了金鱼身上就不灵了呢？朗之万伯伯是个学识渊博的大科学家，总不会是他弄错了吧。

伊伦一回家就从妈妈的实验台上取了一个缸，又弄了条金鱼，开始做这个实验。结果发现，溢出的水的体积与金鱼的体积一样，不多也不少！

第二天一上课，伊伦便生气地质问朗之万伯伯，为什么要给小伙伴们提出一个错误的问题，还详细地描述了自己做金鱼实验的经过和结果。没想到，朗之万伯伯听完后竟然赞赏地笑了，说道："伊伦，你是个聪明的孩子。通过这个小谎言，我想告诉孩子们，科学家说的话也不一定完全正确，你们只能相信事实。要知道，严谨的实验才是最可靠的证人。"

在这种富有探求精神的、活泼的教育氛围中，伊伦成了孩子们当中的科学明星，成为名副其实的科学世家的"小公主"。

女孩成长感悟

我们的生活总是被重重的言论包裹，经验、权威、评议……有时候，它们是很有益的，但有时候，它们却成了一种障碍。任何人说的话都不会绝对正确，我们需要有否定权威的胆识，更要有探求真理的决心，否则，我们就成了教条主义与经验主义的俘虏。

坚持自己的原则

　　有一个名气很大的跨国公司，招聘一名总经理助理，年薪至少20万美元。在众多应聘者中，琳丹娜气质端庄，业务精干，很快脱颖而出。面试的最后一关是由总经理亲自主持的。

　　总经理对她进行了长达两个小时的面试，琳丹娜从经营方针到内部管理、新品开发等多方面阐述了自己极具建设性的想法。总经理认真地听着，不时赞许地点点头。显然，他对琳丹娜的表现很满意。

　　总经理说："讲了半天，你一定口渴了。我也有些口渴，请你去买两瓶可乐来。"说着递给琳丹娜一张百元大钞。琳丹娜来到街前商店，买了两瓶可乐。回来时，她把剩下的钱一分不差地交给了总经理。她知道，这很可能也是考试内容的一部分。果然，总经理打开一瓶可乐，说："这是今天测试你的最后一道题目了。如果这道题你

能回答得让我满意，你将通过今天的测试。这道题是这样的：假如这两瓶可乐中有一瓶被人掺了毒药，当然加害目标是我。现在，我命令你先尝一尝。"

琳丹娜说："我明白你是在测试我对公司和你的忠诚度。虽然我知道也许我尝了你就会录用我，虽然我很想得到总经理助理这个职位，但我不能尝。我认为你这样做是对我人格的侮辱。"

总经理怒道："这次应聘者有上千人之多，别说让他们喝这没毒的可乐，就是真让他们喝毒可乐，他们也会喝！"琳丹娜正色道："我认为你刚才说的话与你的身份地位很不相称。对不起，我觉得今天的测试该结束了！"说着要起身离去。

总经理立刻和颜悦色地说："请原谅，刚才只是测试。我很欣赏你的反应和你的品格。祝贺你！你被录用了。"琳丹娜说："招聘是人才与企业之间的双向选择，你的测试我已经通过了，但我对你们的测试你却没有通过。再见！"说完，拂袖而去。

女孩成长感悟

即使是面对年薪20万美金的诱惑，琳丹娜依然坚持自己的原则，因为她对人格比对金钱更看重。生活中有些原则必须坚持，不能改变。

把饭馆开在菜棚里

罗美菱大学毕业工作后，进了一家公司，由于勤奋努力很快脱颖而出，成为公司里最年轻的女部门经理，也算是一位成功女性。可是，她并不太喜欢这种朝九晚五、旱涝保收的白领生活，而想自己创业。

一天，罗美菱被一篇关于健康生活的文章所吸引。这篇名为《租个小岛过日子》的文章说，现在，越来越多的都市职业人为了减轻工作和生活的压力，拿出一笔积蓄到依山傍水的地方租一块地方，建一座小木屋，周末或休假的时候就携家人住到那儿，过一段清新自然的绿色生活……

看过这篇文章，罗美菱有了一个大胆的想法。罗美菱的老家在农村，每次回家，她总要到家里的蔬菜大棚中去摘些爱吃的蔬菜，然后拿回家让母亲用土灶做了吃。那鲜嫩的蔬菜加上农家风味的烹制，味道特别鲜美，令人胃口大开。

不久，罗美菱的"乡村土菜馆"开业了。这是一间只有三十多平方米的小菜馆，位于罗美菱自家菜地的路旁，全是由木头建造的，锅是大铁锅，灶是泥巴灶，抹布是干丝瓜瓤做的，水瓢是半个葫芦……她的广告词写得温馨而实在："你渴望自己动手采摘最新鲜的果蔬吗？你愿意亲自使用最原始的工具烹调一桌美味吗？不要太多的钱，也不要太多的时间，农家小院里，在开满丁香花的树下，邀你看月亮、数星星……"

久居城里的人从来没有见过这么新奇的餐馆：人们可以在大棚的那一头采摘果蔬，在这一头烹调。享用劳动果实的时候，还可以观赏到满目的"美色"：绿的白菜、红的西红柿、紫的茄子……这别具一格的风格，使乡村土菜馆渐渐出了名，越来越多的城里人成了这里的常客。一个月下来，罗美菱盈利两万多元！

现在，乡村土餐馆已经开了十多家分店，罗美菱希望更多的人能够在享用果蔬的过程中舒散城市生活带给他们的压力，让身体更健康，心情更轻松。

罗美菱觉得自己很快乐，因为她在按照自己的想法生活。

女孩成长感悟

如果你的生活由别人设定，并不由你自己做主，那么，即使这种生活看上去无比光鲜，对你而言，又有什么快乐可言呢？人要有自己的想法，勇敢地走自己的路，发展自己的爱好。只有做自己最想做的事，才能做得最好。

不放弃自己的那颗痣

在人们看来，她长得十分清秀，美中不足的是，她的嘴角有一颗非常显眼的黑痣。不过，她却觉得这颗痣使她更显妩媚，使她的美更加有特色。于是，她心中就有了一个梦想：成为一个世界超级名模。然而，一家六口人只靠父亲微薄的薪水度日，父亲根本没有能力为她买化妆品、时装杂志和昂贵的服饰。

十六岁那年，有同学告诉她，一家模特经纪公司正在招聘模特。这个消息让她激动不已，她立即赶到那里。然而，她在这家经纪公司却碰了壁。"你最好去掉嘴边的痣。""为什么？""现在大众欣赏的是洁白无瑕的美女，虽然你的身材相当好，可是，你的这颗痣……"

"不，我不想去掉这颗黑痣，这是上帝赐予我独一无二的标志。"她断然回绝。

"把那颗痣点掉！""把那颗痣点掉！"第二家模特公司、第三家模特公司……纷纷提出同样的要求。

她动摇了，开始怀疑自己的坚持。就在这时，看似已经完全关闭的成功之门终于为她裂开了一条缝隙，一家内衣厂的厂商看中了她。内衣广告片播出以后，出人意料地引起了轰动。之后短短一个月的时间，她那些极力张扬着个性的照片开始频频出现在各大杂志封面。嘴角有痣的她，蕴含着桀骜不驯、个性十足的美，被大众接受了。

五年之后，她迎来了生命中第一个辉煌的时刻。一家著名公司要拍一支广告，由她担任专属模特，工作二十天，预付酬劳六十万美元！媒体称她为"最有性格的一位典型美国美人"。

媒体纷纷盛赞她有前瞻性眼光。有记者问道："是什么原因使你坚持保留那颗黑痣？"她回答："我梦想着有一天闻名于全世界，虽说当时这件事对我有难度，但是我知道我一定能做到。我出名了，全世界都靠着这颗痣来识别我。"

当她站在那个许多人仰视才能看见的高度，低下头来看走过的路时，不止一次，她暗自庆幸自己没有随波逐流。

如果她去掉了那颗痣，她就是一个通俗的美人，顶多拍几支廉价的广告，就会湮没在那些平淡无奇的美女阵营里。

她，就是世界顶级名模辛迪·克劳馥。究竟是那颗黑痣成就了辛迪，还是辛迪成就了那颗黑痣？人生很多时候就是这样，平庸与精彩之间只隔一步，坚守独特就会精彩，扔掉独特就是平庸。

女孩成长感悟

有的人过于在意别人的看法，举手投足都小心翼翼，其实这是不自信的表现。我们如果不敢展现自己的个性，就只能湮没在人群里，默默无闻。不要一味地迎合别人，不要总是踩着别人的脚印前进，不要像墙头草那样没有主见，而是要敢于亮出自己的旗帜，坚持自己的本色。

记住冬天里的一只蚊子

德国总理安格拉·默克尔是当今世界上令人瞩目的女政治家之一，她那种处变不惊的铁娘子形象给人留下了深刻的印象。默克尔从小就是一个优秀的女孩子，她思路敏捷、兴趣广泛，在学校一直是品学兼优的好学生。14岁那年，小默克尔满怀信心地参加了学校学生会主席职位的竞选。可是，从前被视作天之骄女的安格拉却遭到了惨败。同学们指责她不苟言笑，缺乏亲和力；思想保守，缺乏创造性，完全不适合担任学生会主席。默克尔无法接受别人的批评，伤心得连学校都不愿意去。默克尔的父亲卡斯纳，是一名知识渊博的牧师。他非常了解自己的女儿，也非常疼爱自己的女儿。为了使女儿能够以正确的心态对待人生的挫折，卡斯纳给女儿讲述了自己亲身经历的一个小故事。

一个隆冬的早晨，屋外寒风凛冽。在上卫生间的时候，卡斯纳忽然发现镜子的左上角有个小黑点，仔细一看，原来是一只个头很大的蚊子。纤细的足，长长的嘴，腹部有纹，模样非常丑陋。他扬起手，准备狠狠拍下，蚊子却抖动翅膀，在空中盘旋了两圈，停到卫生间的墙角去了。

突然，卡斯纳隐隐地有一丝感动，便不再去追打这只蚊子。在他心里，他有三条理由放它一条生路：第一，它是一只英勇的蚊子。天寒地冻，它的部落成员们早已销声匿迹，而它却能挑战自己的身体极限，坚强地站立在严酷的环境里。卡斯纳敬重这样的生命。第二，它是一只有活力的蚊子。经过严酷的自然选择，它依然肢体强壮，灵敏如常，这已经算得上是一个奇迹了。卡斯纳珍惜这样一个奇迹。第三，它是一只热爱生命的蚊子。在同类都已经死去的情况下，它还能乐观地活着，怎不让人佩服呢？

卡斯纳把自己奇特的感受告诉了妻子，妻子则不以为然。她的一句话，使卡斯纳不得不重新思考这只孤独的蚊子。妻子说："假如我们家的卫生间并不像现在这般温暖，这只蚊子还会活着吗？很显然，这只蚊子是一只贪图温暖安逸而不知危险已至的愚蠢的蚊子！它是该死的！"说着，妻子拿起一瓶杀虫剂，将卫生间彻底地喷了一遍。结果，那只孤独的大个子蚊子瞬间就掉落在地上，毫无挣扎地死去了，并没有给人英雄牺牲时的悲壮之感。

讲完这段经历之后，卡斯纳语重心长地对女儿说："同样一只孤独的蚊子，我们对它却有两种截然不同的认识和评价。亲爱的孩子，在生活中，当有人赞扬我们是英雄或者贬低我们是狗熊的时候，那不过是他们把自己的某些想法强加在我们的身上而已，并不代表我们真的伟大或者渺小。正如这只孤独的蚊子一样，毁誉并不能改变它的属性，它永远是它自己！不要被他人的口舌左右！"

默克尔忽闪着大大的眼睛注视着父亲，聪明的她明白了父亲话语中的深意。从此以后，这个小姑娘不再看重别人的评论，而是按照自己的人生理想，不断地奋斗拼搏，一步一步地走向成功。当人们采访她时，她非常自豪地说："我这一生最不能忘记的就是父亲所说的那只蚊子，它帮我走过了许多人生困境。"

（作者：孙建勇）

女孩成长感悟

同样一只孤独的蚊子，人们对它却有两种截然不同的认识；同样的一个人会因为评价者的好恶而得到完全相反的评价。坚持走自己的路，做自己心灵的主人，才能成就辉煌的人生！

咖啡馆里的作家

英国爱丁堡的冬天很冷，白天很短，天空总是灰蒙蒙的。

乔安妮推着婴儿车走在街上，街上人很少。她高高的、瘦瘦的、脸色苍白，很久没洗的长发蜷曲着垂在双肩上。不过，她碧蓝的眼睛闪耀着光芒，使她显得很精神。

街道狭小，两旁的房子很古朴，有一种厚重、宁静的味道。建筑不是很高，在街上就能看到不远处火山岩顶上的旧城堡。

可是乔安妮无心欣赏这些风景，她推着婴儿车来到一家咖啡馆，选了个僻静的桌子坐下，点了杯咖啡。三个月大的女儿杰西卡这次很乖，在婴儿车里睡得很香。乔安妮欣慰地从包里拿出笔、纸和资料，开始写作。

这个咖啡馆叫大象咖啡馆，它很有特色。它的大门是红色的，在冬天显得特别温暖。里面的胖老板喜欢搜集大象的画，还把画挂在店里。他是个好人，从来都不会把乔安妮赶走。

是的，乔安妮失业了，她如今穷困潦倒，靠政府的救济生活。那微薄的救济金，只能勉强养活她和女儿。为了省暖气费，冬天来了，她就待在咖啡馆里写作。

乔安妮曾一度陷入沮丧之中。那时候，她刚离婚，成了单身母亲，又失业了，变成了社会最底层的人。她觉得自己很失败，甚至有过轻生的念头。不过一想到女儿，她认识到轻生是错的，女儿很需要她。

她正在写一个魔幻故事。她心中一直有一个童话人物：一个11岁的小男孩，瘦小的个子，乱蓬蓬的黑色头发，明亮的绿色眼睛，带着圆形眼镜，前额有一道细长、闪电形状的伤疤……没错，他就是后来的哈利·波特。

在《哈利·波特与魔法石》出版之前，出版商说："乔安妮这个名字太女性化，会影响销售，得换一个。"穷困中的她，不得不用了后来为世人所熟知的笔名——J.K.罗琳。

如今，爱丁堡多了一个著名的景点——大象咖啡馆。这间咖啡馆的门依然是红色的，胖老板依旧不赶人。只是门前多了一块广告牌，上面写着：哈利·波特的诞生地。人们都慕名而来，他们很好奇，这么一个平凡的地方，怎么就出了个全世界知名的作家。

女孩成长感悟

　　永远都不要将恶劣的环境以及他人的阻拦当成自己不思进取的借口。如果一个人有足够的毅力去追求成功，那么无论面对怎样的困境，他都绝对不会退缩，也都能够带着自己的梦想奋勇向前。一个不能被困难打倒的人，就一定能将困难踩在脚下，一步一步走向成功。

有残疾的女孩

一天，玛丽正在和胡克等一群小伙伴玩，一辆狂奔的马车冲过来将她撞倒在路边，她的右臂被夹在篷车的两条轮棒之间。

此后，玛丽的这只膀子就被固定而成一种V字形。这个V字可以前后摆动，指头也略可以屈伸，但就是不能展臂。当她奔跑时，她的膀子就像飞鸟的翅膀一样扑动。

因此，从那以后，胡克他们都叫她"翅儿"。这样的一种不幸，要是落在其他人身上，那些人多半会一蹶不振，但玛丽却并不因此气馁。她仍是一个顽皮的姑娘，仍然穿着那种不成体统的顽皮姑娘所穿的衣服。她因为残了一臂而无法再去东河游泳，因此，她只得在河边作漫长的散步。

这个女孩在男孩和男人的天地中，往往会因为她的畸形臂膀而成为被取笑的对象，但玛丽没有否定她作为一个人的存在价值，她没有自暴自弃。

玛丽发现河滨世界，是在初夏的时候——商船驶进港口卸货；健壮的码头工人背负着运来的货袋；辛勤工作的男人在阳光下叫骂。

不久，她成了一个有固定工作的女子，在东河码头跑上跑下。她赚到了午餐，同时还有薪金可拿。

她做了她应该做的事情，也赢得了每一个人的敬重。

时值10月末，天气非常闷热。胡克他们一帮孩子来到东河，跃入采沙船旁的河中。突然，一个叫作瑞德的男孩大叫救命。

胡克想搭救瑞德，但发现瑞德被夹在一只驳船和码头之间的缝隙中。

瑞德的一只腿被卡住了，他非常恐惧。胡克也很恐惧：万一来一阵风把船吹向码头，那将会把瑞德挤扁的！

胡克感到无计可施，焦急万分。有人去求援。

救星来了！那是玛丽，她奔跑而来，一只臂膀摇来摆去，好像稻草人被风吹着一般。

胡克叫她让开，但她在码头边沿上跪下，并且将左臂伸向瑞德，一下就将他拖了上来。

胡克和其他男孩感到非常惊讶，不敢相信自己的眼睛所看到的一切是真的。

其实，因为玛丽做码头工人的工作，她的左臂被锻炼得特别发达，这也使她救了瑞德的命。

女孩成长感悟

就算只有一只手臂，也要证明自己的存在，她小小的身躯里有着自强自立的倔强。同时，她也因为懂得尊重自己，赢得了他人的尊重。面对困境，你只有成为命运的主人，才能创造精彩的生活。

带我去看天堂鸟

瑞典有一个小女孩，突然患上了一种疾病，丧失了走路的能力，每天只能坐在轮椅上。

一位著名的神经科医生检查了她的腿，并没有发现严重的器质性病变，但也查不出病因。他建议女孩加强腿部的锻炼，尝试重新走路。可女孩总是认为自己的腿正渐渐失去知觉，自己已经离不开轮椅了。

第二年夏天，女孩一家到海边避暑，住在当地一位船长的家里。船长出海远航去了，热情的女主人给小女孩讲了许多有关她丈夫和他的船的故事。有趣的航海故事和女主人生动的描述，深深地吸引了小女孩。

而最令小女孩入迷的，是船长的那只天堂鸟。在女主人的描述中，这是一只神奇、美丽的鸟。小女孩巴不得船长立刻回来，好让她亲眼目睹天堂鸟的模样。于是，她隔几天就问女主人："船长什么时候才能回来呢？"看得出，小女孩对未曾见过的天堂鸟充满了期待。

女主人只能笑着安慰她："很快就会回来的，别着急，他一定能带给你惊喜。"

小女孩天天守在门口看船长的船是否已经归航。在她焦急的等待中，日子一天天过去了。

船长终于回来了。听到汽笛声的小女孩，激动地拉住保姆的手说："快，我要上船去看天堂鸟，一刻也等不及了！"此时的小女孩恨不得插上一对翅膀飞上船去。于是，保姆只好推着小女孩的轮椅上船。她把小女孩留在甲板上，自己去找船长。

一分钟，两分钟……时间仿佛被拉长了。迫切希望马上看到天堂鸟的小女孩已经快没耐心了。她着急地对船上的服务员说："带我去看船长的天堂鸟，好吗？我已经等了好长时间了。"服务员看着小女孩急切的目光，答应了她的请求。服务员并不知道小女孩的腿不能走路，只顾在前面带路。

这时，奇迹发生了。小女孩因为极度渴望看到天堂鸟，竟忘记了自己的腿不能走路，拉着服务员的手，慢慢地走了起来。

当保姆带着船长的天堂鸟走出船舱的时候，她被眼前的一幕惊呆了：

"天哪，你居然能走路了！"

那一天，小女孩不但看到了天堂鸟，更得到了一份珍贵的礼物——她的病痊愈了。而创造奇迹的，正是她自己。

女孩成长感悟

　　自己的命运要靠自己去把握，不能寄希望于别人。外界过多的帮助，会助长你的依赖心理，使你忽视自己的力量。每个人的内心深处都有巨大的潜能，只是没有被激发出来罢了。不能一遇到困难就去求助，因为没有谁能助你一辈子。

小蜗牛的壳

　　一片茂密的森林里，生活着许多小动物，这些动物们最喜欢的一项运动就是赛跑。有一只蜗牛也很喜欢赛跑，常常和小伙伴们赛跑。可每次都是小蜗牛跑得最慢，她非常生气："我每次都尽了全力了，为什么总是赢不了比赛呢？"

　　她想过来，想过去，都想不出原因，就生气地缩回自己的壳里。"啊！我知道了，一定是我背上这个壳太重了，有谁见过背着家赛跑的？怪不得每次我都赢不了，肯定是它影响了我的奔跑速度，老天真是不公平。"于是，她气哼哼地跑去责问妈妈："妈妈，妈妈，想办法把我的壳去掉吧，否则每次赛跑我都会输。"

　　妈妈听后笑

了："傻孩子，去掉壳的保护你就会死掉的。"

小蜗牛很伤心："可是妈妈，为什么我们从生下来，就要背负这个又硬又重的壳呢？"

妈妈说："因为我们的身体没有骨骼的支撑，只能爬，可又爬不快。所以需要这个壳的保护啊！"

小蜗牛还是不服气："那毛毛虫姐姐没有骨头，也爬不快，为什么她不用背着个又硬又重的壳啊？"

妈妈笑着拍拍小蜗牛的脑袋说："因为毛毛虫姐姐能变成蝴蝶啊，广阔的天空会保护她的。"

小蜗牛又问："蚯蚓弟弟也没有骨头，也爬不快，也不会变成蝴蝶，那他为什么也不用背着个又硬又重的壳呢？"

妈妈说："因为蚯蚓弟弟会钻土，大地会保护他啊。"

小蜗牛听了大哭起来："妈妈，为什么只有我们最可怜，天空不保护，大地也不保护？"

蜗牛妈妈安慰她："傻孩子，怕什么，我们有壳啊！有了壳，我们就可以不靠天，也不靠地，靠我们自己。不用依赖任何人的保护，这多好啊！"

女孩成长感悟

很多人总想依赖他人，有了依靠就松了一口气，没有依靠就坐立不安。这样的人就如同温室里的花草，永远长不成参天大树。其实，我们最该依靠的人是自己，因为在这个世界上，没有谁会永远在你身边保护你，只有自己足够强大了，才会获得永久的安全。

为自己埋单

　　毕业于名牌大学艺术系的小楠，经过一系列漫长、艰辛的面试，击败了所有的对手，来到这家中国人少得被称作"外星人"的意大利独资装潢设计公司，成为设计部的一名员工。

　　上班第一天，一个栗色长发的外籍女孩子很妩媚地冲小楠微笑："嗨，我是Marla。先来杯咖啡怎么样？"小楠看着她，忙不迭地打招呼："你好，我是小楠。"她歪着头望着小楠，等待什么似的停顿了十几秒钟，见她没有更多的反应，便转身走向格子间尽头的咖啡机。不一会儿，她端着一杯热腾腾的咖啡从小楠面前走过。奇怪，这位"麻辣"小姐刚才不是问她要不要咖啡吗？

　　小楠好奇地走到咖啡机前，发现上面贴了一个说明：投入10美分硬币，您将品尝到纯正的咖啡。"10美分，还不足人民币一元钱。这个'麻辣'小姐不会为了区区一元钱而舍不得给我买一杯吧？"小楠心里想。

　　一个多小时后，Marla又探过头："楠，想喝一杯咖啡吗？"小楠正忙着手头上的事，便头也没抬，随口应了声："好啊！"可十多分钟过去了，小楠发现，这个意大利女子正津津有味地品尝着咖啡，似乎完全忘记了她的问话。注意到小楠诧异的表情，她一扬眉毛："你真的要喝咖啡吗？"小楠这才恍然大悟，赶忙摸出一枚10美分的硬币递过去。一分钟之后，咖啡摆在了她面前。

　　有来无往非礼也。下班前，小楠也问"麻辣"小姐："Marla，要咖啡吗？"她递过硬币说："有劳！"小楠一边自饮，一边注意到，这里每个人喝咖啡都是自己付费，虽然仅仅只有10美分，却没有一个人提出代付或者请客。

　　不久，在这奇怪得有些冷漠的环境中，小楠终于联系上了第一位客户。无奈，他是一位从小在日本长大的先生，不会讲英文，而小楠的日文又太差，沟通很成问题，她只好求助于其他人。设计部除了"麻辣"小姐，还有一位同事可以用日文进行对话。那位同事的手头已经有两个客户在谈，自然要烦劳"麻辣"小姐了。"麻辣"小姐看了客户的情况，湖水色的眼睛眨也不眨，非常认真地问："楠，你想好了吗？"

　　小楠并没有意识到，这就是将单子拱手让人。"麻辣"小姐开始事无巨细地进行前期沟通，小楠则忙着自己的事情，等待她将情况处理好之后，由自己来进行进一步规划。当小楠忐忑不安的时候，客户的电话、传真等已经陆续转移到了"麻辣"小姐那里，而计算机里所有关于这个客户的数据，也都被"麻辣"小姐严密封锁。这可是小楠的第一单！她急了，忍不住吼道："Marla，你怎么抢我的客户？""麻辣"小姐放下手中的报表，不慌不忙地说："楠，当初是你请我接手

的，怎么称得上是抢呢？你的学识不足，没办法把握这个机会，请不要把责任推到别人身上。在这里，买一杯咖啡都需要你亲自付费的。"

小楠怒火中烧，却连一句反驳的话也说不出来。的确，在这里，连免费享用一杯咖啡都不可能，何况几十万元的客户订单？没有人会为你的人生埋单，除了你自己。

（作者：吴楠）

女孩成长感悟

　　人真正值得依赖的只有自己，这并不是不幸，而是一种大幸。当人懂得了一切都得靠自己的时候，他的步履才会变得坚定有力，他的潜能才会得到充分发挥，这时候，已经没有任何风暴能令他低头。

做一件属于自己的事

丽贝卡出生在一个大家庭里。她有三个姐姐，两个哥哥，一个妹妹和一个弟弟。由于孩子太多，父母根本没有精力顾及到每一个孩子。他们总是把最小的孩子抱在怀里，而其他的孩子就只能让哥哥姐姐照顾了。丽贝卡从小就非常渴望能够得到父母的赞扬和鼓励，每做一件事都严格要求自己，想把事情做到完美无缺，以此来博得父母的赞美和鼓励。但是父母根本就没有注意到她，这让丽贝卡很是失望。久而久之，她越来越没有自信了。

丽贝卡长大以后，嫁给了一个非常成功的商人，婚后生活美满幸福，可一直伴随她的坏习惯——缺乏自信仍然跟随着她。唯一使她相信自己是个有用之人的时候，就是在厨房里的时候。她喜欢做汉堡包，蛋糕做得也不错，还擅长做意大利面。

丽贝卡非常渴望成为一个受大家尊敬且信心十足的人，因此，为了完成自己的愿望，她鼓起勇气从家务中走了出去，决定去做一件属于自己的事情。最终，她选择进入餐饮业。因为丽贝卡的公公、婆婆以及她的丈夫经常说她做的饭菜非常好吃，甚至超过那些餐厅的大厨师做的饭，所以她

认为这是自己的一个优势，决定将这个优势发挥一下。

可是，一听到丽贝卡要开餐馆，一家人都感到很震惊。婆婆说："这个主意你是怎么想出来的？它简直荒唐到了极点。"丈夫也说："这事太难了，快别胡思乱想了。我们家并不缺钱。"

但是，家人的反对与劝阻并没有对丽贝卡起到多大的作用，她依然坚持自己的想法，决定按自己的想法去做。

丽贝卡的饭馆正式开张的那一天，竟然没有一个顾客光临。这使丽贝卡很受打击，她几乎要被冷酷的现实击垮了。好不容易决定冒一次险，而这次冒险看起来要将她彻底击败了。她开始怀疑自己的决定，开始相信丈夫和婆婆的说法是对的。

但是人就是这样，当你已经尝到了第一次冒险的滋味后，以后再去面对风险就没那么恐惧了。丽贝卡并没有被眼前的困难击败，她决定继续走下去。她一反平时胆怯、羞涩、没有自信的窘态，亲自做了几道菜，摆在路旁的餐桌上，请每一位过往的行人品尝。

这一招果然取得了非常好的宣传效果，所有尝过她的菜的人都夸赞她手艺高超。从第三天开始，她的生意就好了起来。

一年后，她的小餐馆经营得有声有色，还开了几家连锁店。从此，一家人对她刮目相看。

（作者：卡洛琳·李）

女孩成长感悟

遇到自己想要做的事情时，不妨大胆些，不要畏首畏尾，被胆怯束缚，只要认准了自己的道路，就要充满信心地放手一搏，及时迈出决定性的第一步。只有不断努力才会有更多选择，只有敢于迈出第一步，不回头、不后悔、不跟风、不动摇，你的命运才会像你所想象的那样，充满了激情与希望。

一个女孩的作家梦

20世纪50年代的一天，在一个小小的城镇上，一个小女孩抱着一堆书来到镇上的小小图书馆的柜台前。

这个小女孩是个小读者。

她父母的书满屋子都是，但都不是她想看的，所以，她每个礼拜都会到坐落在一排木结构房子中的黄色图书馆浏览图书。里头的儿童图书馆在一个隐蔽的角落，她就在这个角落里碰运气，找她想看的书。

当白发苍苍的图书馆员为这个10岁的小女孩所借的书盖上日期戳印时，小女孩满怀期望地看着柜台上"新书专柜"的地方。

她为写书这件事一再惊叹，在书中开创另一个世界是何等荣耀！

在这个特别的日子，她定下了她的目标。

"我长大以后，"她说，"要当一个作家。我也要写书。"

图书馆员检查了她的戳印后，并没有像其他大人一样叫小女孩谦虚点，而是微笑着鼓励她说："如果你真的写了书，把它带到我们图书馆来，我会展示它，就放在柜台上。"

小女孩承诺说，她一定会的。

小女孩长大了，她的梦也是。

她在九年级时有了第一份工作——撰写简短的个人档案。每写一个档案，地方报社都会给她1.5元钱。钱的吸引力比让她的文字出现在报刊上的魔力逊色多了。

小女孩一直不懈地锻炼着自己的写作能力，因为她的心中有个梦想在燃烧。

她编校内报纸、结婚生子，而写作的火焰还在内心深处燃烧着，她一直都没有放下自己手中的笔。

她有了一个兼职——把学校发生的新闻编成周报。这使她在养育孩子的同时也可动动脑。她一直都在思索着关于自己的书的问题，但书还是连影子也没有。

她还到一家大报社从事全职的工作，甚至还尝试编辑杂志。她觉得这个阶段自己学到了很多的东西，这些肯定都是为她写书的梦想而作的准备。

最后，她相信自己有话要说，便开始了创作。她把书稿送给两家出版商，请他们读一下自己的文章，但都遭到了拒绝。于是，她悲伤地把书稿藏在一旁。

7年后，旧梦复燃，她有了一个经纪人，还写了另外一本书。她把藏起来的那本书一起拿出来，很快，两本书都找到了出版商。

但书的出版比报纸慢得多，所以她又等了两年。

有一天，装着这名自由撰稿人新书的邮包寄到她门前，她打开一看，哭了起来。

等了这么久，她的梦终于实现了。

她记起了图书馆管理员的邀请和她的承诺。

当然，那个特别的管理员早已去世，小小图书馆也被扩建成大图书馆了。

这个女人打电话询问了图书馆女馆长的名字。

她写了一封信，她在信中写道："您愿意让我带两本书送给图书馆吗？这对当时那个10岁的小女孩而言是件大事，似乎也是对鼓励过小女孩的管理员表示尊敬的方式。"

图书馆女馆长复信表示欢迎。所以，她带了她的两本书去了图书馆。

她发现新图书馆就在她当初念的高中对面，就在那间她经常上自习的教室对面。

到图书馆后，她把她的书交给图书馆员，馆员把它们放在柜台上，还附上了解说。

泪水流满了女人的面颊。她拥抱了图书馆员之后离开了，在外头照了一张照片，证明梦想成真，承诺也兑现了。

虽然经过了38年，38年来，她一直专注于自己的这个梦想，无论做什么事都围绕着它，而今天，梦想终于实现了。

站在图书馆公布栏的海报旁，10岁小女孩的梦想和这名作家终于合二为一了。

公布栏上写着：欢迎归来，米歇尔·姜！

女孩成长感悟

一个人的梦想可以持续多久？虽然每个人都有梦想，但是大多数的人在遭遇挫折后会放弃自己的梦想，而只有真正专注于自己的梦想的人，才会真正地走向这个梦想的终点，把它变成现实。

四只毛毛虫的故事

有四只要好的毛毛虫都长大了，各自去森林里找苹果吃。

第一只毛毛虫跋山涉水，终于来到一棵苹果树下。她根本就不知道这是一棵苹果树，也不知树上长满了红红的、可口的苹果。当她看到其他的毛毛虫往上爬时，稀里糊涂地就跟着往上爬。没有目的，不知终点，更不知自己到底想要哪一种苹果，也没想过怎样去摘取苹果。她的最后结局呢？也许找到了一个大苹果，幸福地生活着；也可能在树叶中迷了路，过着悲惨的生活。不过可以确定的是，大部分的虫都是这样活着的，没想过什么是生命的意义，自己为什么而活着。

第二只毛毛虫也爬到了一棵苹果树下。她知道这是一棵苹果树，也确定她的"虫"生目标就是找到一个大苹果。问题是她并不知道大苹果会长在什么地方。但她猜想：大苹果应该长在大枝叶上吧！于是她就慢慢地往上爬，遇到枝杈的时候，就选择较粗的树枝继续爬。她按这个标准一直往上爬，最后终于找到了一个大苹果，这只毛毛虫刚想高兴地扑上去大吃一顿，但是放眼一看，她发现这个大苹果是全树上最小的一个，上面还有许多更大的苹果。更令她泄气的是，要是她上一次选择另外一个枝杈，她就能得到一个大得多的苹果。

第三只毛毛虫也到了一棵苹果树下。这只毛毛虫知道自己想要的就是大苹果，并且研制了一副望远镜。还没有开始爬时就先利用望远镜搜寻了一番，找到了一个很大的苹果。同时，她发现，当从下往上找路时，会遇到很多枝杈，有各种不同的爬法；但若从上往下找路，就只有一种爬法。她很细心地从苹果的位置，由上往下反推至目前所处的位置，记下这条确定的路径。于是，她开始往上爬了。当遇到枝杈时，她一点儿也不慌张，因为她知道该往哪条路走，而不必跟一大堆虫去挤破头。比如说，如果她的目标是一个名叫"教授"的苹果，那应该爬"深造"这条路；如果目标是"老板"，那应该爬"创业"这条路。最后，这只毛毛虫应该会有一个很好的结局，因为她已经有自己的计划。但是真实的情况往往是，因为毛毛虫的爬行相当缓慢，当她抵达时，苹果不是被别的虫吃完，就是已熟透而烂掉了。

第四只毛毛虫可不是一只普通的虫，做事有自己的规划。她知道自己要什么苹果，也知道苹果将怎么长大。因此，当她带着望远镜观察苹果时，她的目标并不是一个大苹果，而是一朵含苞待放的苹果花。她计算着自己的行程，估计当她到达的时候，这朵花正好长成一个成熟的大苹果，而她就能得到自己满意的苹果。结果她如愿以偿，得到了一个又大又甜的苹果，从此过着幸福快乐的日子。

第一只毛毛虫是只毫无目标、一生盲目、没有自己人生规划的糊涂虫，不知道自己想要什么。遗憾的是，我们大部分人都像第一只毛毛虫那样活着。

第二只毛毛虫虽然知道自己想要什么，

但是她不知道该怎么去得到大苹果，在习惯中的正确标准指导下，她作出了一些看似正确却使她渐渐远离大苹果的选择。曾几何时，正确的选择离她又是那么近。

第三只毛毛虫有非常清晰的人生规划，也总是能作出正确的选择，但是，她的目标过于远大，而自己的行动过于缓慢，成功对她来说，已经是明日黄花。

第四只毛毛虫，她不仅知道自己想要什么，也知道如何去得到自己的苹果，以及得到苹果应该需要什么条件，她制订实际的计划，在望远镜的指引下，一步步实现自己的理想。

女孩成长感悟

其实我们就是毛毛虫，而苹果就是我们的人生目标。找准一个目标，在出发前认真思考，制订一个可一步步实现的计划，每往前走一步就能向我们的目标接近一步。只有这样，我们才能在通往成功的路上尽量少走弯路。

寻找塔木里的短信

从小，镇上的孩子们总是嫌我又蠢又笨，只有塔木里愿意和我成为朋友。可是今天，塔木里却失踪了。我想起昨天塔木里问我为什么从不与人交谈，我说："因为所有人都说我又蠢又笨。"他说："我发誓，我会向你证明，你绝不是又蠢又笨的姑娘。"

这时，手机响起，是一条短信：

你的朋友塔木里现在在我手中，如果你不能在今天日落之前解开我留给你的谜题，你的朋友会很危险。选题的内容就是，找出藏在不同地方的四个英文字母。这四个英文字母拼成的单词，就是你朋友的所在地。第一个字母我直接告诉你，是V，至于第二个字母的地点是，9436，94664，946，7426，5426。

天啊，塔木里居然被绑架了！塔木里，我一定会救出你的。可是，那一串数字的组合究竟是什么意思？我盯着手机按键，突然灵光一闪：会不会是指用手机打字？我调成拼音输入法，果然打出了五个字：镇中心山脚。

小镇中心是一家水果店，怎么会有山？我狂奔至那家水果店，问道："你们这里有山吗？"营业员指着墙上一幅画问我："那个算不算？"画中是一座连绵的群山，山的下方写着一个字母：E。

就在这时，手机又响了起来，是绑匪出的第二个谜题：

恭喜你成功解开第一个谜题。下面，是第三个字母的所在地：不需要的东西的堆放地点。

我看见地上的橘子皮，恍然大悟：不需要的东西，不就是垃圾吗？全镇唯一的垃圾回收站在河上游。我来到那里，发现一个崭新的柜子，里面放着一张卡片，上面写着字母：G。

我深吸了一口气。VEG，只剩最后一个字母，这才是关键。我很快又收到了短信：

第三个字母也被你轻松找到了，你真是个聪明的姑娘。最后一个字母的提示是，那个又大又圆的东西的下方，走进去，就知道了。

啊，那不就是塔木里家的圆形屋顶吗！我踏进塔木里的家，一眼瞥见茶几上五根火柴拼成的数字"4"。旁边还有一张纸条：移动其中一根火柴，"4"可以变成一个字母，这就是答案。

我深呼一口气，试着把最右边的火柴摆在左下方——没错。最后一个字母就是A！

原来，这个单词就是"VEGA"——织女星。塔木里有一次曾对我说："从我的寝室，能看见名为'VEGA'的星星。" 那么塔木里所在的地方，是他的寝室！

我找到塔木里的房间，推开门看见了塔木里的笑脸。根本就没有什么绑匪！塔木里说："我昨天发过誓，一定会向你证明，你绝不是又蠢又笨的姑娘。你瞧，你解开了所有的谜题，你是世界上最聪明的姑娘！"

　　我放声大哭。窗外的太阳在这时落到了地平线以下，而我心中的太阳，此刻才刚刚升起。

（作者：苏缠绵）

女孩成长感悟

　　朋友，多么美好的字眼，它是烈日下的一片阴凉，它是沙漠里的一泓清泉。朋友就是那种可以让你完全敞开心扉，并且能完全了解你的优点的人，他总会用心帮你找回自我，找回应该属于你的光彩。

学会等到明天

一天下午，18岁的英格丽·褒曼去参加斯德哥尔摩皇家戏剧学院的考试。进入考场后，她全神贯注、一丝不苟地表演着精心准备的小品。表演中，她情不自禁地朝评委席上瞥了一眼，这使她大失所望，甚至有些灰心丧气。因为她看到评委们正在聊天，有说有笑地比画着，一点儿也没有认真观看她的表演。

但她告诉自己，一定要把自己最出色的一面展现出来。恰在此时，她听到评委会主席说："好了，好了，谢谢你，小姐！下一个……"

此刻的英格丽·褒曼绝望了，脑海里一片空白，连后面的台词也忘得一干二净了。因为她觉得，自己绝对没有被录取的希望了。

英格丽·褒曼离开考场后，心里无比悲伤。她觉得自己已经付出了最大的努力，却仍然得不到认可。这样活着还有什么意义？她边走边想，不知不觉中来到一条河边，想用投河的方式结束自己的生命。但河水实在是太脏了，臭气熏天。她忍不住伸手捂住了鼻子，但还是感到一阵阵恶心。她心想：难道我要把自己的生命交给这肮脏的臭水吗？不，我不想这样！不管怎样，我要等到明天！

她没有想到，第二天就云开雾散、柳暗花明了：她竟然收到了皇家戏剧学院的录取通知书。

此后英格丽·褒曼时来运转，很快便成为瑞典影坛上一颗明亮的新星。1945年，她因主演《煤气灯下》，首次获奥斯卡最佳女主角奖。1957年，她因主演好莱坞影片《真假公主》，第二次获奥斯卡最佳女主角奖。1975年，她因《东方快车谋杀案》，获得奥斯卡最佳女配角奖。1979年，又因主演《秋日奏鸣曲》，她获得了奥斯卡最佳女主角奖提名。

英格丽·褒曼终于成为国际公认的电影明星。此外，她在舞台剧和电视剧中的演出也同样获得了成功。

若干年后，英格丽·褒曼与那位评委会主席不期而遇，说起了当年参加斯德哥尔摩皇家戏剧学院考试后准备自杀的事情。那位评委会主席立刻瞪大了眼睛无比吃惊地说："真是天大的误会！那天你一上台，我们就一致认为你应当被录取。你是那么自信，我们都很欣赏你。我是在对另外几个评委说，好了，别浪费时间了，赶快叫下一个吧。"

女孩成长感悟

当你遇到挫折时，不必太在意，不要让一时的挫折影响你的情绪，要尽快重新开始。正像故事中的那个误会一样，你所遇到的挫折也可能是误会造成的，如果你就此灰心失望，岂不因小失大？不管怎样，我们都要等到明天！

女孩必看好书推荐

《黄琉璃》

作者：曹文轩

内容简介

剥夺光明，剥夺声音，剥夺语言，剥夺灵魂……自地狱出逃的熄，在篡夺了这个疆域无边的大国的王位之后，所做之事阴险狠毒。即便如此，熄仍被心头隐患所纠缠，他担心智慧而美丽的文字总有一天会让人觉醒，为此，熄呼风唤雨，又发动了一场毁灭文字的浩劫……

可他万万没有想到，有本书从万丈火焰中腾空而出，飞上了夜空。它是书中之书，是"大王书"。它的新主人是牧羊少年茫。茫是一个沐浴天地灵气而长大的少年，在危难时刻被成千上万的难民拥立为王。

于是，在刀光剑影的漫漫长夜里，茫带领他的军队与熄及巫师团展开了殊死较量，最终他们攻克了藏有光明魔袋的金山，使成千上万的失去光明的生命得以获救；挥泪告别金山后，茫军又开始浩浩荡荡地向南方的银山大举进军……

作为王，茫有时深感无奈、困顿与不自由，甚至渴望回到从前放羊时的自由自在、无忧无虑，但有一种信念在推动着茫带领他的军队勇往直前，永不言败，这就是：一定要摧毁熄和他的罪恶王朝，拯救天下。

编辑推荐

"大王书"系列是北京大学中文系教授曹文轩历时八年精心构思而成的，它是曹文轩迄今为止花费心血最多、最为重要的作品，幻想与文学融为一体，既具有作者一贯的美学风格，又新奇独特，极富探索之风。《黄琉璃》是曹文轩多卷本长篇小说"大王书"系列的第一部。作家调动非凡的想象，描绘了一个风烟滚滚、扑朔迷离的陌生世界，演绎出千军万马攻城、追击、迎战的宏大战争场面，刻画了一个少年王波澜起伏的成长历程。捧起这本书，你会在恢宏的语词大军中获得最大的阅读快意。

第 4 章

爱学习的女孩离成功最近

爱学习的女孩培养法则

❶ 热爱读书

读书可以使人明智，读书可以让人豁达。所以，想成为一名优秀的女孩，你万不可输在学习上。把书当成自己的好朋友，让热爱读书的你，成为最迷人的女孩。

❷ 善于思考，积极上进

积极进取的女孩总是让人欣赏、让人赞叹的；而善于思考的女孩总是散发着迷人的气息。优秀的女孩，还等什么？多多思考，善于思考，积极进取，追逐你的梦想，争取属于你的胜利吧。

❸ 勤奋刻苦，做一个知性女孩

知性是一种积累，是靠我们的智慧和勤奋一点一点累积出来的。在漫长的人生道路上，我们要塑造完美的自己，做一个知性的女孩，必须付出自己的努力，这样才会收获满满。

知识是从平庸到优秀的阶梯

　　一百多年前，在波兰华沙的一所小学里，有一个叫玛丽亚·斯可罗多夫斯卡的女孩。

　　有一次，吃过饭后，姐妹们都在一起做游戏，而只有小玛丽亚拿了一本书坐在书桌旁看了起来。姐妹们打闹的嬉笑声太大了，她就用两个手指塞住耳朵，继续专心地看书。小伙伴们有时逗她，她连眼皮也不抬一下。

　　这时，小玛丽亚的表姐来了，看见小玛丽亚专心的样子，不禁觉得好笑，就想捉弄她一下。于是，她们搬来几把椅子，在小玛丽亚身后堆成了一个塔状，然后悄悄躲在一边，准备看小玛丽亚的笑话。谁知小玛丽亚沉浸于书本里，半个小时过去了，竟没有察觉。

　　正当小伙伴们等得不耐烦时，小玛丽亚读完了一本书，准备再换另一本，她刚一抬头，只听得"哗"的一声，椅子全倒了下来，砸到了小玛丽亚的肩膀。姐妹们大笑着四处跑开，她们以为小玛丽亚要追赶着与她们打闹起来。她们跑出了一段距离，却发现没有一个人被小玛丽亚追赶。她们感觉奇怪，难道小玛丽亚被砸得起不来了？大家扭头想看个究竟。让姐妹们吃惊的是，小玛丽亚换了一本书又坐在原来那个位置上看了起来，好像没有发生过任何事情一样。大家面面相觑，不得不佩服小玛丽亚读书的劲头了。

玛丽亚中学毕业后，当了家庭教师，她渴望继续上大学。然而，波兰大学当时是不收女生的。她梦想能去巴黎学习物理和化学，而她姐姐希望到巴黎学医。于是，姐妹俩开始一点一点地积攒去巴黎求学的费用。后来，姐姐先到巴黎，玛丽亚留在波兰挣钱供姐姐上学。

5年后，姐姐获得了博士学位。玛丽亚也来到巴黎大学求学。她穿着破旧的衣服，住在简陋的小屋里，饿了经常用面包和茶水填饱肚子。在大学期间，玛丽亚像块贪婪的海绵，拼命地吸吮着知识的乳汁。图书馆是玛丽亚经常去的地方，一次，她忘记了吃饭，竟然饿得晕倒在图书馆里。几乎每天晚上，她都要在图书馆看书，直到闭馆才回家。回到寝室，她又在油灯下，一直看书到凌晨一两点。

冬季，玛丽亚躺在床上休息的时候，常常被冻醒，她只得爬起来，把自己所有的衣服都穿在身上再重新躺下。艰苦的生活，刻苦的学习，一度弄得玛丽亚容颜憔悴。在巴黎大学的学位考试中，玛丽亚以优异的成绩获得了第一名。

此后，玛丽亚仍旧孜孜以求，从不倦怠。1898年，她与丈夫比埃尔·居里共同发现了镭和钋两种放射性元素。1910年，她又提炼出金属镭。她就是曾两次获得诺贝尔奖、享誉世界的著名女科学家——居里夫人。

女孩成长感悟

孜孜不倦的阅读，对知识贪婪的渴求，是居里夫人成功的原因所在。热爱阅读，求知若渴，才能改变贫困和苦难的命运。

门缝里学成的"古筝神童"

2006年10月14日晚上，成都艺术中心骄子音乐厅座无虚席，一个17岁的女孩在这里举行了她人生中的第一场音乐会。她用古筝向人们讲述了一个花季少女的音乐心境。14岁出版个人古筝专辑，17岁开个人独奏音乐会，她创下了一个又一个四川地区古筝演奏者的新纪录。她就是被音乐界称为"古筝神童"的周桃桃。

清新的直刘海、过腰的直发、休闲裤、韩式T恤，一看就是个和时尚走得很近的都市女孩。她会笑着和你说这说那，会比画着手势来表达她的意思，会撇撇嘴来表示自己的不悦。活泼、热情、爽直，是这个17岁"古筝神童"给人们的第一印象。可当她坐在古筝前，手指轻轻拨弄琴弦，你才会发现，她拂琴时发丝滑肩而下，而散落一地的是古典美。

桃桃出生于一个音乐家庭，父亲是四川音乐学院二胡演奏教授，母亲是民族乐团专业演奏员。很小的时候，桃桃就在父母的琴房中窜来窜去，但她对父母的乐器并没有表现出太大的兴趣。父母以为女儿可能对乐器没有什么天赋，失望之余就开始培养她当主持人，还有跳舞、朗诵，桃桃勉强提起兴趣。

5岁多的时候，父母发现桃桃经常一个人溜出门，回来后一副心满意足的表情，手指还不停地拨弄着。开始，父母并没有太在意，但这样的情况越来越多，每当隔壁江澹曦老师家的古筝声响起，桃桃就会很兴奋，急急地想要往外走。一次，妈妈实在忍不住好奇，就跟着桃桃出了门。出门一看，宝贝女儿正蹲在江老师家门口，从门缝里偷看老师教学生弹古筝，手

还随着节奏不停比画着。这事后来成为父母的笑谈，他们说桃桃的古筝之路完全是偷听听出来的。

6岁，桃桃正式拜江老师为师，系统地学习古筝。一摸上古筝，桃桃就再没有停下来过。10年来，桃桃每天练习3小时以上，大赛前，练习时间在8小时以上。"古筝弹久了也会感到枯燥，特别是别的孩子在玩而我必须练习的时候，我也会有厌烦情绪。"桃桃说有段时间甚至恨上了古筝，"小朋友喊我去跳皮筋，我妈不许，求了她半天，才同意去玩半小时，但只要晚回家5分钟下次就不让去了。"

演奏达到一定水平，周桃桃开始钻研起古筝乐曲创作，音乐会当晚的独奏曲《花季》和《楼兰倩影》就是她自己创作的。"《花季》的创作很偶然，练习间隙我随意弹弹，便有了感觉，一口气把它弹成了曲子。"

《花季》写成后，桃桃反复练习了一个星期，然后把这首曲子当作生日礼物送给妈妈，把妈妈感动得热泪盈眶。父亲给这首曲子命了名——《花季》，因为它反映的正是十五六岁花季少女的心情。

当越来越多的荣誉飘向这个女孩的时候，她冷静地说："我热爱古筝，不是因为这些荣誉带给我兴奋，而是10年来，古筝已经深深渗入了我的生活，古筝即是生活。"

女孩成长感悟

兴趣，是一个人走向成功的启明灯。若父母能及早发现孩子的兴趣所在，并加以正确的引导和培养，这将成为一个少年走向成功至关重要的助力。我们只有做感兴趣的事情，才会有刻苦钻研的动力。

爱书的冰心

　　1900年10月5日的夜晚，月光如水，万籁俱寂。子夜时分，福州谢家宅院里突然传出婴儿的呱呱哭声，那就是冰心来到人世间的第一声啼哭。

　　冰心自幼聪慧好学，特别喜欢听故事。为了鼓励她用心学习，她的舅舅常对她说："你好好做功课吧，等你做完了功课，晚上我给你讲故事。"舅舅给她讲的第一部书是《三国演义》。那曲折的情节，鲜活的人物深深吸引着小冰心。等讲完一段，舅舅总是再讲一次。为了每天晚上都能听《三国演义》里的故事，她学习更认真了，功课总是做得又快又好。可是，舅舅晚上常常有事，不能好好给她讲故事，有时竟停好几天，这可把小冰心急坏了。不得已，她只好拿起舅舅的《三国演义》来看，这时她才7岁。最初，她大半看不懂，但还是硬着头皮看下去，不懂的地方，就连猜带蒙。就这样，她慢慢地理解了一些书中的内容。她越看越入迷，看完《三国演义》，又找来《水浒传》《聊斋志异》……母亲见她如此爱看书，怕她年纪过小，这样用功会伤了脑子，便劝她出去玩。可小冰心不肯，母亲只好把书给藏起来，可不知怎么搞的，那些书总是神不知鬼不觉地又被找了出来。

冰心不但把读过的书都用心记住，还时常把书中的故事讲给别人听。假日时，父亲带她到军舰上去玩。水兵们听说这个7岁的孩子会讲《三国演义》里的故事，就纷纷围住她。当小冰心神气而又一本正经地说"天下大势，分久必合，合久必分……"时，众人被她那稚气的神情逗得捧腹大笑。听完故事，水兵们拉着她的手，称赞她聪明伶俐，并把他们在航行中用来消磨时光的小说包了一包，作为"讲书"的奖品送给冰心。回到家里，小冰心迫不及待地打开那包书，那都是些商务印书馆出版的早期翻译的欧美名家小说，这些书令小冰心爱不释手。当时商务印书馆出版的书，大都在书后印有书目，她从书目中看到了林纾翻译的其他欧美名家小说，就按书目去找别的小说来读。就这样，她开始接触外国文学作品。

一天晚上，祖父对她讲起了曾祖父的故事。原来谢家先辈世居福建长乐横岭，清朝末年，冰心的曾祖父为生计所迫，来到福州学做裁缝谋生。一年春节，曾祖父去收工钱，因不识字被人赖了账，两手空空地回家来。正等米下锅的曾祖母闻讯，一声不吭，含泪走了出去。等到曾祖父去找她时，她正要在墙角的树上自缢，曾祖父救下了她，两人抱头痛哭。他们在寒风中跪下对天立誓，将来如果有一个儿子，拼死拼活也要让他读书识字，好替他们记账、要账。祖父抚摸着小冰心的头说："你是我们谢家第一个正式上学读书的女孩，你一定要好好地读啊！"小冰心睁大眼睛，久久地望着祖父。那个夜晚，祖父那期盼的眼神，那语重心长的话语深深地烙在了她的心里。

后来，冰心成了我国有名的文学家。

女孩成长感悟

人的本质在于创新，这样才可以不断超越自己。但是超越必须以明确的方向为指引，否则只是盲目浪费时光与精力。学习的目的就是为人生定位，助人实现人生的价值。

让走失的葵花重新盛开

1982年，张悦然出生于山东济南。和那个年代所有的独生子女一样，出身书香门第的她，有着一份天然的多愁善感。对身边的人和物，她都有自己的表达意境和话语系统，而对于表达，她给自己造了个词：嚚厌。喜欢沉默不语、低头走路的张悦然，在高中以前，给人的印象都是含蓄而内敛的。没有人能真正明白她心里在想什么，也没人会知道，她心里的真实世界是怎样的。

一直蜷缩在个人世界里的张悦然是不太自信的，虽然皮肤白皙，个子高挑，家境富裕，但这依然不能给她带来足够的自信和坦然。于是，张悦然一度将自己打扮得很出位，有时穿着红绿大花的裤子，有时穿上两只不同颜色的鞋，有时扎着无数条辫子，走在校园里，她永远是最引人注目的那个。

2001年1月，正在念高三的张悦然获得了"全国新概念作文大赛"一等奖，她因此成为全国很多重点大学争相力抢的保送生，她选择了清华大学。有了这个保证，她可以提前享受自己的假期生活。然而，2001年4月，教委出台了一个新规定，除了奥林匹克竞赛获奖者外，其他保送名额一律取消，这时距离高考只剩两个月了。虽然张悦然的学习底子很好，可这突如其来的变故仍让她很受打击，平时就有点消极的她甚至在想，这是不是命运给自己的安排？几个月后，她考取了山东大学。

父母的关心和周围的议论，让张悦然意识到，自己每作一个选择，不仅决定着自己的人生道路，同时也会影响到身边的人。作为一个"80后"，光有特立独行的生活态度是不够的，还应该有担当的觉悟和勇气。正是有了这种思想上的飞跃，到山东大学报到后不久，张悦然就抓住机会，报考了新加坡国立大学，通过恶补各学科，她拿到了新加坡国立大学计算机系的录取通知书。

独自一人在新加坡求学，并没有想象中浪漫。很长一段时间，她内心最强烈的感觉是与环境的对峙。此时，写作对她来说，变得非常重要。在自己的世界里，她构想着一个个似真似幻的意境，认真地剖析着一个个属于自己的需要。几年间，她在年轻读者中有了众多的拥趸。

2003年，张悦然在新加坡获"第五届新加坡大专文学奖"第二名。随后，她的小说集《葵花走失在1890》由作家出版社出版。2004年，张悦然的长篇小说《樱桃之远》、图文书《是你来检阅我的忧伤了吗》《红鞋》及小说集《十爱》等相继出版。

2006年回国后，张悦然选择了定居北京。她继续写作，但是始终低调，不喜欢介入纷争。正因为远离了这个把"80后"作家炒作得热火朝天的环境，她一直保持着谦虚、真诚的本色。

慢一些，快乐写作，是作家张悦然对生活的理性思考。她的第一部书《葵花走失在1890》，描写的是走失，而渐渐成长的她，却开始让走失的葵花归来，重新盛开。

（作者：本色）

女孩成长感悟

　　即使小有成绩，也不能对学习有任何松懈，否则就会受到生活的责罚。反之，如果仍然低调行事，谦虚努力，走失的人生葵花就会回归，重新盛开。你的人生葵花在哪儿呢？

得 "F" 的梦想

克莱尔是美国犹他州一所中学的学生，她出身贫寒，但性格乐观向上。

一天，老师比尔·克利亚给大家布置了一份作业，要求孩子们就自己的理想写一篇作文。

克莱尔回家后，开始兴高采烈地写自己的梦想。她用了整整半夜的时间，写了七大张，详尽地描述了自己的梦。在作文中她写道："我梦想将来有一天拥有一个牧马场。"克莱尔把自己梦想中的牧马场描述得很详尽，甚至画下了一幅占地200多亩的牧马场示意图，有马厩、跑道和种植园，还有房屋建筑和室内平面设计图。

第二天，她兴冲冲地将这份作业交给了克利亚老师。然而作业批回的时候，克莱尔伤心地看到：老师在第一张的右上角打了个大大的"F（差）"。

克莱尔觉得自己的功课完成得非常出色，她想不通为什么只得了个"F"。下课后克莱尔去找老师询问原因。

克利亚老师认真地说："克莱尔，我承认你的这份作业做得很认真，但是你的理想离现实太远，太不切实际了。要知道你父亲只是一个驯马师，还经常搬迁，连固定的家都没有，根本没有什么资本，而要拥有一个牧马扬，得要很多钱，你能有那么多的钱吗？"

克利亚老师最后说："如果你愿意重新做这份作业，确定一个现实一些的目标，我可以考虑重新给你打分。"

克莱尔拿回自己的作业，去问父亲的意见。父亲摸摸克莱尔的头说："孩子，你自己拿主意吧，不过，你得慎重一些，这个决定对你来说很重要！"

克莱尔考虑了一晚上，她决定坚持自己的梦想，即使老师给她的成绩是"F"。

多年来，克莱尔一直保存着那份作业，本子上刺眼的"F"激励着克莱尔，一步一个脚印不断地迈向自己的梦想，多年后克莱尔终于如愿以偿地实现了自己的梦想。

数年后，克利亚老师带着他的30名学生参观一个占地200多亩的牧马场，他发现，牧马场的主人就是曾经被他评价为梦想太不切实际的克莱尔。

女孩成长感悟

给自己设定一个梦想，它可以很现实，也可以很伟大；可以很近，也可以很远；可以得"A"，也可以得"F"。但如果我们能够为了这个梦想的实现而努力奋斗，一步一个脚印地往前走，我相信无论谁都无法阻挡梦想的实现。

下一次就是你

温暖的阳光不会放弃任何一个弱小的生命！

有一个女孩对足球十分痴迷，一次偶然的机会，她被父母送到了体校学踢足球。

在体校，女孩并不是一个很出色的球员，因为此前她并没有受过规范的训练，踢球的动作和感觉都比不上先入校的队友。女孩上场训练时，常常受到队友们的奚落，说她是"野路子"球员。为此，女孩的情绪一度很低落。每个队员踢足球的目标都是进职业队当上主力，职业队也经常去体校挑选后备力量。

每次选人，女孩都卖力地踢球，然而每次直到终场哨响，女孩也没有被选中。而她的队友已经有不少陆续进了职业队，没被选中的人也有悄悄离队的。于是，平时训练刻苦认真的女孩便去找一直对她赞赏有加的教练，但教练总是很委婉地说："这次名额不够，下一次就是你。"天真的女孩似乎看到了希望，重拾信心，又努力地接着练了下去。

一年之后，女孩仍没有被选上，她实在没有信心再练下去了。她认为自己虽然场上意识不错，但个头太矮，又是半路出家，再加上每次选人时，她都迫切希望被选上，导致上场后十分紧张，真实水平发挥不出来。她为自己在足球道路上黯淡的前程感到迷茫，就有了离开体校的打算。

这天，她没有参加训练，而是告诉教练说："看来我不适合踢足球，我想读书，想考大学。"教练见女孩去意已决，默默地看着她，什么也没说。然而第二天，女孩却收到了职业队的录取通知书。她激动不已，立刻前去报了到。其实，她骨子里还是喜欢着足球的。这次女孩很高兴地跑去找教练，她发现教练的眼中同样闪烁着喜悦的光芒。教练这次开口说话了："孩子，以前我总说下一次就是你，其实那句话不是真的，我是不想打击你才说的，你的球艺还不精，我是希望你一直努力下去啊！"女孩一下子什么都明白了。

在职业队受到良好、系统的实战训练后，女孩充满信心，很快便脱颖而出。她就是获得"20世纪最佳女子足球运动员"称号的我国球员孙雯。

后来，孙雯讲述这段往事时，感慨地说："一个人在人生低谷中徘徊，感觉自己支持不下去的时候，其实就是黎明的前夜，只要你坚持一下，再坚持一下，前面肯定有一道亮丽的彩虹。"

"下一次就是你"，不仅给了我们希望，还说明我们在某些方面还有欠缺，仍需努力。"磨刀不误砍柴工"，只要不断充实、完善自己，时刻准备着，在逆境中决不放弃，再坚持一下，那么，下一次见到彩虹的可能就是你。

（作者：占砚文）

女孩成长感悟

孙雯的坚持成就了她的足球事业。每当我们遇到困难想放弃时，都要不断地鼓励自己，或许再坚持一下，成功就会出现在眼前。经历了风雨后彩虹才会出现，想要成功就要永不轻言放弃。

保姆出身的女将军

盖尔·里尔斯出生在纽约州锡拉丘兹一个普通工人家庭里。她的父亲长期失业在家，且嗜酒如命、嗜赌成性。在一家工厂当纺织工的母亲则有一副宽厚仁慈的心肠，她用坚强的毅力支撑着这个家。

由于家境十分贫寒，里尔斯每天都去拾破烂，挣来的钱总是如数交给母亲。初中没念完，里尔斯便被迫辍学了。经别人介绍，她到一位海军少将家当保姆。从此，里尔斯一个人干两个人的活，洗衣、买菜、做饭样样都做。30年后，她回忆起这段往事时说："那时虽苦点、累点，但应该感谢将军，他给了我理想。"

20世纪40年代末，21岁的里尔斯经过自己的一番努力，加入了海军陆战队的行列。在几乎清一色男兵的队伍里，仅有两名女性。残酷的训练和艰苦的环境向她们提出了严峻的挑战。最初，她们只是想体验一下部队生活，争取将来找个好工作。训练结束时，只有里尔斯在眼泪和汗水中坚持下来了，她被分配到陆战队的资料室去打字。仅有初一文化又当了多年保姆的她要干好这份工作确实很难，可生性倔强的里尔斯又怎会知难而退呢？

干！说干就干！她夜以继日地背诵生字生词，练就了一手娴熟的打字技术。里尔斯聪慧好学、吃苦耐劳的精神深得上司的赏识，不久她就被送到锡拉丘兹秘书学校学习，这不寻常的转折为她以后的仕途架起了桥梁。

此后不论是赴欧洲学习，还是在海军陆战队基地任职，她从不虚度时光，总是利用节假日博览群书，汲取各方面的知识，弥补自己的欠缺。她在快过40岁生日时，终于脱颖而出——出任罗得岛州新港海军战争学院副院长。两年后，她由上校军衔晋升为准将，成为美国海军陆战队某基地首任女司令。保姆出身的里尔斯终于实现了自己的将军梦。

女孩成长感悟

　　里尔斯的成功源于她对实现理想的渴望。而实现理想，必须从书籍中汲取营养，拓宽知识面。无论学习多苦多累，坚持下来，就有成功的可能。

李清照买书

　　有一年清明前，李清照的姨母给她做了一件漂亮的裙衫，让她在清明踏青时穿。她一个人冬天在家闷得太久，望见外面春意盎然，一片生机，心情也变得开朗起来。李清照不由自主地来到书市，在一个又一个摊位前仔细翻看着，希望找到自己中意的东西。她就这样以轻松的心态慢慢游逛，走到了一个不被人注意的小角落。那里有一位须发皆白的老者，守着一个小摊，上面放着一摞书。老者看起来并不像普通的商贩，更奇怪的是，他并不招揽生意，好像并不希望自己的书卖出去似的。李清照觉得非常有意思，便走了过去，想和老者说几句话。可是，她突然被地上的书吸引住了，书皮上以篆字写着《古金石考》。她不禁大吃一惊，这就是她梦寐以求的古书。这部书几乎失传，她找过好多人帮着购买，结果都没有买到。现在的李清照只见书本，不见老者。她抑制不住自己的惊喜，拿起一本便翻看起来。

　　不知什么时候，她突然回过神来，这是人家要卖的书。李清照手里紧握着书，急切地问："老伯，您这套书可是要卖的？"老者点点头："是啊，这是家传的一部古书，按理讲是绝不能卖的。也是时运不济，家遭变故，实在是没有可以救急的物件儿了。可是，我还是不忍心就这么把它送到当铺，交给那些不知道珍惜的人去糟蹋，所以就在这儿等着，只想等个懂得它的人来，给它个好归宿！姑娘，看得出你是个识货的人！你要能买了它去，也算了了我的一桩心事。"李清照微笑着问老人："老伯，您需要多少钱来应急？"老者说："唉，应急至少也得三十两吧。姑娘你看着给吧，只要能好好地保存它，就是少点也没什么。"

没等老者把话说完，李清照把自己随身带的钱全部倒出来，仔细查点也不过十两左右，李清照显得有些着急，对老者说："老伯，我今天出门仓促，没有带那么多银两，你明日可否还来这里？我一定带多于三十两来拿书，好吗？"老者为难地说："姑娘，不是我不答应你，我的盘缠早就用得差不多了，我和家人已经说好，今天日落，无论这书卖不卖得出去，我都要和他们一起出城回家的。"

李清照一听，急忙抬头望天，这时已近日暮，就算雇车回家也未必能赶上。一时间她竟不知道怎么办才好。看着李清照着急的模样，老者也有些于心不忍，只好安慰李清照说："姑娘，你也不用太过着急。唉，就当是你和它没缘吧！也许有一天，你还能再碰上它呢。"李清照听着老人的话，心里很不是滋味，不但帮不了老者，还失去了保存古书的机会。她不自觉地握了一下衣角。这一握让李清照有了办法，她立即对老人说："老伯，您只要再等我一会儿，只一会儿就好！一定要等我啊！"然后转身就跑，留下一脸迷茫的老人站在那里。

过了半个时辰，老者见李清照只穿一件内衬的单衣，跑了回来，手里拿着银两。原来，她把自己的新衣给典当了，换了二十多两银子，连同自己原来的银子，一起交到老人手中。老者看着一个年轻姑娘家竟然为了一套书，不惜当街只穿着单衣薄衫，十分感动。老者说什么也要少要点银两，可是李清照没有让他再推辞："老伯，您给我的可是无价之宝啊，若是今日我身边能再有些银两也会倾囊相赠的。您就不用推辞了。"然后，李清照抱起那套珍贵的《古金石考》，穿着单衣回家去了。

后来，李清照成为我国文学史上著名的女词人，这与她对知识的热爱和对书的痴迷是分不开的。正是因为痴迷，她才可以有所放弃，即使是姨母做的新衣服也可以典当出去。

（作者：刘德江）

女孩成长感悟

正是因为有对知识的热爱和对书的痴迷，李清照才有了后来在文学上的造诣。在人生道路上，你应当保持对生活和学习的热情，不断地吸取能够使自己继续成长的东西，来充实你的头脑，否则你将会停滞不前。

人的能力是无限的

　　一位音乐系的学生走进练习室。她看到在钢琴上，又摆着一份全新的乐谱。

　　"超高难度……"她翻着乐谱，喃喃自语，感觉自己弹奏钢琴的信心似乎消失殆尽。已经3个月了！自从跟了这位新的指导教授后，不知道为什么教授总要以这种方式整人。勉强打起了精神，她开始用自己的十指奋战、奋战、奋战……琴音盖住了教室外面指导教授走来的脚步声。

　　指导教授是个极有名气的音乐大师。授课的第一天，他递给自己的新学生一份乐谱。"试试看吧！"他说。乐谱的难度颇高，学生弹得生硬艰涩、错误百出。"还不成熟，回去好好练习！"教授在下课时，如此叮嘱学生。

学生练习了一个星期，第二周上课时正准备让教授验收，没想到教授又给了她一份难度更高的乐谱，"试试看吧！"上星期的课，教授没有再提起。学生再次挣扎着挑战更高难度的技巧。

第三周，更难的乐谱又出现了。这样的情形持续着，学生每次在课堂上都被一份新的乐谱所困扰，然后把它带回去练习，接着再回到课堂上，重新面临两倍难度的乐谱。似乎无论她怎样练习都追不上进度，一点也没有因为上周的练习而产生驾轻就熟的感觉，学生感到越来越不安、沮丧和气馁。当教授走进练习室时，学生再也忍不住了，她必须向钢琴大师提出自己的质疑。

教授没开口，他抽出最早的那份乐谱，交给了学生。"弹奏吧！"他以坚定的目光望着学生。

不可思议的事情发生了，连学生自己都惊讶万分，她居然可以将这首曲子弹奏得如此美妙、如此娴熟！教授又让学生试了第二堂课的乐谱，学生依然呈现出超高水准的表现……演奏结束后，学生怔怔地望着老师，说不出话来。

"如果，我任由你表现你最擅长的部分，你可能还在练习最早的那份乐谱，也就不会有现在这样的程度……"钢琴大师缓缓地说。

人，往往习惯于表现自己熟悉、擅长的领域。但如果我们愿意回首，细细审视，将会恍然大悟：看似紧锣密鼓的挑战，难度渐升的环境压力，就在不知不觉间令我们有了今日诸般的能力！因为，人，确实有无限的潜力！

女孩成长感悟

如果一个人永远只做自己可以轻易做到的事，那么他将无法获得大的进步。适时地给自己一些压力，或者从别人那里被动接受一些压力，可以更好地激发我们的潜在能力，带来意想不到的收获。

用自己的脑子思索

　　麦丹娜非常好欺骗几乎是人尽皆知的。她非常依赖别人，而且她从不思索。她在火车站做一个小小的助理工，为车站的一些技术工人寻找他们所需要的一些零件，为他们准备工具。这份工作似乎和她很契合，因为她不需要思考这些工具要怎么用，而只需要在有人要用它们的时候把工具递上去，就这么简单。

　　7月的一个下午，位于山岩与河流之间的西岸车站热得像锅炉一样。有一个名叫比尔哥林斯的工头，叫麦丹娜去拿一点"红油"，以备点红灯之用。他说"红油"在离车站一里远的圆房子里，麦丹娜很恭敬地听了工头的话，便朝着那个圆房子走去，以便完成她的任务。到了圆房子，她就向那里的人要"红油"。其实她不知道"红油"是什么东西，也不知道它是用来做什么的。既然工头说它是用来点红灯的，那么她就相信这就是"红油"的用途。

　　"红油？"那里的职员十分奇怪地问，"做什么用的呢？"

　　"点灯用的。"麦丹娜解释说。

"啊，我知道了。"那个职员心中明白了，"红油在以前那个圆房子的油池里。"

于是，麦丹娜又在那滚烫的焦煤渣路上走了一里之远。那里的人告诉她，"红油"并不在那里，而且不知道究竟是在哪里，让她最好到站长的办公室里去问问。

于是，麦丹娜又抬起脚走了。在火热的太阳下，她就这么走来走去地走了一个下午。最后她着急了，便跑去问一个年老的工程师。这个慈祥的老工程师很怜悯地望着她说："孩子呀，你不知道那红光是红玻璃映出来的吗？其实没有红油，也没有红灯。你现在回到工头那里去和他理论吧！"

麦丹娜并没有回去和工头理论，因为她忽然觉得，自己并不是第一次被这么愚弄。为什么相同的事情总是发生？这一切归根结底还是她自己的问题，她想先从自己身上把问题解决掉。

麦丹娜得到这次教训后，发誓以后绝不再像呆子般被人愚弄了还不知道。她决心将来做事要把眼睛耳朵打开些，而且脑袋瓜也不再只是用来戴帽子的了。

不肯动脑的人就只能听命于别人。脑袋是用来思索的，不是仅仅用来戴帽子的。你不能仅仅依据别人的话就采取行动，而要用自己的脑子思索！

女孩成长感悟

一个不思考而只是听从命令的人，很难理解别人的话的用意，也就必然会被愚弄。醒悟了的麦丹娜一定可以做出一番不小的成绩来，因为她要启用自己沉睡已久的大脑，不再让它休息了。有了思考的力量，她一定可以做出更多的事情来。

不在梦想中跌落，就在梦想中起飞

　　塞尔玛·拉格洛芙出生于瑞典一个贵族家庭，她3岁时患了小儿麻痹症，只能在轮椅上度过童年。一天，祖母推着她，来到莫尔巴卡庄园外。远处田野上，鸟儿一边飞，一边欢快地鸣唱。塞尔玛看得痴了，双手像翅膀一样伸展，但很快，她想到了什么，神色变得忧郁起来。

　　这时，祖母在她身后说："只要你拥有翅膀，你就会像鸟儿一样飞翔。"她转头看着祖母，问："可是，我的翅膀在哪儿？"

　　祖母笑着说："梦想就是一对翅膀。"

　　塞尔玛的梦想是当一个作家。在祖母的鼓励下，她开始阅读大量名著，不久又试着拿起笔创作。但她写的东西就像是小女孩的幻想，幼稚懵懂，与现实相差太远。一次，在庄园外的小路上，她听到有人讽刺自己的小说，便将笔远远地扔了出去，痛苦不堪。

　　她感到，梦想让她从幻想的云端重重跌落了，她根本不可能站起来，更别说飞翔了！

　　然而祖母并不这样认为："你不是在跌落，而是在为起飞作准备！"

　　她看着祖母，突然意识到：是丰富的生活阅历使得祖母如此有智慧和乐观！既然自己缺少生活阅历，写不出真实的生活体验，为什么不从祖母那里获取呢？

　　她重新开始了创作的梦想之旅。半年后她完成了一部冒险小说，祖母看后说："希望很大！"塞尔玛很高兴，便请父亲将书稿送到一家出版社去。但几个月过去了，书稿没有一点消息。于是塞尔玛让祖母推着她，找到那家出版社。社长告诉她："书稿还不成熟，当天我就还给你父亲了。这里有本印第安人的冒险小说，建议你看看它。"原来父亲不忍心她受到打击，没告诉她实情。

　　然而这时的塞尔玛已不像当初那么脆弱了，因为这"不是在跌落，而是在为起飞作准备！"她好奇地翻开社长送的书，并马上被它吸引了，它激发起了她新的创作激情。

　　在塞尔玛的创作逐渐成熟的同时，家里的经济状况却每况愈下了。为了给她看病，家人不得不变卖了庄园。她23岁时，经过不断治疗，已经可以行走了，她决定外出求学。

　　24岁时，塞尔玛考入了罗威尔女子师范学院。33岁时，她的第一部小说《贝林的故事》问世，受到了文学界的肯定。之后，她一发而不可收，先后创作了《假基督的奇迹》《一座贵族庄园的传说》《孔阿海拉皇后》《尼尔斯骑鹅旅行记》等脍炙人口的好作品。

　　1907年，塞尔玛被瑞典乌普萨拉大学授予荣誉博士。1909年，她荣获诺贝尔文学奖。1914年，塞尔玛被瑞典学院选为院士后，她拿出一笔巨款，将幼时曾经带给她梦想的庄园买了回来，并亲自在庄园前面的石头上题了两行字：不在梦想中跌落，就在梦想中起飞。

（作者：刘东伟）

女孩成长感悟

　　"不在梦想中跌落，就在梦想中起飞"这句话，是塞尔玛在文学道路上不断学习，不断前进的动力。把每一次跌落当成下次起飞的准备，让书籍和不懈奋斗成为自己梦想的双翅，让我们在未来的路上飞翔！

怎样计算灯泡的容积

发明家爱迪生曾经有个名叫阿普顿的助手。她毕业于普林斯顿大学数学系，又在德国深造了一年，自以为天资聪明，头脑灵活，甚至觉得自己比爱迪生还强很多，处处卖弄自己的学问。平日里，这个姑娘总是一副高傲的模样，有时候甚至会嘲笑爱迪生的古板。

有一次，爱迪生把一只梨形的玻璃灯泡交给了阿普顿，请她算算容积是多少。

阿普顿拿着那只玻璃灯泡，轻蔑地一笑，心想："想用这个难住我，也太小看我了！"

她拿出尺子上上下下量了又量，还依照灯泡的样子画了一张草图，列出一个个算式，数字、符号，写了一大堆。她算得非常认真，脸上都渗出了细细的汗珠。

过了一个多钟头，爱迪生问她算好了没有，她边擦汗边说："办法有了，已经算了一半多了。"

爱迪生走过来一看，在阿普顿面前放着许多草稿纸，上面

写满了密密麻麻的算式。爱迪生看了，微笑着说："何必这么复杂呢？还是换个别的方法算吧。"

阿普顿仍然固执地说："不用换，我这个方法是最好、最简便的。"

又过了一个多钟头，阿普顿还在低着头列算式。爱迪生有些不耐烦了，就拿起玻璃灯泡，给里面注满水，然后交给阿普顿，说："去，把灯泡里的水倒到量筒里量量，这就是我们需要的答案。"

阿普顿这才恍然大悟，爱迪生的办法非常简单而且精确。从此，她变得非常佩服爱迪生的能力。

人有时候容易陷入思维定式，往往会把一件很简单的事情想得过于复杂。阿普顿就犯了这个错误。

思维定式是一种根据经验来推断或者受制于常规思维的思维方式。许多科学家也会犯这个毛病。据说，牛顿有一次请瓦匠砌围墙，他要求在墙上开一大一小两个猫洞（即大猫进出大洞，小猫进出小洞）。他请了一个女设计师为他来做事，女设计师却找到瓦匠只开了一个大洞，牛顿很不满意。

女设计师说："小猫不是也可以从大洞进出吗？"牛顿这才恍然大悟。其实，对于女设计师而言，这并不是多么困难的事情，只不过是牛顿自己陷入了自己的思维定式里而已。

经验有时候确实可以帮助我们解决问题，但是，许多经验却会限制思维的广度和灵活性。当思维受阻时，就需要跳出思维的框框，从结果导向去思考问题。

女孩成长感悟

　　让自己的大脑随时保持灵活其实是一件很难的事情，就算是拥有着无比聪明大脑的大科学家，也一样会陷入思维的陷阱。在生活中，我们应时刻提醒自己从全新的角度进行缜密的思考，避免被定式控制，这样处理起问题来才可以得心应手。

兴趣是成功的基石

　　有这样一个面包师,自从生下来,就对面包有着无比浓厚的兴趣,闻到面包的香气就如醉如痴。她狂热地喜欢面粉和面包,热爱刚出炉的面包所散发出来的浓郁香味。

　　但是她的家庭条件却很不好,这让她没有机会去做更多的面包。所以她跑去一个面包店,请求老板收留她打工,即使不给工钱也无所谓,只要可以做面包,可以去学习那些新奇的面包制作技巧,不管付出什么代价她都在所不惜。

　　经过她的恳求,在她第七次来到这家面包店的时候,店主终于被她感动,决定留下她作为学徒。女孩欣喜若狂,从此,她每天都是第一个来到店里的员工,早早开始打扫卫生,然后在面包的香气中开始一天的工作;一直等到最后一名客人离开,她还在那里辛勤地工作着。当店里的雕花师工作的时候,她总是虔诚地守在她身旁,看着她的每一个动作,想要学习每一个关于奶油雕花的技巧。这种高强

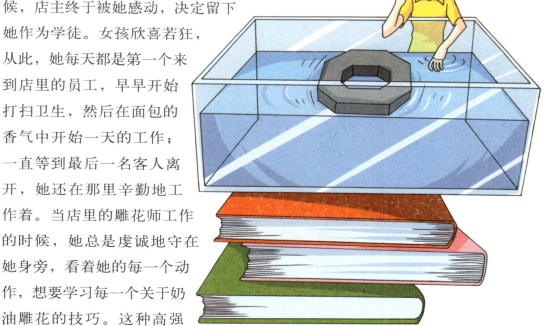

度的工作和学习，让她越来越瘦，但是她却每天都很开心，脸上总是挂着迷人的微笑。

经过数年的学习，她如愿以偿地成了一名面包师。对于这项事业的执着与热爱，使她对自己的工作要求极其严格，甚至苛刻。她做面包时，有三个条件缺一不可：要有绝对精良的面粉和黄油；要有一尘不染、闪光晶亮的器皿；伴奏的音乐要绝对称心，酝酿不出情绪，便没有创作灵感。

她完全把面包当作艺术品，哪怕只有一勺黄油不新鲜，她也要大发雷霆，认为那简直是难以容忍的亵渎。哪一天要是没做面包，她就会因馋嘴的孩子和挑剔的姑娘只能去啃那些粗制滥造的面包而心怀愧疚。

后来她独立出来开了一家属于自己的蛋糕店，她为此兴奋得好几天都睡不着觉。终于可以在属于自己的园地里做自己喜欢的事，这是最让她开心的。她从来不想今天做了多少生意，然而她的生意却出人意料地好，超过了所有比她更聪明活络、更迫切想赚钱的人。这一点让她的同行们又羡慕又眼红，但是她却微笑着走出来，和所有人分享她的技术，这又让大家对她产生无比的尊敬之情。

就是这样一个普通的女孩，因为对面包的热爱，而在这条路上义无反顾地一直走了下去。当然，人们问她如何获得成功的时候，她说她从来不在乎什么成功不成功，她只是去做自己喜欢做的事情而已。

女孩成长感悟

面包对她的吸引力就好像两块相吸的磁石的吸力一样，在这种吸引力之下，她做出的面包自然比别人的好，因为她投注了自己全部的热情，她的心里全都是对面包的热爱，谁又能战胜得了她的热情呢？

成才的主要因素是勤奋学习

　　在浩瀚的星空里有一颗小行星，它的名字叫"吴健雄星"，这是中国科学院紫金山天文台于1990年以世界著名女物理学家吴健雄的名字命名的。吴健雄女士以其对物理学的杰出贡献，赢得了全世界的赞誉，也为自己赢得了"中国的居里夫人"的桂冠，并最终将自己的名字留在了永恒的星空。

　　1929年，吴健雄以优异的成绩从苏州第二女子师范学校毕业，并获保送进入中央大学。按当时的规定，师范学生保送上大学需要先教书一年。但是当时的规定并不严格，因此她并没有任教，反而进入中国公学继续学习。当时，胡适在该校兼任校长并讲授《清朝三百年思想史》课程。

　　在一次考试阅卷之后，胡适兴奋地对同在中国公学执教的其他两位教师说："我从来没有看到过一个学生对清朝思想史阐述得这么透彻，我打了一个满分。"那两位教师也说，班上有个学生总得满分。三位教师分别把得满分的学生的名字写了下来，拿出来一看，居然都是写着"吴健雄"。他们开怀大笑道："怪不得她能被保送进中央大学

呢！"

1930年，吴健雄进入中央大学攻读数学专业。在求知欲的驱动下，她翻阅了一些有关X光、电子、放射性、相对论等方面的书籍，很快便被伦琴、贝克勒尔、居里夫妇、爱因斯坦等科学巨匠给深深地吸引住了。于是，吴健雄第二学年申请转到了物理学系。

在学校里，吴健雄经常闭门读书，很少参与娱乐活动，节假日也难得出去。她有一位叔父在南京任职，星期天总是开车来校，想接侄女到郊外"换换脑筋"，可每次载走的总是吴健雄的同学。

此后历经数十年的勤奋学习和研究，吴健雄为世界现代物理学的发展作出了杰出的贡献。1944年她参加了制造原子弹的"曼哈顿计划"，解决了其中的重大难题，被人们称为"原子弹之母"。她还验证了著名的物理定律，成为名副其实的"世界物理女王"。

吴健雄的才能不是天生的，是靠坚持不懈的努力换来的。古今中外的伟大人物都是靠勤奋取得杰出成就的，正如爱因斯坦所说："人们把我的成功归因于我的天才，其实我的天才只是刻苦罢了。"那些天资聪慧却不肯努力的人，只期待奇迹会出现，而不是付出辛勤的劳动，最终只能是两手空空，毫无收获。

女孩成长感悟

"天资聪慧而疏于劳作，必将两手空空；只有勤奋努力，才能创造奇迹。"吴健雄用自己的行动对这句话作了最好的诠释。天才，更需要用勤奋学习来取得成功。

动脑的结果

　　雪莉当时只有16岁，在暑假将至的时候，她对爸爸说："爸爸，我不要整个夏天都向你伸手要钱，我要找个工作。"

　　父亲从惊讶中恢复过来之后对雪莉说："好啊，雪莉，我会想办法给你找个工作，但是恐怕不容易。因为现在正是人浮于事的时候。"

　　"你没有弄清我的意思，我并不是要你给我找工作，我要自己来找。还有，请不要那么消极，虽然现在人浮于事，但我还是可以找个工作的。有些人总是可以找到工作的。"

　　"哪些人？"父亲带着怀疑问。

　　"那些会动脑筋的人。"女儿回答说。

　　雪莉在人才招聘的广告栏上仔细寻找，终于找到了一个很适合发挥她专长的工作。

　　广告上说找工作的人要在第二天早上8点钟到达12街的一个地方。雪莉并没有等到8点钟，而在7点45分就到了那儿。可她看到已有20个女孩排在那里，她只是队伍中的第21名。

　　怎样才能引起特别注意而竞聘成功呢？这是她的问题。她应该怎样处理这个问题？

　　根据雪莉的判断，只有一件事可做——动脑筋思考。因此她进入了那最令人痛苦也令人快乐的程序——思考。

　　当真正思考的时候，总是会想出办法的，雪莉就想出了一个办法。

　　她拿出一张纸，在上面写了一些东西，然后折得整整齐齐，走向秘书小姐，恭敬地对秘书说："小姐，请你马上把这张纸条转交给你的老板，

这非常重要。"

秘书小姐是一名老手，如果雪莉是个普通的女孩，秘书可能会说："算了吧，小姑娘，你回到队伍的第21个位子上等吧。"但是雪莉不是普通的女孩，秘书凭直觉感到，这女孩散发出一种自信的气质。

秘书把纸条收下。

"好啊！"她说，"让我来看看这张纸条。"

秘书看了纸条，不禁微笑了起来，然后站起来，走进老板的办公室，把纸条放在老板的桌上。

老板看了纸条，也大声笑了起来，因为纸条上写道：

"先生，我排在队伍中第21位，在您没有看到我之前，请不要作出决定。"

雪莉是不是得到了工作？她当然得到了工作，因为她很早就学会了动脑筋。一个会动脑筋思考的人总能把握住问题的关键，当然也能够解决它。

（作者：托马斯·沃特曼）

女孩成长感悟

智者总会想尽办法达成他的目标。这位16岁的少女虽然算不上智者，但她肯动脑筋的做法令人佩服。在生活中，面对纷乱复杂的事情时，我们不要急于去做，停一下，冷静地思考一番，也许困难就会迎刃而解。

了解学习的重要性

　　像其他的孩子一样，贝蒂·沃尔特小时候也曾有很长一段时间不仅不爱学习，还非常厌恶学习，甚至把学习当作自己最大的敌人。

　　然而，多年以后，贝蒂变成了一个相当有影响力的文学大师，她的学识已远远超过了一般的学者。这是怎么回事呢？在贝蒂不喜欢学习的时候，贝蒂的父亲想尽了一切办法也没什么用。那时的小贝蒂成天无所事事，为此，不知遭到父母多少次的责骂。

　　一个偶然的机会，贝蒂的父亲见到了著名的人类学家福斯贝特·库勒，由于库勒博士非常热衷于教育，便对贝蒂的父亲讲述了许多名人的受教育情况，这使贝蒂的父亲深受启发，回家后便改变了对待女儿的态度，并开始运用全新的教育方法。

　　他不再要求小贝蒂完全服从他的意愿，而是常常向她讲述历史上那些伟人的事迹，并告诉她，伟人们小时候全都是热爱学习的孩子。就这样，小贝蒂对学习有了新的认识，开始在心目中形成与崇高、伟大相关联的概念。在她幼小的心灵里面，这些故事的影响是显而易见的。当父亲告诉她一个伟人的故事之后，第二天，她就会模仿那个伟人来说话和做事，这种可爱的行径给了她父亲以鼓励。

有一天，贝蒂的父亲与友人正在谈论一个他们不久之前遇到的流浪汉，父亲发现小贝蒂就在不远处玩耍，便故意提高了说话的音调："听说那个流浪汉从小就不爱学习，整天游手好闲，他以为不学习照样能生活得很好。没想到，他现在想为自己找条出路都不行了。因为他什么也不懂，什么都不会，只能成为一个靠乞讨为生的人。"

小贝蒂听到父亲的话，突然感到一种前所未有的震撼。她想："我应该做高尚的人还是靠乞讨为生的人呢？"

显然，小贝蒂愿意成为一个高尚的人。第二天，小贝蒂就表现出了以往从未有过的学习热情，并从此开始认真学习，她还主动要求父亲教她各种知识。因为贝蒂从这一刻开始对自己说："我一定要努力地学习，只有这样，我才不会变成一个流浪汉。"

从那以后，刻苦的学习始终伴随着贝蒂。最终，她实现了自己的愿望，成了一位令人尊敬的高尚之人。在贝蒂的回忆录里，她浓墨重彩地描写了父亲对自己的影响这一段，因为在她眼里，正是父亲的这种潜移默化的教育，才让她明白了学习是多么重要的一件事，她需要为了这件事付出自己全部的热情和时间，只有这样，她才能获得生活的赞美。

女孩成长感悟

一个有远大志向的人，要实现自己的理想，必须要通过学习的途径。对于所有人来说，学习都是平等的权利，也是人人都可以走上的道路，但是如果你放弃了这条道路，那么你的梦想和志向要走向哪里就会成为一个未知数。

莫泽斯老奶奶的画

有时候，人生的完美往往需要以一生为单位来衡量。

她出生在美国乡下的一个农民家庭，从生下来就没有见过父亲。

上小学四年级时，母亲和一个相爱已久的黑人青年离家出走，从此杳无音信。为了生计，她只得辍学到一家农场当雇工。她每天5点起床，做30多人的早饭，然后去割干草、喂牲畜、熬奶油，一直到晚上10点才能上床睡觉。

这样的工作一干就是16年。27岁时，她与在另外一个农场干活的青年雇工托马斯结婚，先后生了11个孩子。婚后的几十年里，她几乎没离开过家，日子都是在照料孩子们的忙碌中度过的。

40年过去了，她67岁时，丈夫被马踢伤，不久就离世了，她就和小儿子一家一起生活。从那时起，她患风湿病的手指开始麻木，失去了劳动能力。时间一长，连小儿子也开始嫌弃她了，觉得她是一个多余的人。

为了恢复手指功能，70岁时，她用自己过去使用农具和织针的手拿起了画笔。说是画笔，其实不过是一把现成的刷漆用的板刷。她用这把板刷蘸着刷门廊和厨房地板用的油漆开始画起画来。

小儿子一家人完全忽视她的存在，任由她每天在自己的房间里乱画。直到她创作的第一幅作品《农场·秋》被装饰在托马斯·德拉格斯特亚的商品陈列窗里时，小儿子才大声惊呼："天哪，原来我妈妈是个画家！"此时，她已经75岁了，人们从《农场·秋》的署名上，第一次知道了她的名字：安娜·麦阿利·莫泽斯。

很快，"莫泽斯老奶奶画家"的称号传到了纽约，纽约的各大报刊相继刊载了莫泽斯的作品，人们被她古稀之年学画画的精神所感动，更为她作品中所表现出来的原始而古朴的气息所震撼。

法国卢浮宫曾收购了她的一幅作品，出价高达100万美元。在普希金美术馆举办莫泽斯的作品展时，排队参观的人达11万之多。"莫泽斯老奶奶圣诞贺年片"年销售量多达2500万张。

安娜·麦阿利·莫泽斯是个幸福的人。从她70岁拿起画笔到101岁去世的这段时间里，她一共创作了近300幅作品，其中的100多幅作品被世界各地的美术馆收藏。她去世时，成千上万的美国人自发地为她送行。

（作者：吕迎春）

女孩成长感悟

莫泽斯老奶奶经历了很多苦难，而她那份执着学习的精神让我们感动。正所谓活到老，学到老。任何时候，我们都不要放弃希望，一颗坚忍不拔的心，会照亮我们的人生。

获得知识的道路没有捷径

　　邓亚萍是我国著名的乒乓球选手，她先后获得过18个世界冠军，在世界乒坛连续8年排名第一，是第一位蝉联奥运会乒乓球金牌的运动员。

　　1996年亚特兰大奥运会结束后，邓亚萍开始设计自己退役之后的人生。同年底，邓亚萍被奥委会主席萨马兰奇提名为国际奥委会运动委员会委员。这既是国际奥委会对她的重用和信任，也是一次严峻的挑战。奥委会的办公语言是英语和法语，然而，邓亚萍当时的英语基础几乎是零，法语更是一窍不通。

　　面对如此重要的工作岗位和自己外语水平不高的现实，邓亚萍心急如焚。1997年，她怀着兴奋而又忐忑的心情迈进了清华大学。刚入校的时候，老师为了给她制订教学计划和方案，想先看看邓亚萍的英语水平到底如何，就让她写出26个英文字母。

　　在测试中，邓亚萍费了不少心思，总算把26个英文字母写了出来。她看着这张写了几个大写

字母和几个小写字母的答卷，自己都有些不好意思了，便对老师说："我的英语水平也就这个样子了。但请老师放心，我一定努力！"

当时，邓亚萍的英语水平几乎是一张白纸，没有英文的底子，更别说有口语交流能力了。上课时，老师在课上讲的内容对她来说就像听天书，她只能尽力一字不漏地听着、记着，回到宿舍，再一点点地消化。

为了尽快弥补自己的差距，邓亚萍给自己制订了学习计划：一切从零开始，坚持"三个第一"——从课本第一页学起，从第一个字母读起，从第一个单词背起；每天必须保证14个小时的学习时间，每天5点准时起床，读音标、背单词、练听力，直到正式上课；晚上整理讲义，温习功课，直到深夜12点。

由于全身心地投入到学习中，邓亚萍几乎完全取消了与朋友的聚会及一般的社会活动，就连给父母打电话的次数也大大减少了。为了提高自己的听力和会话能力，她除了定期去语音室之外，还买来多功能复读机。由于她总是一边听磁带，一边跟着读，同学们都跟她开玩笑："你成天读个不停，当心嘴唇磨出茧子呀！"但她相信，没有超人的付出，就不会有超人的成绩。

最终，经过日复一日的努力，邓亚萍圆满地完成了学业。

女孩成长感悟

邓亚萍坚持"三个第一"，最终圆满完成了学业。学习时，面对差距和挫折，我们取得成功的关键只有坚持不懈、持之以恒。

十二个第一名

我国女科学家林兰英是福建莆田人。她在获得美国宾夕法尼亚大学博士学位后回国，在中国半导体材料研究领域作出了重大的贡献。但是小时候，林兰英的家境不是很好，父母无法同时供养几个孩子上学，差点让她休学。幸亏她勤奋努力，才获得了继续读书的机会。

在林兰英小学快毕业的一天晚上，母亲把她叫到跟前说："兰英，一个姑娘家读到小学毕业，识几个字就不错了，念那么多书也没啥用。你几个表姐都能干活养家了，你上学不但不挣钱，还要花钱，家里哪有那么多钱供你呀！下学期你就别念了。"

林兰英知道家里不宽裕，但是她又实在不愿意放弃学习的机会，就对妈妈说："我听说中学有规定，考试得第一名可以免除学杂费。我向您保证，上中学后我好好学习，考第一名，不用家里交学杂费。"母亲看她这么想读书，也就答应了。

不过，母亲并没有把林兰英许诺考第一名的事情放在心上，她心里想：姑娘家，哪能那么容易就考第一呀！让她再读半年，到时考不到第一，她就会死心的。

林兰英上了初中，班里就她一个女生，所有的男生都瞧不起她，不和她说话。但是她并没有因此而自卑，反而更坚定了考第一名的决心。她上课认真听讲，下课认真复习，别人学习时她在学习，别人不学习时她也在学习。经过半年的努力，她真的考了第一名，争取到了免除学杂费的机会。而母亲却认为这只是一个偶然，可是既然有约在先，不好反悔，就答应她再读一个学期。

第二个学期期末，林兰英又拿着第一名的奖状向母亲报喜。母亲很吃惊，知道自己低估了女儿。母亲看到自己的女儿有志气，很高兴，就让她安心读书，不要惦记家里，就是再难，也要供她读完初中。可是，林兰英并没有放松对自己的要求，初中三年，她一共得了六个第一名，母亲的脸上终于绽放出了欣慰的笑容。

后来上了高中，林兰英仍然年年考第一。读了六年中学，她共拿了十二个第一名。为了实现自己许下的诺言，她付出了超乎常人的辛苦和努力。后来，她终于学业有成，在半导体材料领域为国家作出了重大贡献，成为国内外知名的科学家。

要想抓住得来不易的机会，你必须尽最大的努力，这既是对你自己的挑战，也是对支持你的人的回报。成功的真正意义就在于此。

女孩成长感悟

一个勤奋的人可以战胜一切，哪怕是命运。如果林兰英当初因为这个原因失去了求学的机会，那么她的人生也将会被改写。但是她凭借着自己的勤奋和努力，战胜了命运，夺得了属于自己的胜利。

《再见了，我们的幼儿园》

主演：芦田爱菜

精彩看点

    《再见了，我们的幼儿园》是一部温暖清新的儿童电影，其温暖清新的风格被发挥得淋漓尽致，难怪有网友认为其催泪的程度不亚于韩剧。电影讲述了一个发生在毕业前夕的幼儿园里的故事。洋武小朋友因心脏病住院，可能无法参加毕业典礼了。他的好朋友拓实、康娜、俊武、美琴、优衣，避开了万里老师的视线，跑出了幼儿园，计划前往远方的医院看望洋武。其间，他们不断换乘轨道交通，不断面对和解决各种问题，他们不仅要学会独立和社会打交道，还要克服人与人之间的情感障碍。

经典台词

    你去过一个叫作凡高的地方吗？

    距离远了有什么关系呢？只要心挨在一起就好。

第 5 章

美丽女孩不光看外表

气质女孩培养法则

❶ 自信乐观

看看自己的优点，懂得欣赏自己，不要苛责自己，努力去表现自己的优点，相信自己的才华和能力，积极面对挫折和困难。学习一些技能，比如乐器、画画、舞蹈等。

❷ 知识广博，有内涵

除了课本中讲到的知识，还要积极从各种途径，比如课外书、报纸、网络等，获得多方面的知识，学习一些课本中没有的知识，慢慢培养自己的内涵。

❸ 有礼貌，举止端庄

对别人要有礼貌，哪怕是见到不太熟悉的邻居，也要礼貌地打声招呼。学习一些礼仪知识，比如正确的站姿、坐姿，与人说话的方式等。看看自己身上有哪些不好的行为习惯，记下来，时时提醒自己，及时改正。同学之间、朋友之间，不斤斤计较。语言得体，说话有内涵，沟通有技巧。

张爱玲的摩登时代

张爱玲很有服装设计的天分，只是她的文学光芒太强烈了，所以将她的这一天分掩盖了起来。

张爱玲对衣着的讲究，起源于她的童年时代。张爱玲在文章中这样写过："自小就渴望长大，能抹上鲜红鲜红的口红，穿上有网眼的黑色丝袜！"因为家庭的变故，少年的张爱玲失去了衣着光鲜的条件，一件穿了很久的暗红色旧棉袍，使她感到了多少年都难以平息的"憎恨与羞耻"。

"成为一个艳丽动人的女人"，这种渴望在20世纪30年代后期她成名以后，淋漓尽致地流露出来。

张爱玲的发型是"小卷烫发"。30年代是中国小资的黄金时代，"小卷烫发"是当时最流行的发型，卷发贴着脸颊而下，极为柔美动人。当时的标准美人是樱桃小嘴柳叶眉，烫成小卷的头发夹于耳后，蓝白印花的紧身旗袍勾勒出优美的身段。

张爱玲的皮肤很白，所以她喜欢涂鲜艳的口红。在衣着上，她更是大胆出位，被人称为"那个爱奇装炫人的张爱玲"。为出版《传奇》，她到印刷所去校对稿样，整个印刷所的工人都停下工作，惊奇地看她的服装。那是她从香港带回的一段广东土布。刺目的玫瑰红上印着粉红花朵，嫩绿的叶子，印在深蓝或碧绿的底色儿上，那是乡下婴儿穿的图案，她在上海做成了衣服，自我感觉非常好，"仿佛穿着博物院的名画到处走，遍体森森然飘飘欲仙"。

她参加朋友的婚礼，穿了件自己设计的前清样式的绣花袄裤去道喜，整个婚宴的人的注意力都集中在张爱玲身上。当年张爱玲把《倾城之恋》

改编成剧本搬上舞台时，与剧团主持人见面的那天，就是穿着一袭拟古式的齐膝的夹袄，有宽大的袖子，水红绸子的质地，特别宽的黑缎镶边，右襟下有一朵舒卷的云头，长袍短套，罩在旗袍外面。在当时，这种空前的装束可谓是非常出位。

张爱玲去世后，在她美国的住处，人们看见了她生前穿过的各种时装，有香奈儿风格的圆领大衣，有驼色系腰带的别致大衣，有典雅的俄罗斯风格的象牙白改良连衣裙……除了纯西式的洋装，还有众多具有中国古典韵味的服装。遗物中还有很多宽大的、颜色鲜艳的腰带。

张爱玲很喜欢穿宽大的衣服，再在腰间系一条皮带，她的身材又高又瘦，她是很知道自己怎样穿才会好看的。

虽然张爱玲的衣服样式独特，但是价格很是一般。她在美国的生活一直很拮据，她买衣服的地方都是很小、很低档的商店。

张爱玲爱穿丝袜，丝袜是一种纯粹的女性特征，它渗入了她的生活。

张爱玲的袜子是偏紫色调的，有烟紫、清紫、粉紫等。丝袜的颜色直接成为服装的一部分，达到色彩搭配的强烈效果，在30年代的上海给人眼前一亮的惊艳。

张爱玲对鞋子也相当重视，她甚至认为：无论如何平庸的女人，穿上高跟鞋，都会摇曳生姿的。穿高跟鞋是张爱玲幼年的宏愿之一。20世纪30年代，西方人带来的酒杯高跟鞋令新女性们趋之若鹜。鞋的款式风格各异。有鞋面裹在脚背上只在脚趾上露一个洞的船口鞋；有花色拼皮的，适合跳当时流行的快爵士摇摆舞的；有浅口细跟的；有鞋面上缀蝴蝶结的、三寸以上的"酒杯跟"。张爱玲也是穿这种鞋子的最早倡导者。

张爱玲从头到脚，都在领导着20世纪三四十年代上海的新潮流。

（作者：李新刚）

女孩成长感悟

和大多数爱美的女孩一样，张爱玲对美也有自己独到的理解。她对自己的着装很自信，将服装的魅力结合自己的身材、风格、气质表现出来，这是她成为众人眼中焦点的关键。美丽不是人云亦云，专属于自己的美才是最美。

玻璃窗上的阳光

一个漂亮的小女孩依偎在妈妈身边，她们在家中的阳台上悠闲地晒太阳。那是一个风和日丽的星期日上午，柔和的阳光透过阳台的落地大玻璃窗洒在母女俩的身上，妈妈的脸上写着平静，小女孩的心中溢满了幸福。

忽然，妈妈问小女孩："孩子，你仔细观察一下，看看阳台的玻璃窗上有什么？"伶俐的小女孩马上意识到，这是妈妈在锻炼自己的观察能力。于是，小女孩格外仔细地看着玻璃窗。然后，她对妈妈说："玻璃窗上有一个黄豆粒大的小泥点，不仔细看，还发现不了呢。"出乎意料的是，妈妈没有肯定小女孩的观察结果，而是反问道："除了那个小泥点，玻璃窗上还有什么？"小女孩再次打量玻璃窗，几近一寸一寸地观察，然后她再度肯定地回答："玻璃窗上除了那个小泥点，没有别的东西了。"

妈妈缓缓说道："孩

子，一个小泥点就锁住了你全部的视线，而比那个小泥点多十倍、多百倍的阳光投射在玻璃窗上，你为什么视而不见呢？"小女孩恍然大悟，是呀，除了那个小泥点，玻璃窗上还有大片大片的阳光啊！接着，妈妈拉上了厚厚的窗帘，阳光被遮挡在窗外，室内顿时昏暗起来。小女孩十分不解大白天为什么要拉上窗帘。妈妈微微一笑："孩子，现在你再看看玻璃窗上有什么。"小女孩如实地回答，"玻璃窗上没有了阳光，阳光被大片大片的黑暗代替了。"话音未落，小女孩赶紧纠正："不，妈妈我还没有说完，在玻璃窗的右侧还有一线阳光，虽然面积挺小，但是在昏暗中显得格外明亮！"

小女孩说得没错，妈妈在拉上窗帘的时候，并没有完完全全地拉严，而是在窗户的右侧特意留下了一条窄窄的缝隙，明媚的阳光正是从那条小小的缝隙中穿过来的，仿佛一线希望在黑暗中闪耀。妈妈抚摸着小女孩的头，欣慰地说："孩子，你长大了。"于是，那个星期日的上午，那扇玻璃窗上的阳光定格在了小女孩的心灵深处。她明白了，人的心也像那玻璃窗一样，只要始终乐观地抱有希望，再大的困难也可以战胜。

后来，小女孩长大了，步入了商界，成了一名优秀的职业经理人。公司董事会对她的评价是，待人处世周到全面，同时极其善于在困境中发现希望，并找到解决困难的办法。

（作者：窦婷婷）

女孩成长感悟

一切事物都有正反两面。乐观的人善于在危机中看到机会，悲观的人却总是在机遇中看到危险。我们在生活中，不要处处留意"污点"，而应该追寻"阳光"。让我们打开心窗，让阳光照进来，驱赶心灵的黑暗，做一个快乐的女孩吧。

真正的魅力不是刻意修饰出来的

女作家琳达非常注意自己的形象。有一次，她在美发时遇到了一位著名的女化妆师。对于这个生活在与自己生活的领域完全不同的领域的女性，琳达对其增添了几分好奇，因为在她的印象里，化妆师再有学问，也只是皮毛功夫，实在不是知识女性所向往的职业。于是，琳达忍不住问这位女化妆师："你研究化妆这么多年，到底什么样的人才算会化妆？化妆的最高境界到底是什么？"

对于女作家提出的问题，这位年华渐逝的女化妆师脸上露出一丝淡淡的微笑。她说："化妆的最高境界可以用两个字形容，那就是'自然'。最高明的化妆是经过非常考究的化妆，让人家看起来好像没有化过妆一样，并且化妆的效果要与人的身份匹配，能自然地表现出一个人的个性与气质；次级的化妆是把人突显出来，让人变得醒目，引起众人的注意；拙劣的化妆是一站出来别人就发现她化了浓妆，这无非是想掩盖自己的缺点或年龄；最坏的一种是化妆后扭曲了人的个性，使人失去了五官的协调，例如小眼睛的女人竟化了浓眉，大脸蛋的女人竟化了白脸，阔嘴的女人竟化了红唇……"

女化妆师见琳达听得入神，继续说："这不就像你们写文章一样？拙劣的文章常常是词句的堆砌，扭曲了作者的个性；好一点的文章文采飞扬，能够吸引读者的注意力；最好的文章则是作家真实情感的自然流露，读者阅读文章的时候仿佛是在读一个活生生的人。"

琳达听着不停地点头。女化妆师接着说："你们写文章的人不也是化妆师吗？三流的文章是文字的化妆；二流的文章是精神的化妆；一流的文章是生命的化妆。这样，你懂化妆了吗？"琳达为自己最初对化妆所持的观点而深感惭愧。

"这是非常高明的见解！可是，说到底化妆的人只是在表皮上下功夫！"琳达感叹地说。

"不对，"化妆师说，"化妆只是最末的一个枝节，它能改变的毕竟不多。深一层的化妆是改变体质，让一个人改变生活方式，使之睡眠充足，注意运动与营养，这样她的皮肤得到了改善，精神充足，比化妆有效得多。再深一层的化妆是改变人的气质，多读书，多欣赏艺术，多思考，豁达乐观，对生命有信心，心地善良，关怀别人，自爱自尊，这样的女性即使不化妆也差不到哪里去，脸上的化妆只是整个化妆活动最后的一件小事。我可以用三句话来概括：三流的化妆是脸上的化妆；二流的化妆是精神的化妆；一流的化妆是生命的化妆。"

女孩成长感悟

化妆只能改变人外在的容貌，而真正的魅力不是来自妆容，而是来自内在的健康和修养。健康又有修养的人即使不化妆，也会让人觉得他是美的。让我们努力完善自己的内在，做一个充满魅力的人。

与书籍做伴的童年

苏珊·桑塔格的父亲在她很小的时候便因肺结核在中国天津一家德美合资医院去世了，还不到35岁。之后，她的母亲很少在家，就把苏珊和朱迪丝托给亲戚照看。

情况可能是，在苏珊整个童年时代，母亲米尔德丽德一直都心情郁闷，萎靡不振。对于喜欢东奔西跑的米尔德丽德来讲，她可能非常不容易适应做母亲带来的生活方式上的巨变。她不仅没了丈夫，没了工作，也没了收入，没了独立性，更没了地位，取而代之的是两个年幼的孩子提出的没完没了的要求。喝酒能缓解压力，让她暂时放松，甚至她的情绪也会变得高亢一些。在苏珊的印象中，米尔德丽德是一个懒散的母亲，整天昏昏欲睡，百无聊赖，根本不可能翻阅或者评论一下孩子全优的成绩单。这种情形在许多从孩童时代就开始创作的作家的经历中屡见不鲜，比如作家安妮·赖斯就曾坐在她的嗜酒如命的妈妈的床边，闷闷不乐。

1939年9月，苏珊开始上一年级。回头看看，苏珊觉得那简直是个笑话："当时，我6岁。星期一，我被分在一年级A班；星期二，他们把我放在一年级B班；星期三，我到了二年级A班；星期四，转到二年级B班。一周下来，他们让我转了三次班，因为功课我全会了。"当时，没有专门为特长生开设的班级。苏珊学的科目和其他孩子一样：作文、拼写、阅读、音乐、算术、社会、卫生、体育和基础科学。"我生在一个文化上非常民主的环境之中。我没有想到我还会影响同学们的生活方式。"苏珊后来才意识到。她总能和同学找到共同话题，比如说些"哎呀，今天你头发真漂亮！"或者"哎呀，那双懒汉鞋真可爱！"之类的话。

苏珊7岁已养成看完一个作家主要作品的习惯。首先是艾伯特·佩森·特休恩的《铁路工凯莱布·康诺弗》《一只名叫切普斯的狗》《小动物与别的狗》。也许，他最有名的作品是关于拉德及其在新泽西农村的英勇行为的。特休恩探讨的是对与错和滥用权威的主题，如在《拉德更多的冒险》这部作品中，一个无知无识、盛气凌人的县治安官扬言要毙了拉德。拉德的冒险行为一般都关涉正义的伸张。成人世界的不公与麻木常常刺激年轻作家和读者，也正因为如此，9岁的苏珊才去啃大部头小说，如她在母亲那里找到的维克多·雨果的《悲惨世界》。苏珊后来称，正是此书，让她年纪轻轻就成了一名社会主义者。

不过，更为重要的是，苏珊接触了游记作家理查德·哈里伯顿的作品。在《万里揽胜》中，他站在泰姬陵前，包着头巾，双手叉腰，两腿自然放松，一脸灿烂的笑容。在《飞毯》里，他坐在他那架双座飞机顶上，准备好了去冒险。在《理查德·哈里伯顿奇观全集》里，一封致读者的信旁边是作者的一张照片，看上去30来岁的他英俊潇洒。信里写的是，还是个孩子的时候，他就最喜欢看上面全是"世界上最奇妙的城市、大山和寺庙"的图片的那本书。他爱看那本书，因为它把他带到了"陌生而浪漫的地方"，让他流连忘返。

后来，苏珊在回答什么书改变了她的人生时，她说首先是哈里伯顿的书。他让苏珊看到，作家的生活是如何"有特权"，又是如何充满了"无尽的好奇心、精力和表达力，以及无比的热情"的。哈里伯顿写过埃特纳火山、波波卡特佩特火山、富士山和奥林匹斯山。他去过莫斯科的列宁墓，到过中国的长城。"哈里伯顿让我充满希望地意识到，世界辽阔广袤、历史悠久，世界上可看的奇观、可听的故事不胜枚举。他让我意识到我自己也能看到这些奇观，听到与奇观有关的各种故事。"苏珊回忆说。

这种往事令人回忆起苏珊7岁时为之激动不已的一些事。她当时就意识到世界很大，而她觉得，玩伴、老师和其他成年人对外面的世界并没有憧憬。她想："等我长大成人，我得留心，可别让他们阻止我从敞开的门飞出去。"

阅读开阔了苏珊·桑塔格的眼界，也让她增长了见识，积累了知识。正是因为从小养成了良好的阅读习惯，苏珊·桑塔格才能取得之后的成功，是阅读为她打下了坚实的基础。

女孩成长感悟

阅读可以开阔我们的眼界，让我们认识到不同的世界，并对这个世界产生更多的好奇。很多著名作家都是从小便养成了阅读的习惯，他们通过阅读各种著作来积累知识，增长见识。正是这种从小就养成的阅读习惯，为他们后来的成功打下了坚实的基础。

神奇的"自信罐"

　　有个叫托妮的女生，从职业学校毕业之后，一年多的时间里找不到工作，内心压力很大，常常夜不能眠，变得整天烦躁不安。

　　那一段日子，托妮的精神快要崩溃了。长期的睡眠不足使她无法以正常的心态看待周围的世界，也无法正常地看待自己。她甚至怀疑自己天生就"低能"，她心想："毕业了竟连一份工作都找不到，以后还能做什么呢？"

　　这时候，托妮的一个叫凯蒂的女同学从另外一个城市托人给她带来一份礼物。托妮打开一看，是一个装饰得很漂亮的瓷器，上面还贴着一个标签，写着："托妮的自信罐，需要时用。"罐子里面装着几十个用浅蓝色纸条卷成的小纸卷，每个小纸卷上都写着凯蒂送给托妮的一句话。托妮迫不及待地一个个打开，只见上面分别写着：

上帝微笑着送给我一件宝贵的礼物，她的名字叫"托妮"。

我珍惜和你的友谊。

我欣赏你的执着。

我希望住在离你的厨房100英尺远的地方。

你很好客。

你有宽广的胸怀。

你是我愿意一起在一家百货公司转上一整天的那个人。

你做什么事都那么仔细，那么任劳任怨。

我真的相信你能做好任何你想做的事情。

我给你提两点建议：第一，当你完成一件自己想干的事情，或者得到别人的称赞和肯定的时候，就写一张小纸条放在这个罐里；第二，当你遇到困难和挫折，或者有点心灰意冷的时候，就从这个小罐里拿出几张纸条来看看。

读到这里，托妮的眼睛湿了。因为她深深地感觉到，她正被别人爱着，被别人关心着，困难只是暂时的，自己也是很棒的。从那以后，托妮把这个"自信罐"摆在最醒目的地方，只要遇到压力和困难，她就情不自禁地伸手去摸纸条。

10年以后，托妮成为一所知名幼儿园的园长，很多家长都愿意把孩子送到这家幼儿园，因为她的自信激发了孩子们的自信。从这所幼儿园走出去的孩子，每个人都有一个"自信罐"。

再后来，托妮成为了得克萨斯州的教育部长。

女孩成长感悟

"自信罐"让托妮战胜了压力和困难，最终成为州教育部长。"自信罐"让自信的做人态度流传下来，同时流传下来的还有关爱和爱心。

胡萝卜、鸡蛋和咖啡豆

一个女儿对父亲抱怨她的生活，抱怨事事都那么艰难，她不知道该如何面对生活，她的朋友也很少，等等。

女孩的父亲是一位厨师。有一次听完女儿的抱怨后，厨师微笑着把她带进了厨房。他往三只同样大小的锅里倒进了一样多的水，然后将一个胡萝卜、一个鸡蛋和一把咖啡豆分别放进三只锅里，最后他把三只锅放到火力一样大的三个炉子上烧。

20分钟后，在女儿的疑惑中，厨师将煮好的胡萝卜和鸡蛋放在了盘子里，将咖啡倒进了杯子。他指着盘子和杯子问女儿："孩子，说说看，你看到了什么？"

"当然是胡萝卜、鸡蛋和咖啡了。"女儿觉得莫名其妙。

厨师又让女儿感受一下这三样东西的变化，女儿虽然疑惑不解，但还是照做了。

厨师等女儿观察了三样东西的变化之后，十分严肃地看着女儿说："你看见的这三样东西是在同样大的锅里、同样多的水里、同样大的火上，用同样多的时间煮过的。可它们的结果却迥然不同。胡萝卜生的时候是硬的，煮好后却变得很软，甚至快烂了；生鸡蛋是那样脆弱，蛋壳一碰就会碎，可是煮过后，连蛋白都变硬了；咖啡豆没煮之前也是很硬的，煮了一会儿就变软了，而且它的香气还融进水里变成了可口的咖啡。"女儿听了父亲的话，还是不明白什么意思，一脸茫然。

厨师接着说："孩子，面对生活的考验，你是要像胡萝卜那样变得软弱无力，还是像鸡蛋那样变得坚硬，抑或像一把咖啡豆，虽然自身受损却不断向四周散发出香气，用美好的情操感染周围所有的人？我想，你一定会选择成为生活道路上的强者，像咖啡豆一样，让你自己和周围的一切变得更美好、更漂亮、更有意义。"

这时，女儿明白了父亲的良苦用心，从此不再无谓地抱怨生活，而是坚强地面对一切。

（翻译：梁军）

女孩成长感悟

　　面对生活中的磨难，我们要做一个强者。不要被磨难打败，不要被磨难改变心性，而是要乐观向上，做一个有影响力的人，能给别人鼓舞的人。别人能从你这里得到力量，自然会欣赏你、亲近你。反之，如果你在生活中总是灰心丧气的样子，谁会喜欢你呢？

别让心灵蒙尘

一位妇人带着她的女儿来到心理学家面前，开始介绍女儿的情况："教授，我弄不明白她是怎么回事。她对自己的一切都漫不经心，对她周围的事物也是漠不关心。如今她都17岁啦，还这么不懂事。这可叫我如何是好？"

教授笑着说："请允许我单独跟她谈一谈，好吗？也许我能了解她对自己和周围一切漠不关心的秘密所在。"

母亲走了，教授仔细观察着姑娘。这位看起来脏兮兮的少女长得很美，但她的美却被邋遢的外表掩盖了。

教授跟她聊天，她似听非听。教授沉默了一会儿，突然问她："孩子，你难道不知道自己是个非常漂亮、非常好的姑娘吗？"

这句问话，使姑娘美丽的大眼睛里闪现出一丝亮光。她慢慢抬起头来，久久盯着老教授那布满皱纹的面孔，一丝笑容浮现在她的脸上，她如同沉梦方醒，看到了新的天地。

"您说什么？"姑娘惊喜地问。"我说你很漂亮、很好，可你自己却不知道自己是个漂亮的好孩子。"

姑娘那秀丽的脸上露出了更多的微笑。这样的话她从未听到过，平时充塞她耳际的除了同学们的嘲弄，就是母亲的责骂。因此，她自己也就破罐子破摔了。

教授拉着姑娘的手说："孩子，今晚我和我的夫人要去剧院看芭蕾舞剧《天鹅湖》，特请你陪我们一块去。现在还有两个小时的时间，如果你愿意，请你回去换换衣服，我们在这儿等你。"

姑娘高兴极了，活蹦乱跳地跑出去，跟母亲一块回家去了。快到时间了，教授听到一阵轻轻的敲门声。打开门，他惊呆了：一位出水芙蓉般的少女站在他面前。两道如月的细眉下是一双动人的眼睛，抬起来亮闪闪，低下去静幽幽。那富有表情的面庞，使她显得那么聪明伶俐。她的一颦一笑、一举一动都是那么迷人。教授简直认不出这位姑娘就是刚才那位邋里邋遢的少女了。

从此，姑娘变了，变得自信而好学。后来，姑娘有出息了，还成了著名的舞蹈艺术家。

女孩成长感悟

教授的赞美使女孩重新找回了自信，她的生命重新焕发出光彩。可见，自信对一个人是多么重要啊！一个人如果没有自信，就好比珍珠失去了光泽，太阳失去了光芒，航船失去了风帆。我们应该高举起自信的旗帜，在人生道路上昂首阔步前进。

红书包，紫书包

　　很多年前，我还是名小学四年级的学生，和那个年龄的女孩一样，长着一头柔软的黄头发，扎着可爱的小辫子。好像女孩子的爱美天性已经萌生，我开始注意同龄女孩穿些什么。

　　有一回，同班的女孩背了一个崭新的红书包，那书包简直美极了。我只看了它一眼，心里就发颤。一个念头顿时从我心里升了起来：我一定要马上拥有一个同样的书包！

　　终于，我在一家文具店的橱窗里找到了这样的红书包。

　　"没有什么能同它比美。"真的，当时我就那么想，"它是我最想要的。"

　　我又跳又跑地赶到车站，等了三辆公共汽车，才等到了母亲。她惊讶地看着我。我什么也没说，拉着她的手直奔那家文具店。到了那儿，我指着红书包说："给我买吧，妈妈。"

　　"可你的书包还挺新的，而且也很漂亮啊！"

　　我不知怎的就想哭，死活不肯离开。母亲摸摸我发烫的额头，心就软了。没想到她摸出钱包要付钱时，才发现带的钱不够。

　　那天夜里，我老做梦，梦见店里的红书包让人用一把大剪刀剪坏了，急得我大嚷大叫起来。父亲把我唤醒，小声对我说，明天他下了班就去把那个红书包买回来。

　　第二天的整个白天，我心里都涌动着紧张和激动。到了傍晚，我突然变得惴惴不安：万一店里的书包让别人买去了呢！于是，我三番五次往那里跑，弄得店老板都开始皱起眉头来打量我。

晚上，母亲一手推着自行车，一手高高地举着红书包回来了。我抢过那个鲜红的书包，高兴得打转。等狂喜过后，才看见母亲正在给父亲搽药酒。原来，为了快点儿赶到文具店，父亲骑车时同一辆"黄鱼车"撞在一起，膝盖上肿起老大一块。

我的心突然沉重起来：我怎么会不顾一切地迷上这红书包，竟没发现父亲的膝盖为它受了伤呢？

父亲倒没责怪我，他只是说："爱美是件好事，可生活中美的东西太多了，跟着去争，是永远也争不过来的，能体会美才是最美的事情。"

第二天，我背着红书包兴高采烈地去学校，在校门口碰见了那个女孩。谁知她又换了一个紫色的书包，那比原来的红书包不知要漂亮多少倍。

从那天起，我把父亲的话深深留在了心底。我依然爱一切美好的东西，但是不再像过去那样焦躁不安了。那个红书包用旧后，我像宝贝一样珍藏了它好多年。不为别的，就因为它让我更懂得了美。

（作者：秦文君）

女孩成长感悟

对美的追求和热爱并不能靠跟风来实现，而需要用心去体会。热爱美，追求美，并用心体会美，才能成为优雅的女孩。

有龅牙并不是罪过

著名歌手凯斯·黛莉从小时候起就有一个不为人知的梦想：成为像芭芭拉·史翠珊那样有名的歌手。

黛莉从未向人透露过这个梦想，她只是在没有人的时候才放开嗓子歌唱，原因其实很简单：她长着一张难看的阔嘴和一口奇怪的龅牙。

黛莉一直因为龅牙而没有自信。到高中毕业聚会时，每个人都得表演节目，她终于鼓足勇气决定在大家面前唱歌。她穿着母亲的白色小礼裙，紧张地站在舞台中央。音乐响起，她开始和着音乐唱。为了使龅牙不影响自己的魅力，她一直想办法让上嘴唇向下，以此来掩饰自己的龅牙。这样唱歌当然十分别扭，声音变得扭扭捏捏，她也唱得心不在焉，甚至将几段歌词给唱乱了。

同学们看到她奇怪的样子，忍不住大笑起来。这是黛莉第一次当众唱歌，却得到这种结果，她沮丧万分。

这时，音乐老师史密斯夫人来到她身旁，说："黛莉，其实你的嗓子很棒，完全可以唱得更好，但你唱歌时，好像在试图掩饰什么，你不

太喜欢自己那龅牙吧？"

黛莉被说中了心事，满脸通红。

史密斯夫人又直率地说："这又有什么关系呢？有龅牙并不是什么罪过，你为什么要拼命地掩饰呢？张开你的嘴巴吧！只要你自己不在意，观众也一定不会在意的。说不定，这龅牙还能给你带来好运气呢！"

黛莉接受了老师的建议，她开始大胆地在各种公共场合唱歌，她不再去想自己的龅牙，只是张开嘴，尽情地放声歌唱。后来，黛莉成了顶尖的歌手，有很多人还想刻意模仿她呢！

女孩成长感悟

金无足赤，人无完人，每个人都有这样或那样的不完美。极力掩盖缺陷是最愚蠢的行为！而最聪明的做法则是宽容地对待自己的缺陷，自信地发挥自己的优点。当你成功时，也许你的小缺陷会成为你独一无二的标志呢！

要能够看到天上的星星

一位叫塞尔玛的女士最近内心愁云密布，生活对她来说已是一种煎熬。

为什么呢？因为她随丈夫从军，丈夫所在的部队驻扎在沙漠地带，她与当地人无法沟通，住的是铁皮房，一到夏天，沙漠里的高温让人无法忍受。更糟的是，后来她丈夫奉命远征，只留下她一个人。因此，她整天愁眉不展，度日如年。

怎么办呢？无奈中她只得写信给父母，希望回家。

久盼的回信终于到了，但拆开一看，她大失所望。父母既没有安慰她几句，也没有叫她赶快回去。那封信里只有一张薄薄的信纸，上面也只是短短的几行字。

这几行字写的是什么呢——

"两个人从监狱的铁窗往外看，
一个看到的是地上的泥土，
另一个看到的却是天上的星星。"

她开始非常失望，非常生气，怎么父母回的是这样的一封信！但尽管如此，这几行字还是让她读了一遍又一遍，因为那毕竟是远在故乡的父母对女儿的一份关心。她反复看，反复琢磨，终于有一天，一道亮光从她的脑海里掠过。这亮光仿佛把眼前的黑暗完全照亮了，她惊喜异常，紧皱的眉头一下子舒展开来。大家知道这是为什么吗？

原来，从这短短的几行字里，她终于发现了自己的问题所在：她过去习惯性地低头看，结果只看到了泥土。自己为什么不抬头看？抬头看，就能看到天上的星星！而我们生活中不是只有泥土，一定还有星星！自己为什么不抬头去寻找星星，去欣赏星星，去享受星光灿烂的美好世界呢？

她这么想，也开始这么做了。

她开始主动和当地人交朋友。结果使她十分惊喜，因为她发现，他们都十分好客、热情。慢慢地，他们都成了她的朋友，还送给她许多珍贵的陶器和纺织品做礼物。她研究沙漠的仙人掌，一边研究，一边做笔记。没想到那仙人掌千姿百态，是那样使人沉醉，令人着迷。她欣赏着沙漠的日落日出，她享受着新生活给她带来的一切。没想到，她慢慢地找到了星星，真的感受到了星空的灿烂。她发现生活中的一切都变了，变得使她仿佛每天都沐浴在春光之中，每天都置身于欢笑之间。后来她回美国后，根据自己这段真实的内心历程写了一本书，叫《快乐的城堡》，引起了很大的轰动。

女孩成长感悟

　　天上的星星和地上的泥土是共存于世间的物质，乐观与消极也同是人生的态度。想要快乐，你就抬头看看天上的星星，你的眼前将是一片光明。抬一下头其实是很简单的事情，但是那会让你看到不一样的世界。

保持自己的本来面目

    索菲亚·罗兰是蜚声世界影坛的意大利著名电影明星，她能够成为一代超级影星，与她的自信以及对自身价值的肯定是分不开的。

    早年，为了生存以及对电影事业的热爱，16岁的索菲亚来到罗马，想在这里涉足电影界。没有想到，她第一次试镜失败了，所有的摄影师都说她够不上美人的标准，抱怨她的鼻子和臀部不好看。导演卡洛·庞蒂只好把索菲亚叫到办公室，建议她把臀部削减一点儿，把鼻子缩短一点儿。

    一般情况下，演员都对导演言听计从。可是，索菲亚却非常有主见，她明确拒绝了导演的要求："我当然知道我的外形与已经成名的那些女演员颇有不同，她们都相貌出众，五官端正，而我却不是这样。我的脸上毛病太多，但这些毛病加在一起反而会使我显得更加有魅力。如果我的鼻子上有一个肿块，我会毫不犹豫地把它除掉。但是，说我的鼻子太长就是毫无道理的，因为我知道，鼻子是脸的主要部分，它使脸具有特点。我喜欢

我的鼻子和脸本来的样子。说实话，我的脸确实与众不同，但是我为什么要长得跟别人一样呢？"

导演继续劝说："你不能尝试着改变一点点吗？"

索菲亚回答："我为什么要改变呢？我愿意保持我的本来面目。"

正是由于索菲亚的坚持，导演卡洛·庞蒂重新审视了自己的看法，真正认识了自信而有个性的索菲亚·罗兰，并且越来越欣赏她。

在演艺生涯中，索菲亚没有为迎合别人而放弃自己的个性，更没有因为别人对她的负面评论而丧失信心，所以她才得以在电影中充分展示她与众不同的美。而且，她以独特的外貌和热情、开朗、奔放的性格，最终得到人们的认可。

后来，索菲亚主演的《两妇人》获得巨大成功，她也因此荣获奥斯卡最佳女主角奖。

女孩成长感悟

　　对外表的自信，源于自己内心的坚持，也正因为如此，索菲亚才得到了导演的认可，并在演艺界获得了成功。因此，我们不用艳羡任何一个漂亮的明星，因为我们每个人都有自己最独特的美丽。

固执的"铁娘子"

撒切尔夫人是英国历史上第一位女首相，曾在牛津大学萨默维尔学院攻读化学，而她读牛津大学的经历也颇具传奇色彩。

在撒切尔夫人刚满17岁的时候，她已经是一个很有想法的女孩子了。当她看到牛津大学在招生时，她觉得自己可以去尝试一下，虽然她还没有毕业，但是她认为自己不应该因此而受到限制，不去尝试又怎么知道自己不可以呢？

于是有一天，她大胆地走进校长的办公室，对校长说："校长，我想现在就去考牛津大学的萨默维尔学院。"

校长看着眼前这个稚气未脱的女孩，不知道她怎么忽然会有这样的想法。按照规定，这时的撒切尔夫人必须要在一年以后毕业了才可以去考大学。而且问题是，她都没有学习过拉丁语，而牛津的考试是必定要考拉丁语的，所以这一切对她来说不可想象。于是，校长皱着眉头说："什么？你不是病了吧？你

现在连一节拉丁语课都没上过，怎么去考牛津？"

"拉丁语我可以学嘛！"撒切尔夫人身上似乎有一股不可思议的力量，她好像觉得所有的事情都很简单，只要她去做，就一定可以做到似的。校长觉得这是一个骄傲自负的小女孩。

"你才17岁，而且还差一年才能毕业，你必须毕业后再考虑这件事。"校长说这些话的时候，嘴角已经露出一丝笑意，她认为这些只不过是小女孩不切实际的幻想而已。

"我可以申请跳级！"

"绝对不可以。"

"你在阻挠我的理想！"撒切尔夫人头也不回地冲出了校长办公室……

回家后，她耐心地说服了父亲，然后开始了艰苦的备考。

撒切尔夫人从小受化学老师影响很大，同时又考虑到大学学习化学专业的女孩子应该比其他学科都少得多，竞争不会很激烈，于是在她提前几个月得到了高年级的合格证书后，就参加了大学考试，报考了化学专业。

经过耐心等待，她终于等到了牛津大学的入学通知书。

无论在人生道路中遇到什么困难，撒切尔夫人都能坚强地走过去，因为她一直都有一颗充满了自信的心，无论面对什么样的困难，她都可以信心十足地对自己说："我可以，并且真的能做到。"

女孩成长感悟

撒切尔夫人之所以敢于提出这么大胆的想法，正是因为她对自己充满了信心。而她的自信也并非是盲目的，她为这个目标付出了非常大的努力，学习自己从未接触过的拉丁语，这本身就是一个极大的挑战，但凭借自己的努力，她做到了。

怎么看自己

　　她站在台上，不规律地挥舞着她的双手；仰着头，脖子伸得好长好长，与她尖尖的下巴形成一条直线；她的嘴张着，眼睛眯成一条线，看着台下的学生；偶尔她口中也会念念有词，不知在说些什么。基本上她是一个不会说话的人，但是，她的听力很好。只要对方猜中或说出她的意见，她就会乐得大叫一声，伸出右手，用两个指头指着你，或者拍着手，歪歪斜斜地向你走来，送给你一张她画的明信片。

　　她就是黄美廉，一位自小就患脑性麻痹的病人。脑性麻痹夺去了她肢体的平衡感，也夺走了她发声讲话的能力。从小她就活在众多异样的眼光中，她的成长充满了血和泪。然而她没有让这些外在的痛苦击败她内在的奋斗精神，她毅然面对，打破一切的不可能，终于获得了加州大学艺术博士学位。她用她的手艰难地拿起画笔，绘出生命的色彩。全场的学生都被她不能控制自如的肢体动作震慑住了。这是一场倾倒众生、与生命相遇的演讲。

　　一个叫阿伟的学生小声地问："黄博士，你从小就长成这个样子，请问你怎么看你自己？你都没有怨恨过吗？"所有人的心一紧：真是太不成熟了，怎么可以在大庭广众之下问这个问题？太刺激人了！大家都很担心黄美廉会受不了。

　　"我怎么看自己？"美廉用粉笔在黑板上重重地写下这几个字。写完这个问题，她停下笔来，歪着头，回头看看发问的同学，然后嫣然一笑，在黑板上龙飞凤舞地写了起来：

　　一、我好可爱！

　　二、我的腿很长很美！

三、爸爸妈妈这么爱我！

四、上帝这么爱我！

五、我会画画！我会写稿！

六、我有只可爱的猫！

……

教室内变得鸦雀无声，没有人敢讲话。她回过头来定定地看着大家，再回过头去，在黑板上写下了她的结论："我只看我所有的，不看我所没有的。"

掌声如雷鸣般响起。美廉倾斜着身子站在台上，笑容从她的嘴角荡漾开来，眼睛眯得更小了，同时还有一种永远也不会被击败的傲然，写在她脸上。

演讲结束了，但黄博士的话却深深印在了大家的心里。

（作者：张力）

女孩成长感悟

在你的眼里，你自己是一个什么样的人，这关系到你看别人的眼光。这个世界带给我们很多快乐，同时也会带给我们很多麻烦，而有些人的目光只停留在这些麻烦上，如此，他们就会失去自己所拥有的快乐。

我的腿很短

　　我的腿很短，因此我从小到大在教室里总是坐在第一排。尽管我体力不错，但我跑步不快、跳高跳不高、跳远跳不远。打乒乓球虽然还可以，但腿短手也短，刚过球网的球我伸手够不着，只好学会了扔拍子，这倒成为我的"一绝"。学骑车，我比同伴多花了很多时间才学会。为此我很烦恼也很自卑，恨透了我这双短腿，虽然我从小学习成绩不错。

　　梦云的腿很长。她从小就在同伴中鹤立鸡群，跑步、跳远、打球也是样样拿手，骑车更是一学就会。每每看着她长发飘飘，迈动那双长长的腿轻松潇洒地骑着单车，引来众人仰慕追逐的目光时，我心里都嫉妒得要命，虽然她是我的好朋友。

　　高考时，我落榜了。梦云的考试成绩还不如我，但她凭着她那长长的腿带来的骄人的体育成绩被特招上了大学。我更加嫉妒她那双长腿，也更加怨恨父母给我生了一双短腿。从此，我与梦云断了往来。

　　大学里她依然鹤立鸡群，有众多仰慕追逐的目光，可是，后来……

　　当我再次见到她时，她依然那样鹤立鸡群，只是一条腿的裤管是空的，腋下多了一双木拐，泪水顿时涌出了我的眼眶……我这才发现自己虽然有一双短腿，但其实是多么幸运，也才发现其实梦云不只是腿长，她的脸也是那样秀气，眼睛也是那样美丽，目光也是那样真诚沉静，只是往日的明朗里多了一丝忧郁……

从那以后，我不敢去看她的腿。每每想起那样秀丽沉静的女孩子却有一条腿的裤管是空荡荡的，想起与她曾经共同拥有的美好时光，我的心就不禁一阵阵地疼……我不敢去看她的腿，也不敢去想她今后的生活该怎样继续下去，更不知应该怎样去安慰她，我只是继续我游手好闲而愈加消沉的生活——梦云都这样了，我还能有什么希望呢？

不知过了多长时间，有一次我在街上闲逛时，无意中在一家电脑店里看到了梦云。只见她静静地坐在那里，手里拿着个什么东西，眼睛专注地盯着面前一台拆开的电脑，那副木拐放在旁边……

那一天，梦云坐在我对面，那副木拐仍然醒目地放在旁边，我发现她忧郁的眼神又开始变得明亮。她说其实她应该感谢命运，虽然车祸夺去了她的一条腿，却没有夺去她的生命，在挂着双拐的日子里，她感受到了生命的艰辛，但同时也深深地体味到了活着的美好。她更要感谢她的家人和许多热心人给她的温暖，这温暖甚至是她在健康时没有感受过或者说没有在意过的。他们帮助她开小店，学做裁缝……使她现在终于能够这样安静专注地坐在这电脑前，她学会了修电脑，还在网络中感受到了更多温暖……

她安静地叙说着，我的心里却掀起了阵阵波澜，头慢慢地低下了，脸也渐渐地红了……

女孩成长感悟

生命的美丽并不在于腿长或腿短，就像富有与贫穷、欢乐与痛苦……一切都是相对而言的。当我们将生活过得风生水起，那些身体上的不足，就瞬间变得无足轻重。

自信的考试

这是一个关于生物学教授和学生们的故事。期末考试时，生物学教授在发试卷前对他的20位高年级学生说："我很高兴这学期教你们，我知道你们学习都很努力，而且你们当中有很多人暑假后将进入医学院。因此，我提议，任何一位愿意退出今天考试的同学都将得到一个B。"

这可是一个十分不常见到的机会。要知道，这门课可是非常难的，大家为了通过考试，不知道熬了多少夜，错过了多少娱乐活动。唯一的原因就是，这名教授所教授的生物学是最难而且要求最严格的课程。在这门课的考试中，很多人都会挂掉，因为没有记住他所讲授的内容。而今天教授居然开口说，大家可以不考试就通过，这

真是一个喜讯。

学生们欣喜万分，他们三三两两议论着，不知道这名教授说的话是真是假。但是既然教授都已经说出口了，大家还有什么可担心的呢？那些正在担心自己的考试不能通过的人有些心动了。

陆陆续续有一些学生站了起来，虽然他们心里有些忐忑，但还是走到了教授面前，签下了自己的名字，并且对教授表示了感谢。

教室里的学生渐渐少了，他们陆续走出去了，然后一个个欢呼雀跃。又一位学生走出教室后，教授看了看剩余的少数学生问道："还有谁？这是最后机会了啊。"

又有一个学生环顾了一下四周，站了起来，签上名字走了。

教授关上教室的门，看了看剩下的几名学生。虽然只有几个人，但是他们都坚信自己可以获得更好的成绩，所以他们拒绝了可以得到一个B的机会。

教授看着剩余的几个学生说："你们为什么不抓住这个机会？要知道，我的考试是很难的，尤其这一次的考卷，难度非常大，比以前好多次考试的难度都大。你们放弃了这个包你们通过的机会，这次的考试就不一定能考过，而且很有可能考不过。"

教授的话并没有令这几个学生动摇，他们一个个面带微笑。有个小个子的女生站起来说："尊敬的教授，虽然您的考试难度很大，但我还是想通过自己的能力来获得好成绩。因为我相信自己可以通过考试，并且获得比B还要好的成绩，我要获得A。"

教授听了学生的话，露出了一丝笑容。他慢慢走到讲台前，对学生们说："我对你们的自信感到非常高兴，你们都将得到A。"

在生活和工作中，人们有时会因为缺乏自信而失去更好的机会。所以，自信很重要！

积极乐观的心态是获得成功最基本的要素。什么样的心理，决定什么样的人生态度。所以，我们有什么理由不紧紧抓住繁星的美好而乐观向上呢？

女孩成长感悟

　　一个自信的人，不会因为一个小小的诱惑而放弃努力，因为他坚信自己可以做得更好。只要有信心，你就会得到更多的机会，获得更大的成就。每时每刻，请你相信，你总能通过自己的努力获得你想要的成功。

我的 "女王时光"

9点上班，我6点起床，路上花掉40分钟，剩下的时间，就是我的 "女王时光"。

闹钟是我的爱物，光动能，根据广播报时自动校准，SRS立体声闹铃，可以下载自己喜欢的音乐当个性闹铃。我最近设置的是老版《倩女幽魂》原声大碟中的女声吟唱。优雅的古筝配上清丽无歌词的浅吟低唱，在这样渐响式的音乐中醒来，有种神清气爽的感觉。

拿两片面包塞进吐司机，往煎蛋器里磕一枚鸡蛋，刷牙之后躺在浴缸里，德生收音机像个殷勤的老管家一样向我播报财经要闻，泡上10分钟，皮肤开始微微发热，从里而外地透出红色。肠胃开始蠕动，提示我它们已经苏醒。

在脸上抹一层醒肤补水面膜后裹着浴袍回到餐厅，松脆的吐司已经弹出，单面煎的太阳蛋也等着我的宠幸，一个苹果一个香蕉切成块，淋上酸奶一搅拌，就是现成的水果沙拉。花20分钟将这顿简约而不简单的早餐吃完，电视里的《凤凰早班车》是我早餐的开胃小菜。

我会花10分钟用卷发棒卷出蓬松的花式发型，花30分钟给自己来一个精致的妆容，10分钟搭配好今天要穿的衣服、鞋子、首饰和包包。每次出门时，时钟恰好指向8点。

8点10分登上公司的通勤车时，很多同事都还睡眼惺忪，有的因为来不及吃早餐，还在座位上啃面包。这是常态，但常态不见得就受待见。偶尔听到男同事们说闲话，八卦的话题往往离不开那些一大早不修边幅的女同事。

我曾经有过一份很失败的职业。那时候大学刚毕业，啥都不懂，以为只要在单位兢兢业业就是好员工。干活儿很卖力，缺点是喜欢赖床，不到最后时限舍不得起身，急急忙忙洗漱、风风火火出门、掐着点打卡、空着肚子干活。为防不测，我甚至在办公室准备了一套洗漱用品，这样即使赖床赖过头了也不至于蓬头垢面。

虽然我事情不比谁干得少，但得到的评价却始终不高。好几次上班后在洗手间刷牙都被主管瞧见，然后被叫去谈话，跟我讲考勤纪律问题。我很不服气，因为我只是把别人喝咖啡的时间拿来刷牙而已，值得如此大动干戈吗？结果是，当公司需要裁员时，我成了首批入围者。主管递给我补发的三个月薪水时，语重心长地建议我调整一下自己的作息时间。

在家赋闲时，我看了《与女王一起生活》，它介绍的是伊丽莎白女王在白金汉宫的日子。我一直觉得她应该是全世界最幸福的女人，但看完这本书，其中的一件事情让我很意外——虽贵为女王，她却没有睡到自然醒的待遇，实际上，她每天早上5点半就会被女仆叫醒，因为她7点半就得开始一天的接见与应酬工作。这两个小时里她要做些什么呢？无非是吃早餐、喝茶、换衣服、听BBC广播以及读《赛马邮报》。在我看来，这些事

儿花不了半小时就能干完。

女王对该书作者霍伊这么说："女人最难看的时候就是刚起床的时候。当别人哈欠连天的时候，我精神抖擞，那我就是最吸引目光的女人。"

抱着向女王学习的精神，换了新工作后，我开始调整自己的作息时间。上公交车时，我神清气爽；到了办公室，我看起来斗志昂扬。虽然在业绩上我并不比别人高，但老板看我的眼神却明显透露出赞赏。他不止一次说我就像一个时刻准备战斗的优秀战士。

我将9点上班6点起床的习惯就此固定。每天早上，就像赴一个与自己的约会——为自己做一顿早餐，给自己一个精心的打扮，充满自信地出门，迎接别人的赞赏——我还是上班族，但我每天早晨都有140分钟的女王时光！

（作者：卓石）

女孩成长感悟

作息时间的调整让这个普通的女孩改变如此之大。因生物钟混乱，她也曾哈欠连天、无精打采，但改变后的她每天都精神抖擞，并赢得了老板的夸奖。生活中的我们如果稍作改变，相信也会有不一样的精彩。

别碰落花瓣

　　表妹有一个习惯。每次从外面回家来，总是放轻自己的动作，先将钥匙插进锁孔，轻轻旋转一下，门开了，再进门，然后将门轻轻带上。这关门的动作，几乎没有一点儿声音。

　　有时她爱人出门，表妹总是不忘在他身后叮嘱一句："出去时，关门轻点，不要一副心急火燎的样子，把门关得震天响。"

　　开始，丈夫有些不解，问道："关门那么小声干什么？"她抬起头，迎着丈夫的目光，淡淡地说了一句："不为什么，只为了心中的那份平静和美好。"丈夫似乎还是不解，听不懂她说的是什么意思。不过，当他从别人家门口经过时，听到重重的关门声，心里就会一颤，顿时有一种慌乱的感觉。丈夫这时就会想到妻子的那句叮嘱，觉得似乎有一定的道理。

表妹开车外出，丈夫坐在身边。遇到下雨天，看到有行人时，她总是将车开得很慢很慢，好像怕碰到什么似的。丈夫这时就会说道："开快点！你开这么慢干什么？还没有人家走得快！"

表妹望着车外那些在路边行走的人，慢慢地说道："车开快了，会将雨水溅到行人的身上，我心里会不安的。"丈夫这才注意到，路上的行人看到他们的车徐徐开来，不再惊慌失措，侧身躲避。车从行人身边经过，他似乎感受到行人向他们投来满是谢意的目光，他感到一阵温暖。

表妹带女儿到公园游玩。5岁的女儿天真烂漫，像个快乐的花蝴蝶在公园中穿梭。看着女儿快乐、幸福的样子，表妹觉得自己也回到了幸福、快乐的童年。女儿看到花丛里那些美丽的花朵，更加高兴，在花丛中跳来跳去。她看见了，赶紧喊住了女儿。女儿回头，稚气地问道："妈妈，什么事啊？"她招呼女儿来到自己身边，然后俯下身子，用手指着那些花朵说道："孩子，你知道吗？你在花丛中乱跑，会碰落那些花瓣的，花朵会感到疼的。"女儿不解地眨着眼睛，长长的睫毛忽闪忽闪的，问道："碰落了花瓣，花朵真的会疼吗？"

她将女儿搂在怀里，柔声地说道："会的，花瓣是花朵的一部分，它们也是有生命的。不要随意碰落一朵花儿的花瓣，这样你的心里才会装满整个春天，你才会爱护这些花花草草，才会爱惜你身边的每一个人。"女儿听了，一下子欢快地跳了起来："啊，我知道了，花朵也是有生命的，碰落了花瓣，花儿是会疼的！"

看着女儿似懂非懂、天真活泼的样子，她甚感幸福。

别碰落花瓣，也许女儿还没有真正懂得这句话的意思，但是她相信，只要在女儿幼小的心灵里播下了这粒种子，女儿就会更加懂得爱，懂得情，懂得温暖。

（作者：李良旭）

女孩成长感悟

赠人玫瑰手遗香，这句话并不难理解：你在给予别人一点点关怀的同时，也会让自己的心里洒满阳光。生活中，如果我们能够稍微照顾一下别人的感受，那么这个社会将会充满温暖和美好。

莎拉与莫娜

　　莎拉和莫娜是同一天来到一家著名广告公司应聘美编的。单从两个人的作品上看，技术水平不相上下，不过莎拉在思路方面略胜一筹。因为她在佛罗里达做过三年美编，刚刚回到北方来，经验相对于才出校门的莫娜自然要丰富一些。两个人一起被通知参加试用，但结果很明确，只能留下一个。

　　莎拉上班时从来都是T恤、短裤，光脚踩一双凉拖鞋。她也不顾电脑室的换鞋规定，屋里屋外就这一双鞋，还振振有词地说："佛罗里达那儿上班的人都这样，再说我这不是穿着拖鞋吗？"不管是在工作台前画图，还是在电脑前操作，只要活干得顺手，莎拉一高兴起来就爱把鞋踢飞。刚开始，同事们还把她的鞋藏起来，和她开玩笑，后来发现她根本不在乎，光着脚也到处乱跑。

　　相反，莫娜是第一次工作，多少有点拘谨，穿着也像她的为人一样，带着少许灵气。她从来不通过怪发型、亮眼妆来标榜自己是搞艺术的，只是在小饰物上展示出不同于一般女孩的审美。

有一天中午，电脑室忽然飘出腥臭味道，弄得大家互相用猜疑的目光观察对方的脚，想弄清到底谁是"发源地"。后来，大家发现窗台下面有响声，原来那里放着一个黑色塑料袋，打开来一看，居然是一大袋海鲜。

众人的目光不约而同地集中在莎拉身上，没想到她不屑一顾地说："小题大做，原来你们是在找这个。这可怪不得我，这里的海鲜只能算是'海臭'，一点都不新鲜，比佛罗里达的差远了。"

这时，莫娜端来一盆水："莎拉姐，把海鲜放在水里吧，我帮你拿到走廊去，下班后你再装走。"

莎拉红着脸，把袋子拎走了。

结果呢，试用期才进行了两个月，莎拉就背包走人了。尽管她的工作比莫娜做得要好，但是老板不想因为留下这样一个随意的人，而得罪其他雇员。

女孩成长感悟

在私人场合，我们可以释放自己的个性，随意展现自己。但在公共场合，就要尊重别人的感受，遵守社会公德，约束自己的言行。只有尊重别人，别人才会尊重你。一个不尊重人、不懂礼貌的女孩是不受欢迎的，所以，请从现在起，做一个尊重他人的女孩吧！

尊重身边的每一个人

　　一天，一位中年女人领着一个小男孩走进美国著名企业巨象集团总部大厦楼下的花园，在一张长椅上坐下来。她不停地跟男孩说着什么，似乎很生气的样子。不远处，有一位头发花白的老人正在修剪灌木。

　　忽然，中年女人从随身挎包里揪出一团卫生纸，一甩手将它抛到老人刚剪过的灌木上。老人诧异地转过头朝中年女人看了一眼。

　　中年女人却满不在乎地看着他。老人什么话也没有说，走过去拿起那团纸扔进一旁装垃圾的筐子里。

　　过了一会儿，中年女人又揪出一团卫生纸扔了出去。老人再次走过去把那团纸拾起来扔到筐子里，然后回原处继续工作。可是，老人刚拿起剪刀，第三团卫生纸又落在他眼前的灌木上……就这样，老人一连捡了那中年女人扔的六七团纸，但他始终没有因此露出不满和厌烦的神色。

　　"你看见了吧？"中年女人指了指修剪灌木的老人，对男孩说，"我希望你明白，如果现在不好好上学，将来就跟他一样没出息，只能做这些卑微低贱的工作！"

老人放下剪刀走过来，对中年女人说："夫人，这里是集团的私家花园，按规定只有集团员工才能进来。"

"那当然，我是巨象集团所属一家公司的部门经理，就在这座大厦里工作！"中年女人高傲地说着。

"我能借你的手机用一下吗？"老人沉思了一下说。

中年女人极不情愿地把手机递给老人，同时又不失时机地教育儿子："你看这些穷人，这么大年纪了连手机都买不起。你今后一定要努力啊！"

老人打完电话后，把手机还给了妇人。很快，一名男子匆匆走过来，恭恭敬敬地站在老人面前。老人对男子说："我现在提议，免去这位女士在巨象集团的职务！"

"是，我立刻按您的指示去办！"男子连声应道。

老人吩咐完后，径直朝小男孩走去，他用手摸了摸男孩的头，意味深长地说："我希望你明白，在这个世上，最重要的是要学会尊重每一个人……"说完，老人便走了。

中年女人被眼前发生的事情惊呆了。她认识那个男子，他是巨象集团的人事部经理。"你……你怎么会对这个老园艺工人那么尊敬呢？"她大惑不解地问。

"你说什么？老园艺工人？他是集团总裁詹姆斯先生！"

中年女人一下子瘫坐在长椅上……

女孩成长感悟

"在这个世上，最重要的是要学会尊重每一个人……"是啊，尊重他人，谦逊有礼，是我们应该具有的良好品格。待人应该一视同仁，不管对方地位的高低和身份的贵贱。你对别人的态度，正好能折射出你自己的品格。

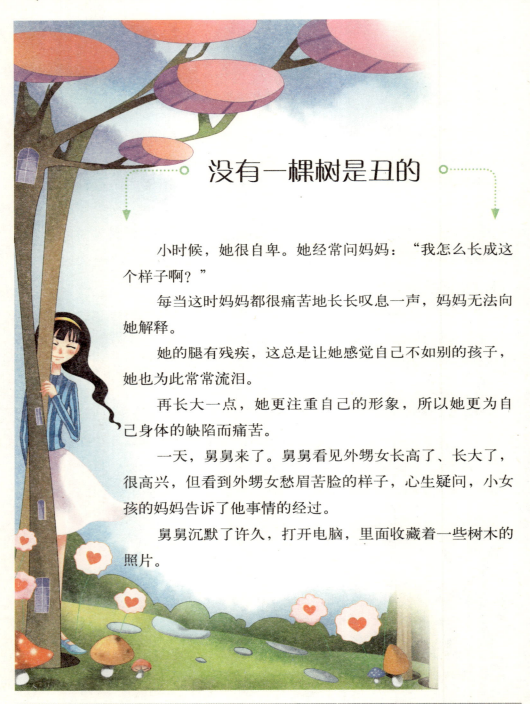

没有一棵树是丑的

　　小时候，她很自卑。她经常问妈妈："我怎么长成这个样子啊？"

　　每当这时妈妈都很痛苦地长长叹息一声，妈妈无法向她解释。

　　她的腿有残疾，这总是让她感觉自己不如别的孩子，她也为此常常流泪。

　　再长大一点，她更注重自己的形象，所以她更为自己身体的缺陷而痛苦。

　　一天，舅舅来了。舅舅看见外甥女长高了、长大了，很高兴，但看到外甥女愁眉苦脸的样子，心生疑问，小女孩的妈妈告诉了他事情的经过。

　　舅舅沉默了许久，打开电脑，里面收藏着一些树木的照片。

屏幕上出现一片郁郁葱葱的松树。"好看吗？"他问小女孩。

小女孩看到这些有着蓬勃生命力的树木，说："真好看！"

屏幕上又出现了一片挺拔的杨树。"好看吗？"他问小女孩。

小女孩看到这些树木，说："好看！"

屏幕上出现了枝干又干又皱的树木，风雪中枝头绽放着美丽的梅花。"好看吗？"他问小女孩。

小女孩看到这些美丽的梅花，说："真好看！真漂亮！"

屏幕上出现一片沙漠胡杨，胡杨干枯的枝干在阳光下黄黄的，像镀了一层金。那是一种沧桑的美，小女孩说不出那是一种怎样的美，但她被这美震撼了。她惊叹道："太美了！"

舅舅说："你看，没有哪一棵树是丑的，每一棵树都是美的。人也是一样，每一个人都是独一无二的，每一个人都有最美的一面，鲜活的生命，有着一种生动的美，即使有些缺陷，但在生命壮美的前提下，那又算得了什么？"

小女孩明白了，也记住了，没有一棵树是丑的。

从此，她不再为自己的缺陷而忧愁，她开始为自己蓬勃的生命力而欢欣鼓舞，她积极乐观，脸上洋溢着幸福的笑容。

（作者：金明春）

女孩成长感悟

每棵树都是独一无二的，每个人更是独一无二的。即便自身有些缺陷，我们也要相信自己的独特性，并因此而活得自信和美丽。

女孩的扮靓 小窍门

可爱而健康的圆脸怎么装扮?

发型:应注意表现脸部的轮廓,前额应显得清爽简单,又不能完全露出前额。可用中分或三七开的发型,让头发自然垂下遮住眼侧,使脸显得长一些。蓬松的鬈发不适合圆型的脸。

服饰搭配:选择款式简洁的服装体现成熟韵味,饰物也应简而精,避免各种可爱的小饰物。对比强烈而清爽的条纹衬衫可让圆脸女士显得理性而端庄。

鞋子不仅仅要合脚

鞋跟太高、鞋跟太细、鞋跟太粗、脚背上绑许多带子、脚趾露出很多的鞋子,穿起来不是不舒服就是不好看。

一双皮鞋要穿许久,因此质料和鞋子的弧度十分重要。白色的鞋子十分醒目,要小心搭配;中等色调的暗灰色、咖啡色、酱红色、草绿色、米色倒是很容易搭配衣服。另外,在购买搭配洋装的皮鞋时,不要穿长裤去,那样会影响判断力。

相似色服装搭配的技巧

相似色指相近的色彩,如红与橙黄,橙红与黄绿,黄绿与绿,绿与青紫等。与同种色服装搭配相比,相似色搭配略多变化,但整体效果也是非常协调统一的。例如少女穿着青铜绿色宽松套衫,配着豆绿、鹅黄、天蓝、黑和铁灰构成的印花布裙裤和腰带,脚穿白色凉鞋,适合春夏或夏秋之交。又如,黑底绸衬衫上,印有橙、土黄、金茶或褐灰细条构成的彩格,配穿黑色长裤,茶褐皮腰带,亦十分漂亮。

第 6 章

善于交际，为未来的成功打下基础

魅力女孩培养法则

① 善于表达

　　表达是人的第二张面孔，准确表达自己的想法是我们交际的关键。多与人沟通，学会倾听，学着倾诉，学着理解，勇敢表达自己的思想与看法。

② 懂得合作和分享

　　懂得合作和分享的女孩有大智慧。要想拥有一片高贵的花的海洋，就必须与人分享花的美丽，与大家共同培植美丽。只有这样，我们才能保持自身的纯洁和华贵。懂得分享是智慧，把快乐与人分享，快乐将增加一倍，我们要摒弃自私，做一个耕耘双倍快乐的人。

③ 善于倾听

　　在社交过程中，善于倾听会无形中起到鼓励对方的作用。仔细认真地倾听对方的诉说，是尊重对方的前提。能够耐心地听说话者的诉说，就等于告诉对方：你说的东西很有价值，你是一个值得我结交的人……留一点空间，留一点时间，让对方来发挥，你会更受欢迎。

真诚地欣赏

元旦就要来了，学校里到处洋溢着节日的喜庆气氛，贺卡和祝词充斥着整个校园。每当这个时候，收到贺卡最多的同学就会被大家羡慕，大家都羡慕他有那么多的朋友。

小敏是初二的学生，她拿出一叠不久前收到的新年贺卡，打算在好友小华面前炫耀一番。不料，小华拿出了比她多十倍的贺卡，几乎装满了整个书包。这令小敏羡慕不已，她怎么有那么多的朋友？小敏都不敢相信自己的眼睛。

"你怎么有这么多的朋友，真令人羡慕。"小敏感到很惊奇，这是她万万做不到的。

小华见好友如此好奇，便说出了一个秘密——"其实以前我很孤僻，几乎没有什么朋友，后来发生了一件事，让我整个人都改变了。

"那是去年初春的一天中午，阳光暖洋洋地照在大地上，我和爸爸去公园里散步。我看到一位老太太穿着一件厚厚的羊绒大衣，脖子上还围着一条毛皮围巾，好像天上正

下着鹅毛大雪似的。我碰了一下爸爸的胳膊，说：'爸爸，你看那位老太太，多好笑啊，太滑稽了，她不会以为现在正在下雪吧。哈哈！'

"爸爸沉默着没有说话，但是他的脸阴沉着，严肃得可怕。过了一会儿他对我说：'小华，我觉得你缺少欣赏别人的能力，这会让你今后在与别人的交往中少一份真诚和友善。'

"说实话，我并不是很理解爸爸的意思。爸爸接着说：'那位老太太年纪已经很大了，她穿得如此保暖，很显然是怕冷，也许是身体不舒服，也许是生病了正在康复阶段。你怎么会觉得她滑稽可笑呢？你看她的眼神，透露着对生命的渴望和喜爱。她一直在盯着树梢上那朵玉兰，在天气还不十分暖和的季节，那花就已经蓬勃盛开了，你不觉得这正是那位老人的写照吗？她是一位多么可爱多么坚强的老人啊，我们应该为这大自然而感动，为这绽放的生命而感动，而你，简直太缺乏这种感动了！'

"爸爸领着我走到那位老太太面前，微笑着说：'夫人，您欣赏花朵时的神情真的令人感动，您使初春的景色变得更美好了！'

"这老太太似乎很激动：'谢谢，谢谢您！先生。'她说着，从手提包里取出一小袋甜饼递给了我：'你女儿真漂亮，可爱的孩子……'"

小敏听完小华的故事，突然明白了什么，她相信不久的将来自己也肯定会有很多好朋友的。

女孩成长感悟

大家经常羡慕那些有良好人际关系的人，他们无论走到哪里，都有很多的朋友伴随左右。我们发现这些人都有一个共同的特点，那就是待人真诚。如果我们每一个人都真心诚意地去对待身边的人，便能感受到更多生活的美好。

柯小洁的绰号

1

"小乌鸦"是柯小洁的绰号，王楠取的。下课时，"小喇叭"王楠清清喉咙："我们班转来一个新同学，典型的'小乌鸦'。"

大家问她，为什么是"小乌鸦"。"黑！"王楠一眨眼。还没说完，老师进了教室，身后果然有一个又瘦又高的女孩。再看那脸，果然黑黑的。

2

老师说，柯小洁是刚转学来的。然后让柯小洁坐在段小誉旁边。

下课后，王楠一本正经地对着柯小洁说道："你老爸一定和煤打过交道。"柯小洁很惊奇："你怎么知道的？你会算？""你黑啊，"王楠道，"一定和煤亲。"全班同学都笑了。柯小洁也笑了，道："我妈也是这么说我的。"

王楠没辙了，指着段小誉对柯

小洁说："她成绩特好，你学着点。"柯小洁忙点头。可是没想到，柯小洁从来都不向段小誉请教问题，这让段小誉很不爽。接下来，让段小誉更不爽的是月考成绩下来，第一次，她由全班第一变成了第二。

全班第一：柯小洁。

3

班会上，老师表扬了柯小洁，并决定让柯小洁同学担任本班副班长。

段小誉一听，目瞪口呆。段小誉一直"觊觎"副班长的位置。谁知，横空飞来一只"小乌鸦"。

4

段小誉买了个蝴蝶风筝，一不小心，风筝挂在树上了。她向柯小洁求助，柯小洁爬上树取风筝。恰在这时，王楠跑过来，叫道："柯小洁，老师来了。"然后两人一溜烟跑了。

柯小洁慌了，一脚踩空，摔了下来。好在树不高，柯小洁没受伤。老师狠狠批评了柯小洁。段小誉和王楠交换了一下眼神，十分得意。

5

一天放学后，王楠拉上段小誉，向拐角的垃圾桶跑去。只见柯小洁把垃圾桶里的塑料瓶拿出来，往袋里装。段小誉跑过去，皱着鼻子说："'小乌鸦'！你太脏了。以后不许再掏垃圾了。"

柯小洁妥协道："我手上包着塑料袋，行吗？"说完举起手，果然，她的手上套着塑料袋。

6

学校要举行表彰会，表彰一批捐款的学生。

原来，我国沿海地区遭遇了严重的热带风暴，受灾很严重，为此各地纷纷捐款。有一份捐款，是以班集体名义捐出的，给灾区的学校捐了500元。

校长微笑道："请柯小洁同学上台领奖。"场下的掌声雷鸣般响起。柯小洁走上台，脸黑红黑红的。

7

柯小洁是农村的孩子，她爸爸是卖煤球的。为了减轻父母的负担，她拾废品，捡垃圾，才攒了500元。就在这时，灾害发生了，柯小洁以全班的名义将500元钱捐给了灾区。

课后，王楠和段小誉来到柯小洁面前，扭捏了半天才说道："小鸟——不，柯小洁，我们为爬树的事向你道歉。"柯小洁一背手，学着老师的口吻道："人嘛，谁还不犯点错，这算什么啊？"

话没说完，三人嘻嘻哈哈，紧紧地拥抱在一起。

女孩成长感悟

人无完人，孰能无过？犯错没有关系，重要的是我们怎么去面对它，认识它。错误并不可怕，可怕的是不知道自己犯了错，或是不能正视自己的错误。泰戈尔曾说："如果你把所有的错误都关在门外，真理也要被关在门外了。"因此，知错必改，就是好样的，让我们都做知错就改的好孩子吧！

传给"白雪公主"的字条

"六一"过后,热热闹闹的班干部竞选开始了。原来的副班长苗云云"觊觎"班长这个位子很久了,哪知道半路上又杀出个程咬金——白雪晴。

苗云云有些不服气——这个白雪晴,原来在班里的人气并不高的,根本不是自己的对手!可是……谁知道,"六一"联欢会上,她和班级里的几个男生合演了话剧《白雪公主》之后,在班里人气猛增。最令苗云云不能接受的是,不知道什么时候开始,班里的男生竟然都私下称白雪晴为"白雪公主"。

投票之后,温嘟嘟、谭小小被甄老师喊上去唱票了。随着黑板上"正"字的不断增加,苗云云的心悬得越来越高。突然,唱票声停止了。

"温嘟嘟,怎么了?"甄老师走过去,温嘟嘟不知所措地把一张纸条递给了她。甄老师看了一下,笑着说:"继续唱票吧。"

评选结果,白雪晴以33票胜出,苗云云29票,位居第二。

"是这样的,在我们的选票中夹了一张字条,字条上说,白雪晴同学没有资格竞选班长,她和男生传纸条儿……"听了老师说的话,班里立刻骚乱起来。甄老师敲了敲桌子接着说:"白雪晴同学,你想给大家解释一下吗?""我没有!"白雪晴一脸的委屈。

"谁写的字条,应该当着大家的面说清楚。"陈星说。

"字条是我写的。"温嘟嘟站起来说,"但是,这事是苗云云的日记里说的。"

"给我看一下可以吗?"甄老师走到苗云云身边,接过日记本,读起来:今天下午,我们第三组值日。我正在扫垃圾,安小离突然从外面进来了,他红着脸把一张字条装进白雪晴的文具盒里。白雪晴紧张地四下看看,才把书包收拾好。

甄老师读完了。

"白雪晴,是这样吗?"甄老师把日记本还给了苗云云。

"是。但是,这和竞选班干部有什么关系?"白雪晴理直气壮地回答。

"那你能把字条的内容在班上公开吗?"苗云云终于沉不住气了。

甄老师对白雪晴说:"可以让我看看那张字条吗?"白雪晴找出《白雪公主》那本书,把字条拿了出来。

甄老师看了看字条,又把字条还给了温嘟嘟,说道:"请写字条的同学读一读吧。"温嘟嘟拿起纸条读道:

"尊敬的白雪公主:

'六一'儿童节就要到来了,我和班级里六位矮个子男同学商量,想排演一个特别点的节目——《白雪公主》。因为我们一致认为,由你来担任女

主角再合适不过了！我们真诚邀请你参加我们的表演！等待你的回话！"

苗云云惭愧得恨不得钻到地缝里，她为自己的小心眼懊悔不已……甄老师看到了，笑着说："好吧，小小的误会不会影响大家的友情，但是对我们是个很好的教训。希望每个人都能从中体会些什么！"

（作者：成志）

女孩成长感悟

严于律己、宽以待人是我们中华民族的优良传统，我们应该从小养成严于律己、宽以待人这一良好的习惯，在与同学的相处中互相包容。只有这样，我们的学习、生活才会更加和谐。

别把栅栏门带上

　　赖莎的丈夫去世了，同时也带走了她所有的快乐，她感觉生活越发苦闷。

　　赖莎每次上街都要经过一幢老房子，房子前面有一个小得不能再小的院子。不过，那个小院子总是被扫得干干净净，坚实的地上摆满了一盆盆争奇斗艳的鲜花。

　　有个身材纤小的女人经常身系围裙，在院子里扫地、修花、剪草。她甚至把马路边那些从无数飞驰而过的汽车上抛下的废物也捡走。

　　这个院子正在修筑新的栅栏。那栅栏筑得很快，赖莎每次驾车经过那房子时，都会留意它的进展。那位老木匠还加了个玫瑰花棚架和一个凉亭。他把栅栏漆成乳白色，然后给那房子四周也涂上了同样的颜色，使它重又光彩照人。

　　有一天，赖莎把车子停在路旁，对那道栅栏凝望了很久。那位木匠把它造得太好了，她有点舍不得离开。于是她把发动机关掉，走下车去抚摸那道白色的栅栏。栅栏上的油漆味尚未消散干净。她听见女主人在里面转动割草机的曲柄，想发动机器。

　　"你好！"赖莎挥手喊她。

"啊，你好！"那位女主人站起来，用围裙擦了擦手。

"我很喜欢你的栅栏。"赖莎告诉她。

她朝赖莎看了看，微微一笑说："来前廊坐坐，我把这栅栏的故事讲给你听。"

她们走上后面的楼梯，跨过磨旧了的地毯，越过木板地，走到了前廊。

"请坐在这里。"女主人热情地说。

赖莎坐在门廊上喝着香浓的咖啡，看着那道漂亮的白栅栏，心里突然欣喜万分。

"这白栅栏不是为我自己做的，"女主人开始述说这栅栏的故事，"这房子现在只有我一个人住，丈夫早已去世，儿女们也都搬走独自生活去了。但我看到每天有那么多人经过这里，我想，如果我让他们看到一些真正好看的东西，他们一定会很开心。现在大家都看我的栅栏，向我挥手。有些人像你一样，甚至还停下车来，到门廊上坐下聊天。"

"但路在不断地拓宽，这里在不断地改变，你的院子也越变越小，这一切你难道一点儿都不在乎吗？"赖莎忍不住问道。

"改变是人生不可避免的，是生活中常有的事。它能陶冶你的性情，锻炼你的毅力。当你遇到不如意的事时，你有两个选择：怨天尤人，或者生活得更潇洒。"

赖莎离开时，女主人大声喊道："欢迎你随时再来。别把栅栏门带上，那样看起来更友善些。"

"别把栅栏门带上"，赖莎永远记住了这句话。

女孩成长感悟

这扇"栅栏门"其实就像人的心门，如果心门敞开了，"心花"就不会枯萎。生活中有很多不如意的事，如果我们能够以不怨天、不尤人的"宽心"来对待，那么我们就会活得很洒脱。

温暖的圣诞节

这一年的圣诞节，保罗的哥哥送给他一辆新车作为圣诞节礼物。圣诞节的前一天，保罗从他的办公室出来时，看到街上一名女孩在他闪亮的新车旁走来走去，满脸羡慕的神情。

保罗饶有兴趣地看着这个小女孩，从她的衣着来看，她的家庭显然不属于自己这个阶层。就在这时，小女孩抬起头，问道："先生，这是你的车吗？"

"是啊，"保罗说，"我哥哥给我的圣诞节礼物。"

小女孩睁大了眼睛："你是说，这是你哥哥给你的，而你不用花一点钱？"

保罗点点头。小女孩说："啊！我希望……"

保罗认为他知道小女孩希望的是什么——有一个这样的哥哥。但小女孩说出的却是："我希望自己也能当这样的姐姐。"

保罗感动地看着这个小女孩，然后他问："要不要坐我的新车去兜

风？"

小女孩惊喜万分地答应了。

逛了一会儿之后，小女孩转身向保罗说："先生，能不能麻烦你把车开到我家前面？"

保罗微微一笑，他理解小女孩的想法，坐一辆大而漂亮的车子回家，在小朋友的面前是很神气的事。但他又想错了。

"麻烦你停在两个台阶那里，等我一下，好吗？"

小女孩跳下车，三步两步跑上台阶，进入屋内。不一会儿她出来了，还带着一个显然是她弟弟的小男孩，这个小男孩因患小儿麻痹症而跛着一只脚。她把弟弟安置在下边的台阶上，紧靠着他坐下，然后指着保罗的车子说："看见了吗，就像我在楼上跟你说的一样，很漂亮，对不对？这是他哥哥送给他的圣诞礼物，他不用花钱！将来有一天，我也要送给你一部和这一样的车子，这样你就可以看到我一直跟你讲的橱窗里的那些好看的圣诞礼物了。"

保罗的眼睛湿润了，他走下车子，将小男孩抱到车子前排的座位上，然后把小女孩抱到后座上。于是三人开始了一次令人难忘的假日之旅。

在这个圣诞节，保罗明白了一个道理：给予比接受更令人快乐，分享会让我们更快乐。

女孩成长感悟

如果你把快乐告诉一个朋友，你将得到两份快乐；如果你把伤心告诉一个朋友，你将减去一半的伤心。只要我们都能与别人分享快乐，都能献出我们的一点爱心，世界将会更美丽、和谐！

分享花园

　　贝尔太太是一位有钱的美国妇人，她在亚特兰大城外修了一座花园。花园又大又美，吸引了许多人，他们毫无顾忌地跑到贝尔太太的花园里玩耍。年轻人在绿草如茵的草坪上跳起了欢快的舞蹈；小孩子扎进花丛中捕捉蝴蝶；老人坐在池塘边垂钓；有人在花园中支起了帐篷，打算在此度过他们浪漫的盛夏之夜。贝尔太太站在窗前，看着这群快乐得忘乎所以的人们，看着他们在属于她的园子里尽情地唱歌、跳舞、欢笑。她越看越生气，就叫仆人在园门外挂了一块牌子，上面写着：私人花园，未经允许，请勿入内。可是这一点儿也不管用，那些人还是成群结队地到花园玩耍。贝尔太太只好让仆人前去阻拦，结果发生了争执，有人竟拆走了花园的篱笆墙。

　　后来，贝尔太太想出了一个绝妙的主意，她让仆人把园门外的那块牌子

取下来，换上了一块新牌子，上面写着：欢迎你们来此玩耍。为了安全起见，本园的主人特别提醒大家，花园的草丛中有一种毒蛇。如果哪位不慎被蛇咬伤，请在半小时内采取紧急救治措施，否则性命难保。最后告诉大家，离此地最近的一家医院在威尔镇，驱车大约50分钟。

这真是一个绝妙的主意，那些贪玩的人们看了这块牌子后，对这座美丽的花园望而却步了。可是几年后，人们再往贝尔太太的花园去时，却发现因为园子太大，走动的人太少，花园里真的杂草丛生，毒蛇横行，几乎荒芜了。孤独、寂寞的贝尔太太守着她的大花园，怀念着那些曾经来她的园子里玩的快乐的人们。

我们每个人心中都有一座美丽的大花园。如果我们愿意让别人在此种植快乐，同时也让这份快乐滋润自己，那么，我们心灵的花园就永远不会荒芜。不要让心灵被财富俘虏而忘了仁爱，财富的意义并不是自己完全占有，如果要得到快乐和幸福，还要有一颗仁爱的心。将自己的财富适当地与他人分享，这可以让地狱变成天堂，能让心中的花园永远美丽。仁爱是让你快乐的法则之一。只有仁爱，才能让人胸襟开阔、热情友善、乐于助人。

女孩成长感悟

聪明的人懂得善待别人。真诚地与他人分享自己的快乐，这是一种受人尊敬的美德。让我们将不值得记住的事情统统交给沙滩吧，让海水卷走那些不快和私心，伴随着新一轮朝阳诞生的是你无忧的笑脸和无瑕的心。

用真诚感染人

　　艾伦是一个美丽的女孩，但她家境十分贫困。她从小就失去了父亲，与母亲相依为命。艾伦中学毕业后，正赶上经济大萧条，一份工作会有几十，甚至上百的失业者争夺。多亏母亲为她的面试赶做了一身整洁的海军蓝衣服，她才得以被一家珠宝行录用。

　　艾伦整理戒指时，瞥见那边柜台前站着一个男人，高个头，白皮肤，大约30岁。艾伦被他脸上的表情吓了一跳，他几乎就是这不幸年代的贫民的缩影。一脸的悲伤、愤怒、惶惑，有如陷入了他人置下的陷阱。剪裁得体的法兰绒服装已是褴褛不堪，仿佛正诉说着主人的遭遇。他正用一种永不可言说的绝望眼神，盯着那些宝石。

艾伦感到心中有因为同情而涌起的悲伤，但她还牵挂着其他事，很快就把他忘了。

小屋打来要货电话，艾伦进橱窗最里面取珠宝。她急匆匆地出来时，衣袖碰落了一个碟子，六枚精美绝伦的钻石戒指滚落到地上。

艾伦用近乎狂乱的速度捡回五枚戒指，但怎么也找不到第六枚。艾伦想到它可能是滚落到橱窗的夹缝里了，就跑过去细细搜寻。没有！她突然瞥见那个高个男子正向出口走去。顿时，她领悟到戒指在哪儿了。碟子打翻的一瞬，他正在场！

当他的手就要触及门柄时，艾伦叫道："对不起，先生。"

他转过身来。在接下来漫长的一分钟里他们无言对视。

"什么事？"他问，他脸上的肌肉在抽搐。

艾伦确信自己的命运掌握在他手里，她能感觉得出他进店不是想偷什么，他也许是想得到片刻温暖和感觉一下美好的时辰。艾伦深知什么是苦寻工作而又一无所获，她还能想象得出这个可怜人是以怎样的心情看这社会：一些人在购买奢侈品，而他一家老小却无以果腹。

"什么事？"他再次问道。猛地，艾伦知道该怎样作答了。母亲说过，大多数人都是心地善良的。她不认为这个男人会伤害她。她望望窗外，此时大雾弥漫。

"这是我的第一份工作。现在找个事儿做很难，是不是？"艾伦说。

他长久地审视着艾伦，渐渐，一丝十分柔和的微笑浮现在他脸上。"是的，的确如此。"他回答，"但我能肯定，你在这里会干得不错。我可以为你祝福吗？"

他伸出手与艾伦相握。艾伦低声地说："也祝你好运。"他推开店门，消失在浓雾里。

艾伦慢慢转过身，将手中的第六枚戒指放回了原处。

这是一个为人熟知的故事，流传了几十年。它有一种人与人之间相互信任的力量，这种力量一直感动着我们的心灵，那一份深沉的理解与人间真情久久地温暖着每一颗尘封已久的心。

女孩成长感悟

　　这世上没有人天生邪恶，只要你有一双善于发现善良的眼睛，有一颗善于理解他人的热心，你就会开启世间更多美好的真情。

一个苹果一生情

著名影星潘虹5岁那年，外婆带她去舅舅家玩。舅舅拿了两个苹果招待小潘虹。

苹果又红又大，很是诱人。别说吃，单是闻那股香甜味，就叫人心里美美的。那年头，苹果还真是孩子们不常吃的好东西。

这两个苹果本来是舅舅留给自己的独生女儿，也就是留给潘虹表姐的。表姐是舅舅的掌上明珠，是家里的小公主。

但潘虹并不知道苹果是留给表姐的，兴奋地接过来，乖乖地坐到一边。她左看右看，实在舍不得吃，就把它们捧在手里。

9岁的表姐放学回到家，看到水果篮里空空的，心爱的苹果已不翼而飞了，顿时急得直跺脚，不停地叫着："我的苹果呢？我的苹果呢？"

"苹果在这里。"潘虹一边怯怯地说，一边伸出一只小手，手上托着一个又香又红的大苹果。

"喏，给你。"潘虹将更大更

红的那一个递给了表姐。

表姐高兴地接下了苹果，定定地看了表妹一会儿，然后很认真地说："今后不管我有什么，一定要给你一份。"

潘虹回忆说："那一刻，表姐必是觉得欠了表妹许多。当然，这种思维只属于孩子，不属于成人。"

表姐长大了，快结婚了。未婚夫要给她买婚戒，她对款式、价格都没有要求，唯一的要求，就是买两份，而且要一模一样的。她要把自己的幸福，也分一半给表妹。

多少年过去了，潘虹成了大明星。表姐仍一如既往，每年圣诞节都从加拿大给潘虹邮寄圣诞礼物。就连表姐的孩子们也养成了习惯，凡是送给妈妈的礼物，也一定要给他们的潘虹阿姨一份。

潘虹深有感触地说："就为了那一个红苹果，就为了我的一次谦让，表姐还了我一生的情。其实，这一个让出去的红苹果，不仅让我赚得了表姐一生的情，也直观地教给了我一个为人处世的道理。在得到和失去之间，愿意付出的人，付出越多，得到的也会越多；不愿付出只想得到的人，却最终什么也得不到。吃亏是福，这让我受用一生。"

（作者：蒋光宇）

女孩成长感悟

分享不在于东西的多少或珍贵与否，而在于是否舍得。如果舍得，即使是微小的东西，也可以赢得一生的友谊。甚至，就像微笑一样，你送出一个，自己会得到更多。

真正的礼仪

　　一位教授正在给一群留学生上礼仪课，学生们来自不同的国家，大家都听得很认真。

　　"礼仪就是从细小的地方开始做起。比如说我刚才走进教室的时候，轻轻地敲了门。"教授告诉他的学生，"敲门是有讲究的：敲一声，代表试探；敲两声，代表等待对方应答；敲三声，代表询问。而在现实生活中，八成以上的人都不知道如何敲门。"

　　原来一个简单的敲门动作都有着这么多的学问，学生们的兴趣一下子就被提了起来，现场的气氛也开始活跃了，教授的讲述让他们发现生活中原来有很多的礼仪是自己忽略了的。

　　接着，教授在课堂上作了一次互动，他邀请一位在场的女生来和自己配合，其实所要表演的部分很简单，这是一个日常生活中经常会看到的送外卖的情节。这名女生扮演的是餐厅外

卖人员，她将送一块比萨到这位教授的家里。教授希望这个常见的情景可以唤起大家对自己日常礼仪的思索。

女学生很开心地站起来，走上台去和教授一起表演。

"服务员""咚咚咚"敲了三下门，进门后把外卖轻轻地放在桌子上。教授当场指出了"服务员"的问题：敲门声太重；没有表明自己的身份；也没自带一次性鞋套套住鞋子，弄脏了主人家的地板。于是，那名学生按照教授的指点又表演了一次。

女学生按照教授的要求，轻轻地敲门，得到允许之后，她打开门并给自己套上了一次性的鞋套，以免弄脏了主人家的地板。然后她表明了自己的身份，说明了自己是来做什么的，得到主人的回应之后，她走进来，把外卖放到了教授的桌子上，然后向教授告别，准备离去。

这些环节一个个都完成之后，她却没有按照教授的要求离开，那名女学生仍站在讲台上看着教授，似乎自己还没有表演结束似的。

教授提醒她可以下台了。这时，她认真地对教授说："老师，如果有人给我送外卖，我不会让他穿鞋套，我宁可自己再拖一次地板，因为那样会伤害那个人的自尊心。还有，对方离开的时候，我会真诚地对他说一声'谢谢'。"

教授愣了一会儿，继而真诚地说了一句："你说得对，谢谢你。"

讲台下响起了热烈的掌声。

女孩成长感悟

人与人之间是平等的，是需要相互尊重的。在与人交往的过程中，我们不要一味地要求对方怎么样，而应该退一步想一想自己为对方做了什么。尊重对方就应该体现在你的一举一动中，哪怕一句话，只要是诚挚的，也就是最人性化的。

越分享越美丽

贝蒂是一个精明能干的荷兰花草商人，从遥远的非洲引进了一种名贵的花卉，培育在自己的花圃里，准备到时候卖个好价钱。对这种名贵的花卉，贝蒂爱护备至，许多亲朋好友向她索要，一向慷慨大方的她却连一粒种子也不给。她计划培育三年，等拥有上万株后再开始出售和馈赠。

第一年的春天，她的花开了，花圃里万紫千红，那种名贵的花开得尤其漂亮，就像缕缕明媚的阳光。第二年的春天，这种名贵的花已培育出了五六千株，但她和朋友们发现，今年的花没有去年开得好，花朵略小不说，还有一点点的杂色。到了第三年的春天，这种名贵的花已经有上万株了，但令贝蒂沮丧的是，那些花的花朵变得更小，花色也差多了，完全没有了它在非洲时的那种雍容和高贵。当然，她也没能靠这些花赚一大笔钱。

难道这些花退化了吗？可非洲人年年种植这种花，大面积、年复一年地种植，并没有见过这种花会退化呀。百思不得其解，她便去请教一位植物学家。植物学家拄着拐杖来到她的花圃看了看，问她："你这花圃隔壁是什么？"

她说："隔壁是别人的花圃。"

植物学家又问她："他们种植的也是这种花吗？"

她摇摇头说："这种花在全荷兰，甚至整个欧洲也只有我一个人有，他们的花圃里都是些郁金香、玫瑰、金盏菊之类的普通花卉。"

植物学家沉吟了半天说："我知道这种名贵之花不再名贵的秘密了。"植物学家接着说："尽管你的花圃里种满了这种名贵之花，但和你的花圃毗邻的花圃却种植着其他花卉，你的这种名贵之花被风传授了花粉后，又染上了毗邻花圃里的其他品种的花粉，所以你的名贵之花一年不如一年，越来越不雍容华贵了。"

贝蒂问植物学家该怎么办，植物学家说："谁能阻挡住风传授花粉呢？要想使你的名贵之花不失本色，只有一种办法，那就是让你邻居的花圃里也都种上这种花。"

于是，贝蒂把自己的花种分给了邻居们。次年春天花开的时候，贝蒂和邻居的花圃几乎成了这种名贵之花的海洋——花朵又肥又大，花色典雅。这些花一上市，便被抢购一空，贝蒂和她的邻居都发了大财。

女孩成长感悟

要想拥有一片高贵的花的海洋，就必须与人分享美丽，同大家共同培植美丽。只有这样，我们才能保持自身的纯洁和华贵。懂得分享是智慧，把快乐与人分享，快乐将增加一倍，我们要摒弃自私，做一个会耕耘双倍快乐的人。

母亲的哲学

小时候，每到夏初，母亲就会带着我到村西边的那块田里种上几分地的黄豆。种黄豆比较省事，只需锄两遍地，然后就耐心地等待着秋天收割。只不过，有些黄豆地里会生出一种奇怪的植物——菟丝子。它们柔长的茎蔓，像坚实的铁链一样，将它攀缘过的黄豆紧紧地拢在一起。

有一次，我跟母亲到黄豆地里去拔菟丝子。我自以为是地说："它们看起来那么纤弱，长在豆地里根本不会碍事，干吗还要费事呢？"

母亲却告诉我说："事情可不像你说的这样轻巧，它们拢住哪一棵豆子，哪一棵豆子就会枯死。"

快拔到地头的时候，母亲故意留下了一小棵菟丝子没有拔。

秋天，黄豆熟了的时候，母亲指着地头一小圈早已枯死的黄豆秸对我说："这次你看到了吧，即使一棵小小的菟丝子，也会毁掉一圈豆子。"

以后，每到黄豆生长的旺季，我都要和母亲一起到黄豆地里去，仔细地拔掉里面的每一棵菟丝子。

麦子熟透的时候，那些地处偏僻之地的麦子，是无法用收割机收割的。这个时候，只好采用人工收割。母亲负责用镰刀割麦子和打捆，我则负责用独轮车往家运麦子。

在推第一车麦子的时候，母亲总是把车子装得满满的。当我推回家之后，已是大汗淋漓。推第二车的时候，母亲就会少装一捆。尽管只是减轻了一捆的重量，但在路上，我感觉轻了好多。之后，每推一车，母亲都会给我少装一捆。

一地的麦子捆，被我一车车地推回家里。正常情况下，人该累得不行了，而我竟然越干越起劲。我甚至想象着，照这样继续推下去，最后一车可能只剩下一捆的情景。

为此，我曾不解地问过母亲："推第一车的时候，你为什么给我装那么多，而以后却越装越少了呢？"

母亲笑着说："你推回一车麦子，就应该给你一次奖赏。如果越推越重，也许你推不了几车就没有信心了。"

我上高中的时候，是在学校住宿的，每个星期只能回家一次。每到星期天下午准备返校的时候，母亲就会为我煮一大包"多味花生米"，还要烙上一摞香喷喷的千层饼，让我带到学校里吃。

有一次，我嫌费事，便对母亲说："以后不用做那么多，水煮的花生米吃不了几天就会坏。千层饼更是不能久放，隔一天不吃，就干了。"

母亲反问我道："既然你知道它们存放不了很长时间，为什么不分给同学一点呢？"

以后，我每次回到学校，都要把母亲为我做的"多味花生米"和千层饼拿出来，与舍友们一起分享。

渐渐地，室友们无论谁回家带回来好吃的，都会拿出来跟大家一起分享。

（作者：矫友田）

女孩成长感悟

　　人生如同一个迷宫，一不小心便会让你迷失前进的方向，而母亲就是我们成长过程中的领路人，她用最简单的语言和最朴实的行为向子女传授那充满智慧的做人哲学，引导我们走向光明的人生。

最适合女孩的职业
ZUI SHIHE NüHAI DE ZHIYE

✿ 玩具设计师

有关玩具产品和玩具类儿童用具的工作包括：绘制创意草图，设计功能模块，绘制设计图，编制生产工艺流程等。除了这样的专业人才外，工业设计与美术设计工作也很适合女孩。女孩对玩具与生俱来的喜爱和在这方面的灵敏度是从事这个行业最大的优势。而随着人民生活水平的提高，人们精神文明方面的消费水平也随之提高，因而市场很需要这样的设计人才。

✿ 瑜伽教练

瑜伽起源于印度，是通过内在气息调整、身体韧性调节，以达到健康效果的一种运动。瑜伽教练可以在自己熟练掌握动作、气息要领之后，引导其他人。女孩的柔韧度比男孩好，在形体的舒展上能带给人更多的美感，同时也能提升女孩自身的气质形象。随着现代人健康观念的转变，各种大大小小的瑜伽场所如雨后春笋般开遍各个大中城市，市场前景广阔。

✿ 调香师

调香师的工作就是使用香料及辅料，进行香精或香水的配方设计或调配。女孩对香料有一种与生俱来的欣赏水平，对于这个职业再适合不过。一名优秀的调香师，不仅应具有精湛的技术，更应具有较高的艺术修养。用科学的方法来充分展现调香人员的创造力和鉴赏力，是调香人员在工作中应遵循的基本点。从消费趋势来看，人们对该职业的需求也越来越大。

第 7 章

聪明女孩更能
成就精彩人生

聪明女孩培养法则

① 富有观察力、想象力和创新力

做优秀女孩，除了要热爱学习，善于交际，还需要富有观察力、想象力和创造力。观察让我们洞悉一切，想象让我们富于创造，而创新让我们勇于开拓。让我们细心观察，发掘自己的想象力和创造力，增加自己的内涵。

② 从容洒脱，坦然面对

面对成功不骄傲自大，不沾沾自喜；面对失败和困难不放弃，不气馁——这不能只作为口号，而需要我们实实在在的行动。相信自己能坦然面对生活中的风风雨雨，相信自己能处理好各种事件。

③ 学会选择，懂得放弃

人这一辈子不可能拥有自己想要的所有的东西，所以我们时刻面临着选择和放弃。那么，让我们放弃那些华而不实的东西，选择适合自己的，来提高自己的修养，做一个真正美丽、有智慧的女孩。

合成一"家"多欢乐

玉村浩美是日本普拉斯文具公司的一位女职员。公司出产的文具质量好，价格低，一度很受消费者的喜欢。但是，近来由于人事变动过于频繁，公司经营不善，处于破产的边缘。

为了谋求生存，事业心极强的玉村浩美想到了以"文具组合"的形式来卖商品，从而替代先前文具的单个销售。她的"文具组合"说来也很简单，就是把"尺子、透明胶带、卷尺、小刀、订书机、剪刀、胶水"七件小文具装在一个盒子里出售。

在会议上讨论玉村浩美的建议时，人们分为两派：一派认为，本来分散的小文具经过组合后，一笔生意等于原先的七笔生意，销售额就会随之增加。另一派则认为，在生活中，人们往往只缺少一两样文具，何必去一次性购买七件文具呢？

玉村浩美的计划实施起来比较容易，公司准备尝试一下。没想到，"文具组合"一经问世，竟成了热销商品。原来，人们使用小刀、尺子、胶带之类的文具，喜欢随用随丢，经常在用时找不到，而"文具组合"的七件文具各有其位，就不会出现随用随丢的现象了，况且七件文具组合也不贵。

　　公司从1995年开始销售"文具组合"，在短短的16个月内，竟然销售了340万个，公司摆脱了经营困境，飞速发展起来了。董事们后来又总结出一条成功经验：以前分散的小文具只有"使用价值"，而将文具组合起来，使这些文具不但有使用价值，而且有了"保存价值"。于是，顾客的购买心理便从"想使用"变成了"想拥有"，这才是畅销的真正原因所在。

女孩成长感悟

　　玉村浩美出其不意的"文具组合"的创意，不仅挽救了即将破产的公司，而且成为其成功的经验。在逆境中，你大胆提出创意，才有走出困境的可能。

推动社会进步的秘密

一天，一位埃及法老设宴招待邻邦的君主。法老准备了极其丰盛的饭菜，在御膳房里，上百名厨师正在忙着做各种美味的饭菜。

忽然，一个厨娘不慎将一盆油脂打翻在炭灰里，她急忙用手将沾有炭灰的油脂捧到厨房外面倒掉。她回来用水洗手时，意外发现手洗得特别干净。厨娘非常奇怪，因为平时厨师们为了去掉油污，都先用细沙搓一遍，然后再用清水洗。而这次她没有用沙子，就将油污洗得很干净。

于是，她请别的厨师也来试一试，结果，每个人的手都洗得同样干净。大家觉得非常奇怪，围着最先发现这个秘密的厨娘想要问个究竟。厨娘自己也说不清楚这是为什么，她只是把故事发生的经过告诉了大家。

从此以后，王宫的厨师们就把沾有油脂的炭灰当作洗手的东西了。大家发现自己的手可以变得特别干净，每一个人都特别开心，由衷地感谢这位厨娘，她的细心发现，让他们得到了这样的宝贝。

后来，这件事情被法老知道了，他就吩咐人按照厨师们的方法，把掺有油脂的炭灰制成一块一块的。这就是人类历史上最早的肥皂，这位厨娘也因为发现了肥皂而被大家永远地记住了。

下面我们再来认识三位细心的人。

伟大的物理学家牛顿坐在苹果园的椅子上，突然看见一个苹果从树上掉了下来，他开始思索苹果为什么会掉下来。终于，他总结出了万有引力定律。

一个名叫瓦特的小男孩静静地坐在火炉边，观察着上下跳动的水壶盖，他想知道为什么水壶可以使壶盖跳动。从那时起，他就一直思考着这个问题。长大之后，他改良了蒸汽机。

一个叫伽利略的人在意大利的大教堂内，对往复摆动的吊灯产生了浓厚的兴趣，后来，他从中得到了启发，终于发现了摆的等时性，这个原理是发明摆钟的前提。

当你看到一艘汽船、一列蒸汽火车，甚至一块肥皂时，都要记住，如果没有人细心观察，它们是绝对不会出现的。当你细心观察身边发生的事情时，你一定会有很多新的发现。我们的社会之所以会不断进步，就在于人类会思考。而思考来自用心的观察。举个简单的例子，我们要想自己写出的文章打动读者，也要对生活进行细致入微的观察，这样才会写出精彩的文章。

女孩成长感悟

在我们的身边隐藏着如此多的秘密，每一次的发现都会推动社会进步。这些秘密的发现需要我们有观察力和创造力，以及对未知事物的探索欲，只有这样，我们才会发现更多的秘密。

一生只画圆点

　　1929年，她出生于日本长野一个富裕的家庭。不幸的是，她患有先天性神经性视觉障碍，只能隔着一层圆点状的网，模模糊糊地看世界。

　　母亲对她说："要是你能把你看到的圆点都画出来，那么，你的眼睛就会好了。"于是，她拼命地画她看到的圆点状的网，希望能治好自己的眼病。

　　画了很长时间，她看到的依然是圆点状的网，但是，她却渐渐迷上了绘画，特别是画圆点。每天，她都废寝忘食地画着。

　　母亲不希望女儿成为艺术家，因此毁掉了她的画布，还经常把她关起来。但恰恰是母亲的为难激发了她的创作潜能，她咬紧牙关，决心一定要坚持画画。

　　26岁那年，她在旧书店里看到了美国女画家乔治亚·欧姬芙的作品，那些作品深深地震撼了她的灵魂，她决定前往美国。两年之后，历经千辛万苦，她终于得以成行。临行前，她与家庭彻底决裂，母亲给了她100万日元，告诉她永远不要再踏入家门。

初到美国时，她的画几乎无人问津。过了很长时间，她画的网状图案和圆点才受到纽约知名评论家的关注。

经过多年积累，她的成名作《无极的爱》诞生了。她用小圆灯泡和大面镜做出反射效果，视觉幻象变化万千，形成了独特的艺术效果，这个画坛无名小卒开始受到评论家的追捧。她还引领着时代潮流，她为兰蔻设计的化妆包、为AU设计的手机都很热销，她所主张的圆点图案服装也风靡日本。

她，就是日本当代伟大的艺术家草间弥生。

当记者问她为何能在艺术上获得巨大成功时，她说："我坚持了一生的圆点艺术，也算圆满了人生。其实，任何一棵树，如果能够花数十年去浇灌，定会长成参天大树！"

（作者：彭龙富）

女孩成长感悟

不要因为自己身体有缺陷就自暴自弃。要像草间弥生那样，聪明地发挥自身特点，让缺陷乖乖地为己所用，并坚持不懈地奋斗下去，成功将不远矣。

丢失的骆驼

　　有姐妹三人，都以聪明才智而出名，她们美丽的眼睛可以观察到任何细微的东西。没有人能够欺骗她们，而她们也用自己的才智帮助了不少人。

　　一天，姐妹三个出来游玩，她们在乡下的大路上走着。忽然，有个骑骆驼的男人赶上来，只见他神色慌张，东张西望，好像在寻找着什么东西。姐妹三个看他着急的样子，忍不住想要去帮助他，于是三个人一商量，就过来问这个男人。

　　三姐妹看了看他，问道："你在寻找丢失的东西吗？"那人勒住骆驼惊喜地回答："是的，我是在寻找丢失的东西。"

　　"你丢了一只骆驼？"

　　"是的，我丢了一只骆驼。"

　　"骆驼特别高大？"

　　"是的。"

　　"骆驼瞎了左眼？"

　　"是的，它瞎了左眼。"

　　"骆驼上是不是还坐着一位抱小孩的妇女？"

　　"对极了！"骑骆驼的男人看了看姐妹三个，惊奇地说，"原来骆驼在你们手里。你们把它藏到哪里去了呢？"

　　姐妹三个一听，连忙说："你的骆驼我们连看也没看见！我们只是猜测的。"

"不对，猜测怎么能这么准？"骑骆驼的男人怎么也不相信，他看三姐妹总是一起活动，便怀疑她们有什么阴谋。说不定她们藏匿了他的骆驼和妻子，想要敲诈他一笔钱呢。想到这里，这个骑骆驼的男人就硬把她们拉到国王那里说理。

国王看到一个骑骆驼的男人拉着姐妹三个来告状，心里很好奇发生了什么事。他一问才知道，是骑骆驼的男人丢失了骆驼，而姐妹三个对这个骆驼却很了解。

于是，国王审问她们是否真的偷走了骑骆驼的男人的骆驼，姐妹三个坦然回答说："我们没有偷他的骆驼。我们是靠仔细观察和思考，才知道他的骆驼的特征的。"国王惊异地说："那么，你们又是怎么知道丢失的骆驼的特征的呢？"

三姐妹说："根据地上粗大的脚印，我们知道这人在找丢失的骆驼，而且骆驼很高大。路右边的青草都被吃

了，而左边的草一点儿没动，可见骆驼的左眼是瞎的。我们还发现，骆驼在一个地方跪下过，那一侧沙地还留下一大一小两对脚印，说明是女人带着小孩。"

国王异常高兴，连连称赞三姐妹聪明过人，并赐给她们金银珠宝，奖励她们善于观察和分析。三姐妹谢过国王，接受了帮骑骆驼的男人找回骆驼的任务，便出发上路了……

女孩成长感悟

　　聪明的三姐妹无须看到，只需要观察周围的环境，就可以了解刚才发生的事情，她们的细致和聪慧让人佩服。只有对一个事物的观察细致入微，我们在描述它的时候才能做到详尽、真实。

对未来作出大胆的想象

　　很多年之前，世界的航空水平还处于螺旋桨式的小型飞机时代，飞机无法作长时间的飞行，运载能力很低，而且故障率较高。

　　美国环球航空公司为了拓宽视野、展望航空业的未来，组织了一次较大规模的航空知识有奖竞赛，要求每一位参赛者对航空业的未来作出大胆的想象。专家组对所有的答卷进行评选后颁了奖，其间当然有人得到了奖赏。

　　40多年之后，环球航空公司在整理档案时又一次翻阅了当年的那些答卷，一共是13000余份。他们饶有兴趣地看了那些形形色色的"大胆想象"，但遗憾的是，那些答卷实在是太保守了，根本就谈不上"大胆"两个字。

当他们看到一位名叫海伦的人的答卷时，几乎都被惊呆了，她所有大胆的想象全都变成了现实。也就是说，在13000余份答卷中，只有海伦这一份才真正称得上是最完满、最正确、最具远见、最激动人心的答卷。它的主要内容是：

　　到1985年，喷气式飞机的载客量可达到300人，最高时速可达到700千米，航程可以达到5000千米。有的飞机可以自由降落，甚至可以在楼房的平台上紧急降落。到那个时候，美国人可以乘坐飞机到达夏威夷、澳大利亚、罗马，甚至埃及的金字塔……此外，海伦对机场的地面设施、导航设施都作了大胆的想象。

　　如此大胆的想象，在当时无异于天方夜谭，当然不可能被各界看好，包括专家组。

　　海伦的答卷"理所当然"地被淘汰、被丢弃了，没有人会赞成这份近乎"痴人说梦"的答卷获奖。

　　后来，环球航空公司通过多方努力，终于找到了海伦，她已是满头银发、80多岁高龄的老人了。通过进一步了解得知，当时海伦是个航空爱好者，在报上看到了航空知识有奖竞赛的这则启事后，便认真地填写了自己的答卷上面的那些大胆想象。

　　环球航空公司研究后作出了一个非同凡响的决定：拿出5万美元，给予海伦迟到40多年的奖励，以鼓励人们大胆的想象。

女孩成长感悟

　　海伦的大胆想象在40多年后都变成了现实，她因此拿到了迟到的奖金。聪明的女孩，必须要拥有非同凡响的想象力，这样才能指导行动朝着梦想前进。

老师的腰围

　　我曾在一所小学听过一堂数学课，内容是有关测量的。孩子们的桌子上摆放着长长短短的尺子。

　　老师是个女的，二十出头。讲完厘米、分米和米的概念后，她让学生们测量桌子、铅笔、书本和手臂的长度。两分钟之后，班上像炸开了锅，一只只胳膊争先恐后高举着，被点名的同学报出答案后，都得到了表扬，张张小脸涨得红红的，嘴巴笑成了一朵朵花。那些没被点到名字的学生着急了，有的站起来，有的跳着脚，有的甚至爬到凳子上，高举着手喊："老师，快叫我，快叫我。"看着孩子们着急的样子，我坐在边上忍不住想笑。我能理解孩子们的心情。谁不想在老师、同学面前表现一番呢？何况还有我这个外人在场。

　　桌子的长度报过了，铅笔的长度报过了，书本和手臂的长度也报过了，老师说："我们再找找别的东西测量一下。"老师的话刚说完，我旁边的那个一直没得到表现机会的瘦男孩站起来说："老师，我想测测你的腰围。"

　　班上一下静了，同学们都转过头或侧过身看着这个瘦男孩，然后又把目光投向了老师。

　　老师低头看了一下自己的腰，然后静静地看着学生，笑了，边笑边朝那个男孩说："好啊，你来量吧。"

　　小男孩拿着尺子，飞快地跑到黑板前。他用手按住尺子的一端，让尺子在老师的肚皮上翻着跟头。可能是男孩的手拙，也可能是尺子太短了，跟头翻了好几圈，他才说出了一个答案："87厘米。"

"不错，他量得很认真，答案也比较接近。"老师的话显然激起了其他同学的表现欲，她不失时机地问了问："其他同学有没有更好的办法，测得更准确一些？"她的话音刚落，一个胖乎乎的女孩站起来说："老师，我有，我用手。"

　　小女孩快步走到黑板前。老师问："你用手怎么量呢？"小女孩说："我一掌是11厘米，我看是几掌就知道了。"老师笑了。小女孩的手在老师的腰上量了起来，量了一圈之后，她就报出了答案："89厘米。"

　　笑容在老师的脸上绽放，课堂的气氛更活跃了。"有没有更好的办法？"老师问。

　　教室里静悄悄的。孩子们或侧着头，或趴在桌子上，苦思冥想。片刻之后，前排的一个小男孩站起来说："老师，你把腰带解下来，我们一量就知道了。"

　　我没想到这个小小的孩子会想到这种聪明的办法。老师肯定也没想到，因为她愣在了那里，脸微微有点红了。让她这样一个年轻的女孩解下自己的腰带，确实有些不雅。然而，我看到她笑了，那是一种发自内心的微笑。

　　老师一边笑，一边解下了腰带。小男孩

显然已从老师的笑容中感受到了赞许，他握着尺子向黑板前面走的时候，满脸的得意。

小男孩量的是90厘米，这当然是最准确的答案。老实说，那位老师并不算漂亮，但这节课却是我听过的最漂亮的一节课。

女孩成长感悟

创新是人类特有的认识能力和实践能力，是推动民族进步和社会发展的不竭动力。儿童心中有许多创新的种子，在适当的环境下，这些种子随时都会生根发芽，开出绚丽的创新之花。

利用悟性让人生绽放光华

　　女孩玛利亚·罗塔斯是萨尔瓦多人，她在贫困的印第安人家庭刚刚呱呱坠地，就被父母带到美国寻找生路。玛利亚·罗塔斯刚刚6岁时，就对各种玩具表现出极大的兴趣。家中贫穷买不起更多的玩具，她就用父亲买来的橡皮泥捏成各种各样的小动物。她的橡皮泥玩具几乎每天都有新花样，只要她看到过的动物，她都可以用自己的方式把它捏成她喜欢的玩具，她对捏制玩具有着超常的悟性。

　　那年过圣诞节，父亲要送她一件礼物，就带她来到世界著名的迪斯尼公司经营的一家玩具城，让她自己挑选。但玛利亚·罗塔斯看了半天，竟一件也没有挑中。玛利亚·罗塔斯这怪异的现象，恰好被玩具店的老板唐纳德·斯帕克特发现了。

　　这位美国著名的玩具商问玛利亚·罗塔斯："你不喜欢我们的玩具吗？"

　　"是的。"

　　"那你喜欢什么样的玩具。"

　　于是，玛利亚·罗塔斯指着一大溜动物玩具开始数落："这种姿势不好，那种颜色不对，这种看着太笨，那种做得不像……"

　　唐纳德·斯帕克特听后觉得眼前这个小女孩出语不凡，便把她领到后面的办公室，把她刚刚指责的玩具一样一样摆在桌子上，问她应该改变成什么样子。

她便叫人找来橡皮泥，按自己的想象一样一样捏起来……结果让唐纳德·斯帕克特大为折服，立即协商与她签订一项长期合同，破例聘请她为玩具公司的顾问。

后来，迪斯尼公司为充分发挥玛利亚·罗塔斯的天赋和智慧，每当世界各地有玩具展销活动时都要带上她，这使她眼界大开，对各种玩具提出的意见和见解更加准确，更能切中要害。

唐纳德·斯帕克特在解释他聘请玛利亚·罗塔斯的动机时说："一个人具备的天赋和超凡的悟性不在于他年老或年少，而在于他对事物提出的见解。我们所有的玩具设计都犯有一个通病，那就是失去了对童心的直接反应能力，目光陈旧，缺乏激情。"

后来，玛利亚·罗塔斯鉴别的玩具给公司带来了丰厚的利润。在纽约42街，公司租了三间有电脑、传真机等现代化通信设备的办公室，有两位女秘书和两位男佣鞍前马后为她服务。

玛利亚·罗塔斯既要在公司工作，又要到学校去学习，所以她的工作时间每周不超过20个小时。

后来，玛利亚·罗塔斯的年薪为20万美元，再加上她在美国通用电气、迪斯尼等大公司的股息，她的年收入可达2000万美元。15岁时，她作为世界上最年轻的百万富翁和最年轻的商人而被载入了《吉尼斯世界纪录大全》。

（编者：王莉萍）

女孩成长感悟

有天赋更不应该被僵化的规则所禁锢。不管我们的年纪如何增长，我们时时都要葆有一颗童心，才能发挥出创造的激情。

四颗钉子的启示

在苏格兰一个镇上，一位年迈的鞋匠决定把补鞋这门手艺传给三个年轻的女学徒。在老鞋匠的悉心教导下，三个女学徒进步很快。当她们学艺已精，准备去闯荡时，老鞋匠只嘱咐了一句："千万记住，补鞋底只能用四颗钉子。"三个女学徒似懂非懂地点了点头，踏上了旅途。

过了数月，三个女学徒来到了一座大城市，又各自安家落户。从此，这座城市就有了三个年轻的女鞋匠。同一行业必然有竞争，但由于三个女鞋匠的技艺不相上下，日子也就风平浪静地过着。

过了些日子后，第一个女鞋匠对老鞋匠那句话感到苦恼。因为她每次用四颗钉子总不能使鞋底完全修复，可师命难违。于是她整天冥思苦想，但无论怎么想她都认为办不到。终于，她不能摆脱烦恼，只好收拾东西回家种庄稼去了。

第二个女鞋匠也为四颗钉子苦恼过。后来她发现，用四颗钉子补过鞋底后，客人总要来第二次才能彻底修好，结果来修鞋的人总要付双倍的钱。第二个女鞋匠为此暗喜着，她自认为懂得了老鞋匠最后一句话的真谛。

第三个女鞋匠也同样发现了这个秘密。在苦恼过后她发现，其实只要多钉一颗钉子就能一次把鞋补好。第三个女鞋匠想了一个晚上，终于决定加上那一颗钉子，她认为这样能节省顾客的时间和金钱，更重要的是她自己也会安心。

又过了数月，人们渐渐发现了两个鞋匠的不同。于是，第二个女鞋匠的客人越来越少，而去第三个女鞋匠那儿补鞋的人越来越多。最终，第二个女鞋匠的铺子也关门了。

日子就这样持续着，第三个女鞋匠依然和从前一样，兢兢业业地为这个城市的居民服务。当她渐渐老去时，她开始真正懂得老鞋匠那句嘱咐的含义："要创新，而且不能有贪念，否则必会被社会所淘汰。"

又过了几年，第三个女鞋匠也老了，这时有几个年轻女孩来学这门手艺。当她们学艺将成时，第三个女鞋匠也同样向她们嘱咐了那句话："千万记住，补鞋底只能用四颗钉子。"

是呀，现在许多年轻人做事情总是循规蹈矩，没有自己的想法。有的时候，经验固然很有用，可是作为年轻人，我们都应该具有一种敢于创新和拼搏的精神。但愿每位朋友都能在自己的岗位上有所发展，拥有一片属于自己的天空。

女孩成长感悟

做什么事情都有规则，但是，我们既不能被固有的规则束缚了，也不能钻规则的漏洞，做损人利己的事。我们要的创新，是积极的、对人有益的创新，创新不能违背这个原则。

我还是最棒的

　　丽莎是来自美国阿肯色州的学生，她是她所在的镇里唯一来哈佛读书的人。镇里的人都为她能到哈佛上学而感到自豪，她自己也庆幸能有这样好的机遇。

　　但是，丽莎的兴奋劲还没过，她对自己的感觉就忽然越来越糟糕了。她在哈佛过得很辛苦，上课听不懂，说话带土音，许多大家都知道的事她却一无所知，而许多她知道的事大家却觉得好笑。她开始后悔自己到哈佛来。她不明白自己为什么要到哈佛来受这份羞辱，同时她更加怀念在家乡的日子，在那里，可没有人瞧不起她。

　　丽莎身材瘦小，长相平常，多年来唯一的精神补偿就是学习出色。可眼下，面对来自世界各地的"学林高手"，她已无优势可言。

有段时间里，她怨恨别人，怜惜自己。后来，她实在无法面对这个痛苦的局面，决心痛定思痛，她想证明自己依然是最棒的。过去的时光告诉她：她已习惯了做鸡群中的仙鹤，决不甘心做仙鹤中的小鸡。

　　最终，她决定从头来过，重振昔日的辉煌。

　　从那天起，她开始学会打破往日的心理平衡点，她需要在哈佛大学建立新的心理平衡点。

　　为实现这个目标，她制订了三个步骤。

　　第一个步骤是要让自己学会如何宣泄不良情绪，调整自己的心态，使自己能够积极地面对新生活。

　　以前，她认定自己是全哈佛最自卑的人，这说明她过于夸大了自己精神痛苦的程度，看不到自己在新环境中生存的价值。所以，她既承认当前面临的困难是她人生中前所未有的。同时，她又告诉自己，对哈佛的不适应，产生种种焦虑与自卑反应，这在哈佛很普遍，并非只她一个。这使她产生了"原来很多人也和我一样"的平常感。

　　第二个步骤是竭力把比较的视野从别人身上转向自己。

　　她的心理问题是在与同学的比较中形成的，她感到自己处处不如别人，事事都不顺心，因而觉得自己好像是天鹅群中的丑小鸭。她在来哈佛大学前，学习成绩一直很好，但到哈佛后最好的成绩只不过是四分。

　　以前，从来都是别人向她请教，但现在，却是她经常要向别人请教。因此，她当初那份引以为豪的自信已荡然无存。原先，她一直是教师心目中的得意门生，校园里的风云人物，众人羡慕的对象。可如今，她已成为校园里最不起眼的人物。

　　这一系列的心理反差，使她产生了自己是哈佛大学多余人的悲叹。她没有意识到，自己之所以会有这样的心理反差，是因为以往在与同学的比较中，她获得的尽是自尊与自信；但现在在与同学的比较中，她获得的尽是自卑。

所以，她竭力要求自己：在新的环境里，学会多与自己比，而不与别人比。如果一定要与别人比的话，还要注意到别人在学习成绩、意志等方面不如自己的一面。

接下来的第三步，她又采取了具体行动，理清学习中的具体困难，并制订相应的学习计划加以克服。同时，她经常参加一个哈佛本科生组成的学生电话热线，让自己在帮助别的同学的同时，也结交不少新的朋友。更重要的是，她在帮助他人的过程中，重新感到自信心在增长，感到哈佛大学需要她，她不再是哈佛大学多余的人。

女孩成长感悟

我们就算遇到困境，也不要怨天尤人，而是要发现自己身上的优点，相信自己是最棒的。丽莎有她的"三步曲"，我们也可以有自己的。不妨试试看，说不定我们也能走出泥淖，成就最精彩的自己。

无限的希望就在1美元当中

　　丹妮是一位刚走出大学校门的女生。有一天，她来到一家大公司应聘企划部门经理职务，因为她没有工作经验，负责公司招聘的人员原本不打算通知她参加面试。但是，由于丹妮坚持认为应给她一次参加面试的机会，负责招聘的人员就答应了她的请求。

　　在面试那天，经过一番交谈，人事部经理对丹妮颇有好感，感觉她的知识和能力可以胜任企划部门经理职务。不过，丹妮是刚毕业的大学生，唯一的实践经验是在学校期间，曾经帮助一家企业策划过一个营销案例。该公司从来没有招聘过刚出校门的女生做部门经理，所以，人事部经理只好敷衍说："今天就到这里，如有消息我会打电话通知你。"

　　丹妮从座位上站起来，向人事部经理点了点头，随即从口袋里掏出1美元递给他："不管是否录取，请您都给我打个电话。"

　　人事部经理从未见过这种情况，一下子不知道该怎么办。不过，他很快回过神来，问道："你怎么知道我不会给没有录用的求职者打电话？"

　　"您刚才说有消息就通知，言下之意就是没有被录取就不通知了。"

　　人事部经理对眼前的这位求职者产生了

浓厚的兴趣，问丹妮："如果你没有被录用，而我打电话通知你，你想知道些什么呢？"

"请告诉我，我在什么地方不能达到公司的要求，在哪方面还需要改进。"

"那1美元……"

没等人事部经理说完，丹妮微笑着解释说："给没有被录用的求职者打电话不属于公司的正常开支，所以由我来付电话费，请您一定打电话通知我。"

"请你收回这1美元吧。我用不着打电话了，我现在就正式通知你，你被录用了。"

就这样，丹妮用1美元敲开了机遇的大门。

女孩成长感悟

聪明的丹妮用1美元就敲开了机遇的大门，这是因为她非常清楚不被录取的人不会接到电话这一规则，因此她选择了这一点作为突破口来为自己争取机会。我们也可以像丹妮一样，在恰当的时间选择恰当的方式来表达自己，表现自己，为成功赢得机会。

美术系的女生

　　有一位美术系刚毕业的女生，对设计服装的布料非常有兴趣，她决定从事相关工作。只是，刚开始进入这个行业非常困难，因为无论是使用布料的服装设计师，或者是制造服装的工厂都有自己的供应商。对于一个完全没有经验的布料设计者，他们根本就没什么兴趣。

　　女生拿着一堆自己努力设计出的作品，来到一个著名服装设计师的公司。助理设计师本想打发她走，可是见她一副渴求的模样，便于心不忍地对她说："好吧！我拿进去给我们的设计师看一下。"

　　过了一会儿，助理设计师出来对女生说："设计师说我们的设计图太多了，根本没时间看。"

　　这位女生又跑到制造服装的工厂，结果也是一样。她四处碰壁，心情十分沮丧，但她一心要坚持下去。她想：只要方法用对了，不断地尝试，一定能打开僵局。

　　有一天，这位女生来到一位著

名歌星的签名会上，挤在一堆歌迷里面，十分崇拜地望着歌星。好不容易轮到她和歌星握手了，女生从背包里拿出几块布料和自己的设计图，对歌星说："我好崇拜你！真想为你设计漂亮的衣服。请你在这几块布上为我签名吧。"

歌星看了这些布料和设计图说："啊！好漂亮！请你和我的服装设计师联系，我想用这些布料做衣服。这是她的电话，就说是我叫你去找她的。"

女生开心地说："好啊！我明天就去。"

第二天一大早，女生就来到先前她被泼了一头冷水的著名设计师的公司。女生拿出有女歌星签名的布料，对助理设计师说："是她叫我来找你们的，她说要用这些布料做衣服。"

助理设计师进办公室几分钟，设计师就带着满脸的笑容走出来见她。女生就这么走进了这个行业，而且愈来愈受客户的欢迎。

女孩成长感悟

在现实中我们常常会因为种种原因而碰壁，这时千万不能泄气，要开动脑筋想解决的办法。你只有多动脑筋，耐心地找准方向，并脚踏实地地向前，这样才能慢慢走向成功。

巧妙的逐客令

　　玛丽是一个聪明而又热情好客的主妇，她和她的丈夫总喜欢在周末的时候举办家庭聚会，招待他们的朋友们，朋友们也非常喜欢这对夫妇。

　　但是朋友多了，也难免会有各种情况出现。有些朋友非常不会体谅别人，在聚会结束之后还赖着不走，而玛丽的丈夫吉姆是一个脸很薄的人，他不擅长拒绝别人，总是对别人笑脸相迎，所以也不懂得怎么劝说不懂礼貌的朋友。

　　这一天下午，是一个阳光明媚的日子，玛丽家里又举行了一个小小的派对。到了晚上六点，大家都知道该是回家的时候了，于是，陆陆续续就有朋友走过来和玛丽告别，临别时还送上了对于受到玛丽与吉姆夫妇热情招待的感谢，他们都非常客气地互道晚安，然后各自回家去了。

　　玛丽送走了一个又一个朋友，虽然她还有很多的餐盘需要收拾洗刷，但是她一点都不觉得累，因为和朋友们相聚的时光总是那么愉快，让她忘记了累的感觉。等到7点半的时候，该做的事情基本都做好了，玛丽希望可以和丈夫一起看看电视，放松一会儿，于是她来到楼下，发现还有一个朋友在和丈夫畅谈。

　　吉姆朝玛丽使了一个眼色，玛丽仔细一看，原来这位朋友就是每一次都因为喝酒而迟迟不回家的那个人。这个人真的很让人头疼，因为每一次的聚会，他都贪恋玩乐而忘记回家，总是要一直待到半夜别人实在受不了了才走。但是吉姆又生怕伤害了朋友的自尊心，所以一直不愿下逐客令。

　　玛丽看到这个情形，心里已经非常明白了。她走过去为客人倒上了茶水，然后对吉姆说："亲爱的，你看到我们院子外面的那棵树了吗？"

吉姆不知道玛丽什么意思，因为院子里的树已经长了好几年了，是他和玛丽结婚的时候栽下的，那是他们的爱情之树。吉姆说："当然，我看到了，都好多年了。"

玛丽微笑着说："那棵树上今天新来了一只小鸟，它似乎打算在树上住下来，但是它非常吵闹，我都快被它吵死了。"

吉姆和客人都笑了，吉姆说："别着急，亲爱的，明天它就会飞走的。"客人也说："是的，现在这个季节，鸟儿都是到处飞，所以很吵，但是它们很可爱，是不是？"

玛丽笑着说："当然，不过我觉得它还会有别的用处，我想我们可以把它捉来吃掉。"

吉姆大吃一惊，说："吃掉它？怎么吃？它一直都在树上。"

玛丽笑着说："我们可以把树砍倒，然后捉住它，这样就可以杀掉它做成菜来吃。"

客人听了这话哈哈大笑，他说："玛丽，你真是疯了，你还没有砍倒这棵树，可能鸟儿早就飞走了。"

"哦，不会的，你放心，先生。"玛丽说，"它是一只笨鸟，它不知道什么时候该离开。"

客人听了这句话，才明白自己因为待得太久已经失礼了，他脸一红，急忙站起来向玛丽和吉姆告别，匆匆忙忙地走了。

吉姆看着他匆忙的样子，忍不住笑了出来，对玛丽说："你真聪明！"

女孩成长感悟

对于不好意思说出口的话，借用谈论别的事情说出来，这是一个巧妙而有用的办法，这种办法对于我们的生活可说是用处很多，当我们因为情面等问题无法开口的时候，这种说话的技巧就可以派上用场了。

高空跳伞的体验

　　紫博拉是一位精力充沛、热爱冒险的女性，但她可不是一开始就是这个样子。她是经过一个自我认定的转变才成为现在这个样子的。

　　小时候，她一直是个胆小鬼，不敢做任何运动，凡是可能受伤的活动她一概不碰。

　　在参加过几次发挥潜能的研讨会后，她有了一些新的运动经验：潜水、赤足过火和高空跳伞，从而她知道自己事实上可以做一些事，只要有一些压力即可。虽然她是这么想的，可是这些体验还不足以改变她先前的自我认定，顶多自认为是个"有勇气高空跳伞的胆小鬼"。依她的说法，当时的转变还没发生，可是她有所不知，事实上转变已经开始。她说其他的人都很羡慕她那些表现，告诉她："我真希望也能有像你那样的胆子，敢尝试这么多的冒险活动。"一开始，她对大家夸奖的话的确很高兴，听多了之后她便不得不质疑起来：是不是她以前错估了自己。

　　随后，紫博拉开始把痛苦跟胆小鬼的想法连在一块儿，因为她知道胆小鬼的信念使自己受限，所以

她决心不再把自己想成一个胆小鬼。事情并不是这么说说便完了，事实上她的内心有很激烈的争战，一方是那些朋友对她的看法，一方是她对自己的认定，两方互不相让。

后来又有一次要高空跳伞，她把它当成是改变自我认定的机会，要从"我可能"变成"我能够"，从而让想冒险的企图扩大为敢于冒险的信念。

当飞机攀升到1.25万英尺的高空时，紫博拉望着那些没什么跳伞经验的队友，多数人都极力压抑着内心的恐惧，故意装作兴致很高的样子。她告诉自己："他们现在的样子正是过去的我的样子，而此刻我已不属于他们那一群，今天我可要好好地玩一玩。"她运用他们的恐惧，来强化出她希望变成的新角色，她心里说道："那就是我过去的反应。"随之，她很惊讶地发现自己刚刚已经历了重大的转变，她不再是个胆小鬼，而成为一个敢冒险、有能力、正要去享受人生的女性。

她是第一位跳出飞机的队员。下降时，她一路兴奋地高声狂呼，似乎这辈子从没有这么兴奋和有活力过。她之所以能够跨出那一步，主要的原因就在于，她一下子采取了新的自我认定，从心底想好好表现，以作为其他跳伞者的好榜样。

紫博拉的这次转变很完全，因为新的体验使她一步步淡化了旧的自我认定，从而让她作出决定，去拓展更大的可能。

女孩成长感悟

在困难和挑战面前，你最大的敌人便是自己。当你心中充满恐惧或畏难心理时，你必须想办法改变自我认定来克服这些情绪，这样才能掌握取得胜利的先机。

"被遗忘的女人"服装公司

有一次，胖女士安妮跑了六家服装店，还是没有买到合适的衣服，她真的有些绝望了，难道偌大一个城市就真的买不到一件适合自己的衣服？

从生下第二个孩子开始，不到三年的时间，安妮的体重增加了80磅，到处都买不到像她这样身材的女人可以穿的漂亮衣服。新款服装没有大码，有大码的款式既难看又过时。那些时装设计师和商人们，只注意到那些身材苗条的女人，而忽略了肥胖的女人。无奈的安妮只好自己动手做起各式各样的时装来。好在这对曾经是服装设计专业高材生的她来说，并不是一件很困难的事情。

有一天，买菜回家的路上，安妮遇到了两个和她差不多胖的女人。她们惊讶地问她的衣服是在哪儿买的。当得知那是安妮自己做的的时候，两个胖女人摇着头失望地走了。安妮回到家中，突然一个念头出现了：能不能开一家服装店，专门出售自己设计的为胖女人制作的有型有款的时装？

说干就干，安妮风风火火地干了起来。新店开张后，生意出乎意料地火爆。原来，竟有那么多胖女人盼望着专为她们设计的服装。没过多久，安妮的时装公司就拥有了十几家分店及无数个分销处。她每年定期去欧洲进布料，在各地飞来飞去巡视业务。最让安妮高兴的是，她每天都可以穿一件自己设计的、漂漂亮亮的衣服去逛街。

安妮创办的那家时装公司的名字就叫：被遗忘的女人。

后来，美国内华达州举行"最佳中小企业经营者"评选活动，安妮赢得了冠军。安妮夺冠的秘诀其实很简单，她只不过是把服装尺码改了一个名称而已。一般的服装店都是把服装分为大中小以及加大码四种，而安妮

则是用人名代替尺码。

玛丽是小号，林思是中号，伊丽莎白是大号，格瑞斯特是加大号。这四个名字都是女强人的名字。这样一来，顾客上门，店员就不会说"这件加大号正合你身"，取而代之的是"你穿格瑞斯特正合身呢"。

安妮说："我注意到，所有来店里买大号和加大号的女性，脸上都写满了无奈。而改个名称情况就完全不同了，况且这些人都是名声很响的大人物。"

在挑选店员时，安妮也别具匠心，站在大号和特大号服装前的店员个个都是胖胖的女士，这无形中就拉近了与顾客的距离，让她们买得舒心，买得称心。

女孩成长感悟

没有一个人的生命是完美的，每个人都有自己的缺陷和弱点，有些人为此感到苦恼自卑，甚至自暴自弃，但是聪明的人却往往能从中发现问题，并用自己的双手去解决它，让生活如其所愿。

幸福与距离有关

初三那年，正当我埋头忙于中考之时，县团委举办了全县青少年歌唱比赛。因为我平时喜欢唱歌，经常在班会上表演节目，班主任便极力推荐我去参加。我回家征求父亲的意见，我对父亲说："我唱的歌并不是特别好听，平时只是唱着玩儿罢了，要参加这样的比赛，高手云集，我没有必定获奖的把握。再说即将要中考了，会不会对学习有影响呢？"

父亲说："既然没有必胜的把握，那么就不妨去参加试试，以放松的心态去面对，别太在意结果；另外，参加这样的文艺比赛，或许能帮助你调节生活，缓解考试压力，也能增长见识，锻炼能力。"

于是，我报名参加了。没想到比赛竟然出奇地顺利，我一路过关斩将，先进前二十名，又进前十名，最后进入了前三名。

那段时间，我成了学校的名人，全校师生都关注着我，他们为我加油，给我投票、拉选票。大家对我充满信心，我也暗下决心，一定要拿金牌。

可就在这时，一场意外的重感冒让我离开了舞台。真是老天的捉弄，感冒让我的声音嘶哑了，无论怎样努力，我都找不到唱歌的感觉了，以前清澈、圆润、嘹亮的声音也不见踪影。我绝望极了，被迫退出决赛，当时我的心情有多么灰暗是可想而知的。

父亲劝我说："当初参赛时，不是没抱太大的希望吗？我们就权当锻炼自己了。"

话虽这么说，可快要接触到金光灿灿的奖杯时却被迫放弃，谁能不难过呢？人生中，很多事情都是这样，很多人也都有这样的经历。当你离目标很遥远时，让你放弃，你毫不在乎；可一旦你接近了目标再让你放弃，

那心情就不言而喻了。

父亲让我看了一则这样的故事：

西班牙和美国心理学家在1992年巴塞罗那奥运会田径赛场上，用摄像机拍摄了20名银牌获得者和15名铜牌获得者的情绪反应。心理学家们发现，在冲刺之后和在颁奖台上，"第三名"看上去比"第二名"更高兴。

研究人员分析认为：因为铜牌获得者通常不是期望值很高的人，能获得铜牌已经很高兴了；而银牌得主是与金牌最接近的，因此就会为没有夺得金牌而感到难过。确实，在领奖后采访获奖运动员时，许多亚军都伤心地说："可惜，差一点儿就成了冠军。"而季军获得者却会说："还好，差一点儿就名落孙山了。"

我恍然大悟：原来，所谓的幸福，是与距离有关的。之所以难舍难离，是因为在这段幸福的距离中，你付出了艰辛和汗水，投入了梦想和希冀。但是，世事难料，谁也不能保证现实就会按你的意愿发展，所以在通向目标的路途中，保持一份平淡和从容才是人生的大智慧。幸福源于心态，心态决定命运，命运由自己把握。

（作者：薛峰）

女孩成长感悟

　　不是所有的付出都有回报。成功的时候，你可以尽情感受欢乐；失败的时候，你则要学会享受参与的过程。这才是聪明女孩应该明白的道理。

女孩的心思星座来猜

巨蟹座

6月22日—7月22日

基本性格透视：

具有爱家的母性本质，有坚硬的外壳，也有柔软的内心，巨蟹座的人很懂得保护自己。

巨蟹座属水相星座，所以巨蟹座的人情绪变化小，但记性很强，对一些不必斤斤计较的事也会耿耿于怀，不过对她所爱的人非常体贴和亲切。

在十二星座中，巨蟹座是最坚持到底的星座，巨蟹座的人对家庭的重视程度很高，对任何事物都不舍不弃，而且她对美好事物的品位也相当高。

狮子座

7月23日—8月22日

基本性格透视：

阳光、热情、自信、大方都是狮子座人的特质。

天生的领导力使她喜欢指挥别人，有强大的组织能力，不过过分的自信使她容易变得自大、固执。

她太在乎别人对自己的看法，往往因此而不快乐；不肯认输的个性，也是令她不快乐的源泉。

处女座

8月23日—9月22日

基本性格透视：

因为水星是处女座的守护星，所以处女座的人追求完美。挑剔、神经紧张、吹毛求疵也是她们的特性。

处女座的人大部分都很谦虚，她们踏实、勤劳而不肤浅，但很容易为自己带来压力。处女座的人爱帮助别人是另一个事实。所有处女座的人都喜欢忙碌，为他人服务是她们的人生目标。

缺乏自信的处女座人有时组织能力很差，对自己没有自信心，她们需要朋友和家人的鼓励去推动她们前进。

第 8 章

做个好性格的快乐女孩

好性格女孩培养法则

❶ 不去忌妒别人

忌妒是一张网，有时能蒙蔽我们美好的心灵。放下忌妒，用欣赏的眼光看待别人的成功，我们得到的将是美的享受。所以，一个优秀的女孩是不应有忌妒之心的，让我们丢掉忌妒，从现在做起。

❷ 改掉任性的坏脾气

改掉自己任性的坏脾气其实很容易，当与人闹别扭时，不妨拿出一张纸写出自己的不足。做得不对的地方，自己认真反思，勇于承认自己的错误，也可以找自己的知心朋友好好交流下，让别人帮助自己改掉任性的坏脾气。

❸ 走出孤僻，迎来幸福

走出孤僻的关键是认识自己、肯定自己，树立自信心，相信自己也能成为佼佼者。同时要多与人交流和沟通，学会微笑，学着帮助别人，走出自己狭小的世界，迎接幸福的生活！

练钢琴的小女孩

吃过晚饭，艾丽娅自觉地坐到琴房里去练钢琴。

天快黑下来了，忽然听到有人敲门。

艾丽娅的爸爸去开门，门外站着一个乞丐模样的老人，身上衣服破破的，脚上一双坏皮鞋。艾丽娅的爸爸看看他，说："对不起，你走吧。孩子正在练琴，请别打扰她。"

艾丽娅听到有人说话，跑出来朝门外看看，然后就对爸爸说："爸爸，我们还是应该问问他有什么需要帮助的地方。我看他好可怜哪！"她走过去对那老爷爷说："你肚子饿吗？我这里还有一些零花钱，你拿去买吃的吧！"说着，伸手从口袋里掏出一把小硬币来。

那老爷爷看了很感动，说："好孩子！我不饿。你弹的曲子很好听，我就随着琴声找过来了。对不起，打扰你了！"

"谢谢你！"艾丽娅很高兴有人夸她。

那老爷爷又说："不瞒你说，我以前曾帮助别人抄过许多乐谱，他们都说我抄的乐谱好弹。孩子，你如果想要抄一本乐谱的话，我可以帮助你，不收费的。"

艾丽娅很想得到好弹的乐谱，想请那老爷爷抄一抄，又有些不好意思，便看着爸爸。

艾丽娅的爸爸也想有一本抄得很好的乐谱，便将信将疑地回到琴房拿出一些乐谱纸来，交给那老爷爷，并说道："请抄好后有空送过来，或者打电话给我，我自己去取。"那老爷爷说："抄好后，我亲自送过来。"

果然，那老爷爷抄的乐谱好弹极了，就像是一个十分懂乐理的人抄

的。艾丽娅得到抄得这么好的乐谱，越弹越高兴，越弹越有进步，琴练得越来越好。

　　一天，那爷爷又把抄好的乐谱送过来，临走时，他对艾丽娅的爸爸说："先生，我看你的孩子很有音乐天赋，是不是给她找一个好老师教教会更好？"

　　艾丽娅的爸爸听后，叹了口气，说："唉，我本想请音乐学院的著名钢琴家吉斯尔教授给我女儿指点指点的，他是世界一流的钢琴家。可我带着孩子去了五六趟，他一次也不愿意见我们，没办法！"

　　老爷爷想了想，说："这样吧，我给你写封信，我见过吉斯尔先生，我们还是好朋友，见了这封信，他也许会见你的。"

艾丽娅的爸爸不想要这封信。他知道，这封信是无用的。世界一流的钢琴家，怎么会看乞丐老头的信呢？为了给老人一点面子，他还是勉强接过信，决定试试看。

　　第二天，艾丽娅的爸爸拿着老爷爷的信，带着艾丽娅，来到音乐学院找吉斯尔教授。

　　走到学院大门口，门卫不让他们进。

　　艾丽娅爸爸拿出那封老爷爷的信。

　　门卫一看，马上十分热情地把艾丽娅父女一直送到吉斯尔教授的钢琴大楼跟前。

　　走到那豪华的钢琴楼跟前，艾丽娅突然站住了，从楼里传出来的琴声，简直就是天籁之音，多么悦耳啊！她从来不知道，世界上还有人能弹出这么好听的钢琴声！啊！简直太美妙了！太好听了！自己如果能弹出这种曲子该多好哇！

　　"爸爸，快走吧！我想见见弹琴的人！"艾丽娅兴奋地拉着爸爸的手往楼上跑。

　　到了楼门口，两个值班的学生问他们有什么事。

　　"我们要找吉斯尔教授。"

　　值班学生说，吉斯尔教授正练琴，不接待任何人。

　　艾丽娅的爸爸又拿出那封老爷爷的信。

　　两个值班学生一看，说了声"对不起"，马上将艾丽娅和他爸爸一直领到吉斯尔教授跟前。

　　吉斯尔教授一转身，艾丽娅爸爸和艾丽娅同时吓了一跳，天！——这就是吉斯尔教授！他不就是抄曲谱的老爷爷吗？——原来那么动听的琴声就是他弹的！

　　吉斯尔教授温和地摸了摸艾丽娅的头，说："请坐，我的小客人。"又对艾丽娅的爸爸说："对不起，不要怪我几次都没有接见你们。孩子要学琴，先要学做人。我已经知道你的孩子的音乐天赋，但我还要看看她的为人。所以，请不要怪我这么做，先生。"吉斯尔教授一笑，说："好了，现在我放心了，你的孩子将来一定能够成为世界上最杰出的钢琴家。"

"谢谢你，吉斯尔教授！"艾丽娅和爸爸都十分感动。

（作者：刘殿学）

女孩成长感悟

做任何事情都一样，技巧是能通过努力掌握的，而优良的品格和个性才是成就事业的关键。好性格的女孩会处处受欢迎。

一步成就人生

　　她从小就是一个胆小的女孩子，走在路上即使遇见一只小狗也会吓得迈不开步，甚至对下楼梯和下坡都心存恐惧。这种怯懦的性格使她养成了沉默寡言的习惯，她不善交际，很少与人说话，也不和老师交流，更别说去参加一些集体活动了。平时，她总是一个人埋头于书本，整天抱本书在角落里读得津津有味。还好，她的成绩还算不错。

　　由于这种性格，上初中后，她对体育课很害怕，每当老师让学生跳水或翻杠时，她都紧张得不行。那时，她的父亲是当地一位有名的神学院院长，有一颗慈爱的心，也希望她能在同龄人中表现得出类拔萃。所以她当时的表现让父亲有点失望，但并不绝望，他总是不厌其烦地给女儿讲解怎样树立信心，不断地鼓励她。父亲还找到她的老师和同学，恳请他们平时在学校多多关心她、鼓励她。

　　有一次上体育课，老师要求每个同学练习跳水。站在3米高的跳台上，她的恐惧又涌了上来，双腿忍不住发抖。她想如果跳下去摔坏了怎么办啊？她吓得眼泪都出来了。专门来学校看她的父亲站在旁边对她说："不要害怕，孩子，你还没有试，怎么就知道自己不行呢？孩子，跳下去！"可她还是不敢。父亲又说："相信自己和爸爸吧，你应该和他们一样，你是勇敢的。"于是，她向前迈出了一步，然后闭上眼睛尖叫着跳了下去。游上岸后，同学们对她报以热烈的掌声。当时她很激动：我竟然也成功了？

后来，她的胆子逐渐大起来，她发现困难其实并不像想象中那么可怕，只要勇敢一搏，任何难题都能迎刃而解。

此后，在学业上她进步很快，两次参加国家奥林匹克数学竞赛都取得了优异成绩，并在32岁那年获得了物理学博士学位。她还逐渐养成了勇于挑战的性格，这与幼年时期的她的表现截然相反。她对体育、文化、政治、经济等都产生了浓厚的兴趣，并深有研究。

她叫安格拉·默克尔，德国政府新一届总理。在竞选中她击败了连续执政7年的上一任总理施罗德，成为德国历史上的首位女总理。任职后，她又以大胆果敢、雷厉风行的政治作风引起国内政界的震动，被外界称为欧洲政坛的又一位"铁娘子"。

每个人在成长的过程中都会遇到许多意想不到的困难，每个人心里也都曾产生过害怕的念头，但有的人却成功了。正如安格拉·默克尔所说："当你脚发抖的时候，请勇敢再向前迈出一步，你就胜利了。"一步战胜胆怯，一步赢得成功，一步改变人生。其实这看似轻轻一迈的一步，融入了人生的大智慧。

（作者：薛峰）

女孩成长感悟

胆怯的人迈出第一步，是克服懦弱和战胜困难的象征。人的一生会经历很多困难和挫折，胆小的人放弃了，只能在失败面前凭吊失去的青春；勇敢的人选择面对，青春也充满了挑战自我、突破自我的成就感。

宽恕伤害过自己的人

　　去年，我曾在美国艾奥瓦大学看到过一封信，那封信的复印件保存在这所学校已故的副校长曾工作过的房子里。那是一封让我们中国人难以理解的信。

　　那位副校长名叫安·柯莱瑞，她是爱荷华大学最有权威的女性之一。很久以前，她的父亲曾远涉重洋，到中国传教，她成了出生在中国上海的美国人，所以她对中国人有着特殊的感情。她对待中国留学生就像对自己的孩子一样，无微不至地关照他们、爱护他们，每年的感恩节和圣诞节，总是邀请中国学生到她家做客。

　　不幸的事情发生在1991

年11月1日，那是一起震惊世界的事情。一位名叫卢刚的中国留学生，在他刚获得艾奥瓦大学博士学位的时候，开枪射杀了这所学校的三位教授、一位和他同时获得博士学位的中国留学生山林华，还有这所学校的副校长安·柯莱瑞。

1991年11月4日，爱荷华大学的全体师生停课一天，为安·柯莱瑞举行了葬礼。安·柯莱瑞的好友德沃·保罗神父在对她的一生回顾追思时说："假若今天是被我们的愤怒和仇恨笼罩的日子，安·柯莱瑞将是第一个责备我们的人。"

这一天，安·柯莱瑞的三位兄弟举办了记者招待会，他们以安·柯莱瑞的名义捐出一笔资金，宣布成立安·柯莱瑞博士国际学生心理学奖学金基金会，用以促进外国留学生心智的健康发展，减少悲剧的发生。

她的兄弟们还在无比悲痛之时，宣读了一封致卢刚家人的信。这就是我在她曾经的办公室里看到的那封信——柯莱瑞家人致卢刚家人的信。

卢刚的家人：

我们刚经历了突发的剧痛，我们在姐姐一生中最光辉的时候，失去了她。我们深以姐姐为荣，她有很大的影响力，受到每一个接触她的人的尊敬和热爱——她的亲人、邻居、同事、学生。

我们一家从很远的地方来到这里，不仅要和姐姐的众多朋友一同承担悲痛，也要一起分享姐姐在世时所留下的美好回忆。

当我们相聚在一起的时候，也想到了你们一家人，并为你们祈祷。因为这周末，你们肯定是十分悲痛和震惊的。

安最相信爱和宽恕。我们在你们悲痛时写这封信，为的是要分担你们的悲伤，也盼你们和我们一起祈祷。在这痛苦时刻，安会希望我们大家的心里都充满宽容和爱。我们知道，在此时，比我们更感悲痛的，只有你们一家。请你们理解，我们愿和你们共同承受这悲伤。

这样，我们就能一起从中得到安慰和支持。安也会这样希望的。

诚挚的安·柯莱瑞博士的兄弟们弗兰克／麦克／保罗

1991.11.4

我读完这封信，泪水模糊了双眼，我的心被深深的感动包围。我希望所有读过这封信的人能和我一起感受这种大爱，学习这种高尚的情怀。

女孩成长感悟

　　宽容的受益人不只是被宽容者，宽容别人也是解放自己。我们远离忌妒与怨恨，就是远离痛苦、愤怒和伤害。宽恕是一种高贵的品质、崇高的境界，让我们学做一个会宽恕他人的女孩吧。

感觉最幸福的不幸女孩

有一个不幸的女孩儿，她历经坎坷。女孩儿的经历和事迹曾让无数人泪流满面，可是她却感觉"我最幸福"。

女孩儿是个无父无母的孤儿，她没有双手，但是她却用自己的脚写了一篇作文，作文在全县的一次征文中获得了一等奖，作文的题目叫作《我最幸福》。作文里面没有一句抱怨，有的全是对生活的感激。

女孩儿很穷，她上不起学，但是她找到了学习知识的办法。她每天都趴在教室外面的墙上，偷听老师讲课。

那年冬天，天气特别寒冷，但是寒冷不能阻碍女孩儿去听课。老师提

了一个问题，班上没有一个同学能回答出来。这个问题却被趴在墙外偷听的女孩儿回答出来了。教室里的老师和同学一直都没发现女孩儿，所以当他们听到女孩儿的正确答案时非常惊讶。女孩儿的行为和精神感动了师生，他们把女孩儿领进教室，收留了她，让她每天可以和同学们一起上课，大家都自觉地保守这个秘密，不告诉学校。就这样，女孩儿上完了小学。

女孩儿小学毕业考试成绩是他们全县的第一名，可是却没有一个中学录取她，因为她没有双手。

女孩儿的母亲因大脑出了毛病，隔一段时间就要出走一次。她的双手就是因为母亲的出走而失去的。有人问她："你的双手是因为母亲的出走失去的，你有没有恨过她？"她的回答是："没有。从来没有。我爱她，我总是觉得对不起她。"一天，她的母亲又一次出走后再也没有回来。后来，人们在结了冰的河水里找到了她的母亲。提起母亲，女孩儿总是泪流满面，她总是内疚地说："是我没有照顾好母亲。"以后的日子里，女孩儿一想起不幸的母亲，就感到深深的自责。

后来女孩儿辍学在家，她自学完成了中学的全部课程。没有双手的女孩儿什么饭都会做，像蒸米饭、炒菜都是简单的，她还会蒸包子和包饺子。女孩儿不仅用双脚学会了做饭，还学会了画画和书法。女孩儿用脚切土豆丝，切得很细，很匀，她切土豆丝的时候，脸上总是带着坚毅的笑容；女孩儿用脚画的画，在许多人看来，水平绝对不低；女孩儿用脚练习书法，她最爱写的字就是"我最幸福"。

女孩成长感悟

幸福与不幸不是绝对的概念，而是一种心灵的感觉。如果能把不幸的日子也过得很幸福，我相信再大的困难也不会压倒生活的强者。懂得珍惜，就会获得最大的幸福。所以，请珍惜你眼前所拥有的一切吧！

要学会尊重别人

一天，某个超市的一位收款员，与一位中年妇女发生了争执。"小姑娘，我已经将50元钱交给你了。"中年妇女肯定地说。

"可我根本没有收到您给我的50元钱啊！"收款员自信地说。

中年妇女听后真的有点生气了。收款员认真地说："我们超市有自动监控设备，我们一起去看一看吧。这样，谁是谁非就一清二楚了。"

中年妇女跟着她去了。录像显示：当中年妇女把50元放到收款的桌子上时，旁边的一位顾客把钱给拿走了。这一情况，中年妇女、收款员和超市的保安人员都没有注意到。

收款员说："我们很同情您的遭遇。按照规定，钱只有交到收款员手上时，我们才承担责任。现在，请您重新付款吧。"

中年妇女说话的声音有点颤抖："你们管理有欠缺，还让我受到了侮辱，我不会再到这个倒霉的超市来了。"说完，她头也不回地走了。

　　当天，超市经理知道了这件事，严厉批评了这名收款员。收款员感到很无辜，超市经理对她说："我想请你回答几个问题。那位顾客做出此举是故意的吗？她是不是个无赖？"

　　收款员说："不是。"

　　超市经理说："她被我们超市的工作人员当作一个无赖请到保安监控室里看监控录像，这是不是让她的自尊心受到了伤害？"

　　收款员惭愧地说："是。"她接着问："如果再遇到这样的问题，我应该怎么处理呢？"

　　超市经理说："很简单，你只要改变一下说话的方式就可以了。你可以这样说，尊敬的女士，我忘了把您交给我的钱放到哪里去了，我们一起去看一下监控录像，好吗？你把'过错'揽到自己的身上，就不会伤害她的自尊心了。在事实真相清楚后，你还应该安慰她、帮助她。要知道，我们只有靠顾客才能生存！怎样与顾客打交道，永远是我们商家最重要的课题。"

　　收款员心悦诚服地说："谢谢您对我的教诲。"

女孩成长感悟

　　遇事要冷静对待，不能一股脑儿地把过错全推到别人身上。同样一种意思，用不同的方式去表达，收到的效果往往会大相径庭。在生活中遇到问题时我们要多为别人考虑，言语委婉得体才容易化解矛盾，解决问题。

可是上帝知道

艾玛6岁时，父亲带她去朋友家做客。这位朋友是一个热情好客的人，她看到可爱的艾玛非常喜欢。

吃午餐时，艾玛看到满桌子丰盛的食品，似乎每一样都是她爱吃的，这让小小的她心里不由得乐开了花。但是她依然保持着父亲教给她的餐桌上的礼仪，小心地吃着。可是毕竟她只有6岁，在取杯子的时候，艾玛不小心碰洒了一杯牛奶。她急忙站起来，拿出餐巾纸擦干。

可是小艾玛的心情却不由得低落起来，因为父亲对她有规定，为了让她可以在餐桌上有更加良好的表现，像一个真正的淑女一样，如果她打翻了牛奶，那么惩罚就是只能吃白面包。看着满桌的美食，而自己却只能吃白面包，艾玛不由得难过起来。虽然此刻父亲并没有对她说什么，可是艾玛还是自觉地放下了刀叉，只吃那些白面包。

女主人热情地劝艾玛喝牛奶，可她就是不肯喝。她低着头说："我弄洒了牛奶，就不能再喝了，只能吃白面包。"女主人听到这个，大为惊奇，这个只有6岁的小女孩，原来是因为有这个规定，所以不喝牛奶了。但是她看得出来，艾玛其实很希望能再喝一些牛奶的。

于是，女主人看了看坐在餐桌对面丝毫不为所动的父亲，以为艾玛是害怕父亲才那么说的，善良的女主人对艾玛的父亲说，希望他可以替自己去厨房取一些水果过来。艾玛的父亲欣然离去了。这只不过是女主人的一个小计策，她想：要是艾玛的父亲不在旁边，小艾玛就不会对自己这么要求了。

接着，女主人又拿出更多好吃的点心劝小女孩吃，但小女孩还是不吃，并一再坚持说："就算爸爸不知道，可是上帝知道，我不能为了一杯牛奶而撒谎。"

女主人觉得十分震惊，把那位父亲叫进客厅讲述了这件事。一个只有6岁的小女孩，居然会说出这样的话，她对自己的要求实在是很严格，甚至让很多大人汗颜。

父亲听完，解释说："她真的不是因为害怕我才不喝的，而是因为她从心里认识到这是对自己做错事情的惩罚，是约束自己的纪律，所以才不喝的。"说完，父亲来到女儿的面前对她说："你对自己良心的惩罚已经够了。现在我们马上要出去散步，你快把牛奶和点心吃了，不要辜负了叔叔阿姨的心意，就当是上帝对你的奖赏吧。"

女儿听见父亲这样说了，才高兴地把牛奶喝掉。

自律是对一个人意志力的考验。一位名人说过："能主宰自己灵魂的人，将永远被称为征服者的征服者。"自律时时都在我们身边起着不可估量的作用。

女孩成长感悟

　　自律是一种美德，我们无论做什么事都必须严格要求自己。因为你做任何事情都是对自己负责，并不是为了做给别人看，所以有没有人监督你并不重要。自律也不能只是偶尔为之，它必须成为你的生活方式，因为自律其实就是对自己诚实。

◦ 赎回你的灵魂 ◦

　　她睡到半夜，感觉屋里进了人。很显然，不是丈夫，因为他去值班了，而每次回来，他都会先开灯，然后静悄悄地进来。

　　因为长期失眠，睡觉对她是件困难的事情，所以，总是家人睡着好长时间了，她还没睡着。

　　显然，那个人以为她是睡着的。

　　然后，她看到了一个身影，手里拿着刀，在四处找东西。那一刻，她睁大眼睛，心里想：绝对不能喊，因为隔壁就是儿子的房间，一喊，她和儿子就会有生命危险。

　　她看到那个贼把手伸向了她的首饰盒，那里面有一对玉镯。那是外婆出嫁时的陪嫁，一直传下来，传给了她。虽然不是价值连城，但是她最珍爱的宝贝。

　　但她一直沉默着，直到

贼离开。

她冲到儿子的房间，看到还在熟睡的儿子，眼泪就下来了。她知道，没有比儿子更珍贵的了。

然而，意想不到的事情发生了。那个贼被看门的保安逮住了——在他翻墙逃跑的时候。所以，他和两个保安又出现在她的客厅里。

灯光下，她看到了贼的脸。一张十分年轻的脸，大概只有十五六岁的样子，眼神里全是恐惧。

保安问："这是你的镯子吗？"

她答："是。"

"是这个贼偷走了，就在刚才。"保安说。

她是知道的。她抬起头看了那个小偷一眼，那一眼让她呆住了，少年的眼里全是乞求原谅的眼神。

那一刻，她的心忽然柔软起来。

她有了新的决定。她说："你们放了他吧，他不是贼，那一对玉镯，是我给他的。"

保安大吃一惊，而少年的眼里也全是惊讶。

"是我给他的。"她坚持说。

这时，她看到少年的眼里全是泪水。

保安刚走，那个少年便"扑通"一声跪下了："阿姨，您为什么救我？"

她笑了，淡淡地说："孩子，因为你的青春比那两只镯子值钱，我想用那两只镯子赎回你找不到方向的灵魂。何况刚才我并不曾睡着，因为你手里拿着刀，所以我没有喊，这也是为了我自己的儿子。"

那个少年，泪如雨下。

几年后，那个做过贼的少年考上了大学，后来还被评为市里的"十大杰出青年"。

　　记者采访他，让他说说自己的故事。他说："16岁那一年，我在一位阿姨的帮助下，找到了灵魂的方向。她用自己的善良和宽容，为我赎回了走失的灵魂。"

（作者：晓荷）

女孩成长感悟

　　宽容不是姑息，也不是无能。宽容是爱心和坚强的表现，是智者大度的行为，是灵魂修养的结晶。宽容就像天上的细雨滋润了大地般滋润了他人的心灵，荡涤了他人的灵魂。

特殊的考试

她是穷人家的女孩儿，父母举债供她读完大学，就在她刚刚走出校门的时候，积劳成疾的父亲被查出患了肺癌。"子欲养而亲不待"，女孩儿欲哭无泪：工作尚无着落，家里一贫如洗，即便是卖血，也凑不够住院费。医学院护理系毕业的她只能将父亲安顿在家里，叮嘱母亲悉心照料，然后一家家医院地去应聘。

遥遥无期的等待让她耗尽了最后的自尊，当她走进那家蜚声医学界的私立医院，再一次面对审视的目光时，忍不住泪流满面。她哭着诉说了自己的困境，恳请能马上工作，拯救危在旦夕的父亲。女孩儿的孝心感动了院方，医院破例未经考试便留下了她，说是试用一个月。女孩儿拼命地工作，只要能顺利通过试用，4000元的月薪不仅能维系父亲生的希望，也是她美好未来的开端。

她的勤恳努力终于赢得了信任，半个月后，护士长便分派她做高级病房的责任护士。一次执行医嘱时，女孩儿惊呆了：医生曾经给父亲开出的，就是这样一张处方：一种进口的化疗药物，300多元1支，每日1次，静注3支。

女孩儿镇静地忙碌着，谁也看不出她心里掀起了怎样的惊涛骇浪：那种粉末状的药物溶入生理盐水后仍然是无色透明的，一瓶澄净的液体，谁也看不出配药前后的区别！而治疗室内，只有她一个人。

3支药紧紧地攥在女孩儿手里，她觉得那就是父亲的性命。只要她每天下班后回家为父亲执行化疗，她那慈爱的父亲，就有活下去的希望。女孩迅速地藏起了3支药，将生理盐水放入治疗盘，面色平静地将它端进了病房。

"爸，护士给你换药来了。"陪护的是一位和她年龄相仿的女孩儿，一声轻唤，让她的心一颤：躺在床上的，也是命悬一线的父亲。

"这种药有特效，用了它咱就好了。"温柔的声音在安慰着父亲。端着治疗盘的手微微地颤抖了，她就用颤抖的手，将输液管从滴空的药瓶内拔出来，插到了那瓶盐水里。她硬着心肠想：只要他们发现没有效果，马上会换另一种药物，反正病人有的是钱。可是一回到治疗室，她就瘫坐在椅子上。她突然就打了个寒噤，她清醒了，清醒地意识到：那段路每走一步，都将践踏自己清白的良心。只是几分钟，却仿佛挣扎了一个世纪。女孩儿鼓足勇气叫来了护士长，嗫嚅着承认："12床正在滴注的盐水里，我，我没有配药……"

护士长绽开一个欣喜的笑靥："真的吗？你连这个经验都有哇？我正想提醒你，化疗之前，如果患者正在输液，必须用盐水冲净滴管中的残留药物。"

　　女孩儿的试用期就在那一天提前结束了，院方同她签订聘用合同的同时，还预支了半年的工资让她给父亲治病。女孩儿欣喜若狂，热泪盈眶，向着决定她命运、成全她孝心的人们，深深地鞠躬致谢！

　　后来女孩儿才知道，那其实是一场特殊的考试。所有的一切都被护士长尽收眼底，只要那3支药被放进手包，等着她的，必将是被炒的命运。

　　诚实，是每一个人都应具备的道德素养，因为有许许多多的时刻，监督着我们一举一动的，只有我们自己的良心。

女孩成长感悟

　　诚实，是一个人拥有完整人格的基本要素，不论自己身处何种困境之中，我们都不要放弃我们诚实的天性。诚实，是检验一个人道德品格的标尺，不论何时何地，都在丈量着我们做人的原则。

收起你的坏脾气

　　乔妮个性独立，但脾气异常暴躁，情绪波动极大，动辄迁怒他人。她的人际关系因此愈来愈紧张，最终男友也难以忍受她的坏脾气，和她分手了。终于有一天，她觉得自己已经处于崩溃的边缘。

　　她打电话向她的一个朋友皮特求救。皮特向她保证："乔妮，我知道现在对你来说是有点糟，可是只要经过适当的指引，一切就会好转的。"

　　"你现在要做的第一件事是让自己安静下来，好好地享受一下宁静的生活。"

　　听了皮特的话，乔妮开始试着放弃先前忙碌的生活，好好地放松自己，给自己放了一个长假。当她已经休息了一段时间之后，皮特又建议道："你在发脾气之前，不妨想想究竟是哪一点触动了你。"

　　"你自己可以在两种思维方式中选择，一种是每件事情都在脑海里剧烈地翻搅；另一种则是顺其自然，让思想自己去决定。"说着，皮特拿出了两个透明的刻度瓶，然后分别装了一半刻度的清水，随后又拿出了两个塑料袋。乔妮打开来，发现里面分别是白色和蓝色的玻璃球。皮特说："当你生气的时候，就把一颗蓝色的玻璃球放到左边的刻度瓶里；当你克制住自己的时候，就把一颗白色的玻璃球放到右边的刻度瓶里。最关键的是，现在你要尽快学会独立控制自己的情绪，如果你不试着控制自己的情绪，你会继续把你的生活搞得一团糟。"

此后的一段时间内，乔妮一直照着皮特的建议去做。后来，在皮特的一次造访中，两个人把两个瓶中的玻璃球都捞了出来。他们同时发现，那个放蓝色玻璃球的水变成了蓝色。原来，这些蓝色玻璃球是皮特把水溶性蓝色涂料染到白色玻璃球上做成的，这些玻璃球放到水中后，蓝色涂料溶解到水中，水就呈现了蓝色。皮特借机对乔妮说："你看，原来的清水投入'坏脾气'后，也被污染了。你的言语举止，是会感染别人的，就像玻璃球一样。当你心情不好时，要控制自己。否则，坏脾气一旦投射到别人身上，就会对别人造成伤害，再也不能恢复到以前。一定要控制好自己的言行。"

乔妮后来发现，当她按照皮特的建议去做时，她的头脑真的不再那么混沌了，事情也容易理出头绪了。在此之前，她的心里早已容不下任何新的想法和三思而后行的念头，因而已经形成了一种忧虑的习惯，这让她恐惧慌乱，导致情绪化。当皮特再次造访的时候，两个人又惊喜地发现，那个放白色玻璃球的刻度瓶竟然溢出水来——看来乔妮对自己的克制成效不小。慢慢地，乔妮已学会把自己当成一个思想的旁观者，来看清自己的意念，一旦有了不好的想法总能很快发现，在自己失控前也能及时制止。

这样持续了一年，乔妮逐渐能够信任自己并静观其变，生活也步入正轨，美好在她的生活中渐渐展现。

女孩成长感悟

乔妮改掉了坏脾气，赢得了新生活。生活中，坏脾气不但会让你的生活一团糟，也会伤害到别人。控制好自己的言行，克制情绪化的想法，以平和的心态面对生活，美好和幸福一定会降临到你的头上。

不能流泪就微笑

这个故事的主人公叫辛蒂。

她不同于正常人的地方在于她住在美国一座山丘上的一间特殊的房子里。这间房子是一间不含任何有毒物、完全以自然物质搭建而成的房子，里面的人需要由人工灌注氧气来呼吸，并只能通过传真与外界联络。

事情发生在1985年，当时辛蒂正在医科大学念书。有一次，她到山上散步，发现树上有一些蚜虫，就回去拿来杀虫剂。当辛蒂拿起杀虫剂灭蚜虫时，感觉到身体一阵痉挛，她原以为那只是暂时性的症状，没料到自己的后半生就此毁于一旦。

杀虫剂内所含的化学物质使辛蒂的免疫系统遭到破坏。从此，她对香水、洗发水及其他日常生活接触的化学物质一律过敏，连空气也可能使她支气管发炎。这种"多重化学物质过敏症"是一种慢性病，目前无药可医。

患病头几年，辛蒂睡觉时口水流淌，尿液变成了绿色，汗水与其他排泄物还会刺激背部，形成疤痕。辛蒂所承受的痛苦是难以想象的。

1989年，辛蒂的丈夫吉姆用钢与玻璃为她盖了一个无毒的房间，一个足以逃避所有威胁的"世外桃源"。辛蒂所有吃的、喝的都得经过选择与处理，她平时只能喝蒸馏水，食物中不能有任何化学成分。

多年来，辛蒂没有见过一棵花草，听不见悠扬的声音，感觉不到阳光、流水。她躲在无任何饰物的小屋里，饱尝孤独之余，还不能放肆地大哭。因为她的眼泪跟汗一样，随时都有可能成为威胁自己的毒素。

而坚强的辛蒂并没有在痛苦中自暴自弃，事实既已如此，自暴自弃只能毁灭自己，她能做的只有为自己，也为所有化学污染物的受害者争取权益，并为之奋战。

生活在这个寂静的无毒世界里，辛蒂却感到很充实。因为不能流泪的疾病，使她选择了微笑。

辛蒂创立了"环境接触研究网"，致力于化学物质过敏症的研究。

1994年，她又与另一组织合作，另创"化学伤害资讯网"，保护人们免受威胁。目前这一资讯网已有5000多名来自32个国家的会员，不仅发行了刊物，还得到美国国会、欧盟及联合国的支持。

不能流泪就微笑，看似无奈的表达，实则是历经磨难后的坦然。

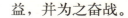

女孩成长感悟

当我们遇到挫折时，不要抱怨生活对自己苛刻，需要思考的是我们应该选择用什么样的心态去对待人生。要坚信，只有乐观面对生活，生活才会回报你以美丽的微笑。

火灾中的两个女人

　　有两户人家相邻而居，每家都有一个几岁大的孩子。其中一家的女主人又高又胖，看起来很强壮；而另外一家的女主人却是一个瘦小的女人，她在一所学校里做教师。

　　孩子们在一起游戏、嬉闹，难免会出现争执。每当两个孩子发生争执的时候，胖女人就会来到瘦女人家的院门前叫骂不停。

　　瘦女人面对胖女人的叫骂，每次都以沉默回应，所以两家人从来没有发生过冲突。但是两家的孩子慢慢地不再来往，而且，两家人也开始不再来往，有时候见了面，也不打招呼。

　　他们居住的地方，旁边就是一座山，山上种满了树。有一年天气特别干燥，山上突然起了大火，两家的男主人都到山上扑火去了。

　　谁都没有想到，大火会蔓延到小镇上来，并且很快就在小镇上烧了起来，整个小镇很快就成了火海。那个晚上，当瘦女人被大火和人们逃命的声音惊醒，拉着儿子跑出房门时，她看到火势就要蔓延过来。就在瘦女人和儿子跑出院门时，隔壁胖女人的儿子的哭喊声传进瘦女人的耳中。做了多年的邻居，瘦女人知道，胖女人心脏不好，兴奋过度、紧张都会晕倒。瘦女人立刻想到，一定是胖女人昏倒了。瘦女人的脚步停了停，片刻的犹豫之后，马上就转向了胖女人家。

胖女人仰躺在地上，双眼紧闭，她的儿子扑在她身上，不知所措地呼叫着她，不停地用手推着她。

瘦女人马上蹲下来拼命地喊叫，胖女人却一点反应都没有。这时，火势已经蔓延过来，已经能听到木板被烧着之后的噼啪响声。瘦女人将胖女人拖到背上，一边大声地叮嘱着两个孩子沿大街向镇外的大河跑，一边踉踉跄跄着迈动脚步。胖女人太重了，没跑出多远，瘦女人就呼吸急促，脚步也慢了下来。最后几乎是在一步一步地往前挪，终于她还是被胖女人压倒在了地上。

大火越来越近了，瘦女人知道，自己不能停，哪怕慢一步都会葬身火海。她顾不上喘口气，试着背起胖女人，试了几次却都没能站起来。瘦女人只好趴到地面上，将胖女人拉上后背，驮着胖女人开始一点一点地向外爬……

后来，附近的人们从离大火30米远的地方，抢救出了这两个女人。当时，胖女人昏迷着压在瘦女人的背上，瘦女人也已经昏了过去，双手、双膝血肉模糊，身后是一条从大火中爬出的血道……

当胖女人的丈夫从山上下来时，40多岁的汉子，一下子就跪倒在了还昏迷着的瘦女人面前。

女孩成长感悟

生活中很难事事皆如人愿，如果人与人之间能够多一分宽容，那么我们的生命将会有更多的空间与爱心，我们的生活也会变得更加和谐、美好。我们遇事应多为别人着想，因为只有宽容，我们才会拥有真正的幸福！

失而复得的珍珠项链

我去鼓浪屿旅游，给母亲挑了一串珍珠项链。淡粉色的，色泽很柔和，珠子大小也均匀。它虽然比不上名贵的钻石，但却是我的一份心意。

母亲生日那天，我送给了她。

中午，我们在酒店的餐厅里吃饭。母亲说要去一趟洗手间，谁知一去半天都没回来，我和姐姐赶紧去找。在洗手间门口，看见母亲在跟一个年轻的女孩说话，很客气的样子。见我们来了，母亲对那女孩子说："我女儿来了，再见！"女孩微微地向母亲弯了弯腰，匆匆走了。

我和姐姐都以为那女孩是母亲的学生，一直到晚上回到家里，才知道了事情的真相。

母亲从洗手间出来，在镜前想梳洗一下，就随手将取

下的项链放在了梳妆台上的小瓷盘里。

等到母亲洗完脸再看，小瓷盘空着，珍珠项链不见了！母亲想了想，洗手间里只有她和那个小女孩，母亲梳洗的时候，她就站在母亲身边。而那时女孩正抓住玻璃门的铜把手，神色慌张地要出去，母亲叫住了她。

母亲心想：我不能着急，哪怕是一点儿急躁的样子，都会把那个女孩吓跑，就算我判断正确也没用。

"姑娘。"

"干什么？"那女孩一惊。

"请你帮我个忙，好吗？"

"什么事？"

"我有一条珍珠项链，是我的小女儿送给我的礼物。虽然不是很昂贵，但那是她用自己的工资为我买的。刚才我洗脸怕弄脏了，随手一放就不知道放在什么地方了。人老了，记性真不好。今天是我第一次戴它，要是找不到了，我女儿可要伤心死了。因为今天是我的生日，我今天整60岁了，一家人高高兴兴的，非要到这儿来给我过生日。其实，像我这样的年龄，倒希望他们不记得我的生日才好，免得提醒我一天比一天老。"

女孩看着母亲，紧张的神情慢慢缓解了，微笑着说："您一点儿都不老，看上去比我妈妈还要年轻，她才40岁。"她停了一下又说："我帮您找找看吧！"

"那就麻烦你了，我到里边去找找看。"母亲推开了里边那扇门。

过了一会儿，母亲出来了。女孩用餐巾裹着那串珍珠项链说："您看，是这串吗？"

母亲接过来说："就是它，年轻人眼睛好，一找就找到了，真谢谢你了。"

女孩连忙说："不用，真不用。"停了一下，她又说："我也祝您生日快乐！"

就在这时，我和姐姐找来了。

母亲摸着脖子上的项链说："那女孩真不错。"

"她偷了您东西，您还谢她！您应该去叫保安。"我和姐姐叫道。

"我觉得她也许不是有意要偷我的东西，"母亲说，"要是我叫保安，那我们两个人中，总有一个会丢掉'珍珠'的。"

（作者：伍泽）

女孩成长感悟

　　宽容地对待别人，也许会找到解决问题的好办法。当我们充满怒气地去解决问题的时候，那只会造成两败俱伤的局面。珍珠是可贵的，但是更值得珍惜的是那份宽容，它成全了两个人的"珍珠"。

我是黑桃A

米奇很小的时候，就跟随父母从意大利移民到了美国。他们家的境况一直不好，她的童年是在汽车城底特律度过的，灰暗悲惨，每一天都要在饥饿线上挣扎，所以痛苦和自卑在她的心里总也抹不去。她在学校里没有勇气举手回答老师的提问，同学们做游戏时从来不会叫上她，老师甚至都记不住她的名字。

她的父亲一辈子碌碌无为，总是唉声叹气地对她说："认命吧，你将一事无成。"

这个说法让她更加沮丧，她总是为自己将会有一个苦闷乏味的前程而烦恼不已，难道自己真的就要像父亲一样，一生都在贫困、烦恼中度过吗？

但是，有一天，她的母亲却告诉她："孩子，抬起头来，你必须记住一句话：世界上没有谁跟你一样，你是独一无二的。"

这句话深深鼓励了她，她的心里又燃起了希望之火，她认定自己就是最好的，没人比得上自己。她每天临睡前都要对自己说："我是最好的。"然后才入睡。这种力量支撑着她，于是她的学习和生活都发生了改变，老师和同学们忽然发现米奇不一样了。她总是昂着头，带着微笑来到学校，即使遇到不懂的问题，她也不会害羞地低下头，而是大胆地举手提问。这个新的米奇让大家觉得她充满了阳光一样的力量。这还是以前的那个米奇吗？她究竟得到了什么样的法宝，让她变得如此不同？每一个人都在询问着。

米奇的信心被燃烧起来了，中学毕业后，她准备找一份工作。她第一次去应聘时，那家公司的秘书向她索要名片，她递上一张黑桃A，立刻就得到了面试的机会。

经理看着这张黑桃A，眼里充满疑惑，不知道这个面带微笑的女孩是什么用意，这可是他以前从未见到过的情况，不由得问她："你是黑桃A？"

"是的。"她说，米奇的脸上带着自信的微笑。

"为什么是黑桃A？"经理还是不明白。

"因为A代表第一，而我刚好是第一。"

经理一下子睁大了眼睛，眼前这个女孩的自信的笑容感染了他，他没有想到一个小小的女孩会有如此强大的内心。他笑了，为这个女孩的勇敢和自信所打动，他决定给米奇一个机会。就这样，她被录用了。

想知道后来的米奇吗？她成功了，真的成了世界第一。她一年推销出1425辆车，创造了吉尼斯世界纪录！

（作者：卡洛琳·李）

女孩成长感悟

每个人的生命都是独一无二的，我们哭着来到这个世上，开始了只属于自己的旅程。每个人都很特别，都是上帝独具匠心的创造。有什么理由自卑呢？

"我"是最好的。你不但要使自己相信这一点，也要用自己的行动让别人相信，因为自信会让一个人看起来别具魅力。

寻找生命的阳光

　　乔娜是个不同寻常的女孩。她的心情总是非常好，因为她对事物的看法总是积极正面的。当有人问她近况如何时，她总会回答："我当然快乐无比。"这种生活态度的确让人称奇。

　　一天，一个朋友追问乔娜说："一个人不可能总是只看事情的光明面。这很难办到！你是怎么做到的？"

　　乔娜回答道："每天早上我一醒来就对自己说：乔娜，你今天有两种选择，你可以选择心情愉快，也可以选择心情不好。我选择心情愉快。然后我命令自己要快快乐乐地活着，于是，我真的做到了。每次有坏事发生时，我可以选择成为一个受害者，也可以选择从中学些东西。我选择从中学习。我选择了，我做到了。"

　　"是！对！可是并没有那么容易做到吧？"朋友立刻回应。

　　"就是有那么容易。"乔娜答道，"人生就是选择。每面临一种处境就要作出一次选择。你选择如何面对各种处境，你选择别人的态度如何影响自己的情绪，你选择心情是舒畅还是糟糕透顶。归根结底，你自己选择如何面对人生。"她说话的时候，眼光是那么轻松却又意味深长，十分感染人。

　　她曾被确诊患上了中期乳腺癌，需要尽快做手术。手术前期，她依然过着有规律的生活。她每天早上六点半就醒来，做做关节活动，上午收拾房间，中午照常喝着午茶——那种加奶的红茶，傍晚插插花，睡前认真写日志。所不同的就是，每天下午三点半的时候她要接受医院规定的检查。对于来检查的医生，她总是微笑接待，让他们感到轻松无比，尽管

检查的时候，她会感觉十
分不舒服。

直到手术麻醉
之前，她仍然对 主治医师说：
"摩尔，你答应过我，明天傍晚前
用你拿手的比萨饼换我的插花！别忘
了！上次的奶酪火腿配西芹的比萨，
味道真好，让人难以忘怀！"手术果然进
行得很顺利。她出院时，竟然与科室一半的人都交上
了朋友，包括那些病友。因为人们都被她的轻松与坚强感
染和征服。

半年之后，乔娜再提及此事时说："我一直心情很好！我的伤疤愈合
得不错，对吧？当时我脑海中浮现的第一件事就是我对自己说，有两个选
择：一是死，一是活。我选择了活，而且是今后快乐地生活。我相信，手
术也会很顺利，尽管成功率只有50%。显然，我很幸运！"

乐观者总是保持一种恬然无忧的心境，永远微笑着面对生活，不管生
活以什么样的方式回报自己，他都能张开双臂，用宏大的胸怀愉悦地迎接
命运的每一次挑战，宽容地接纳每一个实实在在有得有失的日子。

选择乐观吧！"不管风吹浪打，胜似闲庭信步"，让我们永远保持积
极的心态，高奏起扼住命运咽喉的交响曲，愉快地度过或苦或乐的人生。

女孩成长感悟

我们生活在世界上，就总会有各种各样的困扰围着我们。但是乐观的人不
会因这些事情而烦恼，因为他们总能找到生活中的光明面。遇事总往好的方面
想，我们才能让自己的生活变得多姿多彩、富有生机。

宽容与友善

达芙妮当营业部经理时，和一个雇员的关系不是很好。达芙妮不喜欢她的目中无人，决定找她谈谈。为了避免当众争吵，达芙妮打算在家中给她打电话。"我是否要解雇她？"达芙妮心里想。突然，9年前发生的一件事闯入达芙妮的脑海。

那时，达芙妮干着一份全职工作，以资助丈夫迈克完成学业。终于，丈夫毕业的日子要到了。他们的父母都将赶来参加他的毕业典礼，而达芙妮也为那天作了许多计划。比如，毕业典礼后，去吃冰淇淋，然后去镇上潇洒一回。

达芙妮兴高采烈地跑进她工作的那家书店。"我要在感恩节后的那个星期六休假，"达芙妮向老板宣布，"迈克毕业了！"

"对不起，达芙妮，"老板说，"假日后的周末是我们最忙碌的时间，我需要你在这儿。"达芙妮无法相信老板会如此不通情理。"可迈克和我等这天已经等了五年了啊！"达芙妮辩解说，声音因激动而发颤。

"当然，我不会在毕业典礼时给你安排活儿。"他说。

"我根本就不能来，罗斯，我不会来的！"达芙妮咆哮着冲了出去。

后来的那些天，达芙妮对他不理不睬。他问达芙妮话时，达芙妮也只是冷冷地应答。

他们的关系越来越紧张，虽然罗斯看起来依旧热情，可达芙妮知道他心里不舒服，不过达芙妮铁了心，一定要请一天假。

他们就这样冷战了几个星期。一天，罗斯问达芙妮是否愿意和他单独谈谈。于是，他们到阅览区坐了下来。显然，老板想解雇达芙妮。他盯着达芙妮的脚，告诫自己，他不可能任达芙妮这样轻视他而无动于衷。毕竟，他是老板。

当达芙妮不屑地、冷冷地扫视他时，达芙妮惊讶地看到他眼中受伤的表情。"我不想你我之间存有任何的不快，"他平静地说，"你可以在那天休假。"

达芙妮不知道该说什么。她的愤怒、她的狭隘、她的孩子气的行为，在他的谦卑面前是那么微不足道。"谢谢，罗斯。"达芙妮终于"挤"出了一句话，她不会忘记这事的。

想到这里，达芙妮从雇员卡中拿出那个雇员的卡片，拨打了她的号码并向她道歉。挂电话时，她们已经成为朋友了。

有时候，对人友善比坚持正确更重要。

（作者：霍一峰）

女孩成长感悟

对人宽容就像一股春风，它可以吹开冰冷的湖面，可以融化厚厚的冰层。一颗宽容的心让你我之间的关系变得更加融洽，让我们从现在开始彼此体谅，做一个宽容大度的女孩。

谦虚是最好的老师

　　班克·海德是位资深演员，不仅演技精湛，而且聪明过人。但岁月不饶人，无情的岁月在她的脸上刻下了道道皱纹，使她失去了昔日的闭月羞花之貌。

　　有一天，她偶然听到跟自己在百老汇同台演戏的一位年轻的女演员极其傲慢地对众人说："班克·海德实在没有什么了不起的，我随时可以抢她的戏。"

　　班克·海德知道，这是一个很有发展前途的女演员，但不改掉目空一切、自高自大的毛病，她是不可能有所作为的。于是，她从旁边走出来，说道："我的确没有什么了不起的，不过说句不够谦虚的话，我不在台上甚至都可以抢了你的戏。"

　　这位年轻的女演员听后不以为然地说："您过于自信了吧。"

　　班克·海德说："那我们就在今晚演出的时候试试看。"

　　当天晚上，班克·海德和那个年轻的女演员同台演出。演出快结束的时候，班克·海德要先退场，留下那名女演员独自演一段电话对话。

　　班克·海德在台上表演完饮香槟之后，把盛着酒的高脚杯放在桌边，随即退下场。高脚杯有一半露在桌外，眼看就要掉下去了，观众们为此担心，并很紧张，几乎所有目光都注视着那个随时都可能掉到舞台上的高脚杯。

　　那位年轻的女演员只好在观众紧张和担心的表情下演完这场戏。不用说，观众的紧张和担心破坏了她本来可以大出风头的演出。

　　为什么高脚杯没从桌边掉下来呢？原来，老练的班克·海德退场前用透明胶带把高脚杯粘在了桌边。

那位年轻的女演员从此事中领悟到：如果能把遇见的每个人都当成老师，就能学到许多课堂上无法学到的知识，同时也能解决许多不必要的麻烦。对于一个刚出道的年轻演员来说，更是如此。

后来，那位年轻的女演员主动找到了班克·海德，诚心诚意地承认了自己的错误。

班克·海德大度地说："如果年轻貌美是一个人的推荐信，那么品质优秀则是一个人的信誉卡。"随后，班克·海德拿出一个厚厚的笔记本，送给了那位年轻的女演员。班克·海德在笔记本中，记下了多年舞台生涯的丰富经验和教训，并在笔记本的首页给那位年轻的女演员写下了这样的话："向前辈谦恭是本分；向平辈谦虚是友善；向下属谦让是高贵；向所有人谦和是安全。"

（作者：蒋光宇）

女孩成长感悟

谦虚谨慎是中华民族的传统美德。我们在初入社会的时候更要懂得谦虚，虚心向长辈学习、请教，这是我们取得成功的必备素养之一。在社会生活中，越是有涵养，稳重大方的人，越是谦虚，我们也越能取得更大的成功。

女孩最爱做的手工

巧做布花

　　1.将布和卡纸分别剪成直径为7.5cm和2.5cm的圆片，多准备几个以备用。在圆形布上以平针缝法在圆周缝一圈，稍微拉出褶皱。将棉花塞入褶皱的圆形布中。

　　2.把剪好的圆形纸片，塞在棉花上面，使形状更为立体。将圆形布上的线拉紧、缩缝，用铁丝当花茎，穿过圆形布中心，再折回约2cm，缠绕固定。

　　3.花瓣部分，将长条布块纵向对折后，左右缝合，再把缝合的圆形布块折痕烫平或拉平，由内向外翻折，露出布的正面。

　　4.将布边对准后，拉平布块。用平针缩缝一圈固定，变成圆形放射状褶皱。将花茎穿过花瓣中心点，并以热熔胶或白胶粘合。

五月端午做桃子香包

　　1.先将一块粉色绸布剪成正三角形，大小自己定。将正三角形对折，面子朝里，里子朝外，把两直角边缝合。

　　2.将缝合好的布料翻过来，将针角线藏于布料内侧。然后往布料里填充棉花，并将香料填在棉花里，用平针角封口。将线拉紧，再用线把多余的布缠好固定。

　　3.剪两块正方形的绸布做叶子，大小由桃子的大小决定。将正方形的布沿对角线对折一下，使之变成等腰三角形。再沿等腰三角形的高对折一下。把折好的三角形用线缝合，将线拉紧。

　　4.用同样的方法做另一片叶子。最后把叶子和桃子固定在一起，并缀上流苏。

读者反馈卡

感谢您购买《培养优秀女孩的130个故事》，祝贺您正式成为了我们的"热心读者"，请您认真填写下列信息，以便我们和您联系。您如有作品和此表一同寄来，我们将优先采用您的作品。

读 者 档 案

姓名_____　　年级_____

电话_____　　QQ号码_____

学校名称_____

班级_____　　邮编_____

通信地址_____省_____市（县）_____区

（乡/镇）_____街道（村）

任课老师及联系电话_____　课本版本_____

您认为本书的优点是_____

您认为本书的缺点是_____

您对本书的建议是_____

_____

您在使用过程中发现的错误，可另附页。

联系我们：北教小雨文化传媒（北京）有限公司

地址：北京市北三环中路6号北京教育出版社

邮编：100120

联系人：北教小雨编辑部

联系电话：13911108612

邮箱：beijiaoxiaoyu@163.com

*此表可复印或抄写寄至上述地址

请沿此虚线剪下

编者声明

本书的编选，参阅了一些报刊和著作。由于联系上的困难，我们与部分作者未能取得联系，谨致深深的歉意。敬请原作者见到本书后，及时与我们联系，以便我们按国家有关规定支付稿酬并赠送样书。

联系人：北教小雨编辑部

地　　址：北京市北三环中路6号北京教育出版社

邮　　编：100120

电　　话：13911108612

征稿启事

为进一步给广大读者提供优质的阅读资源，推出精品图书，我社长期面向社会诚征家庭教育、童话故事、校园文学、成长小说、侦探小说、冒险小说等各类书稿，同时，欢迎相关单位与我们资源共享，共同打造优秀图书。

投稿邮箱：beijiaoxiaoyu@163.com

联系人：北教小雨编辑部